优秀蒙古文文学作品翻译出版工程 ★ 第九辑

黄羊的山丘

中篇小说卷

内蒙古翻译家协会／选编

作家出版社

前 言

　　内蒙古文学作为我国社会主义文学事业的重要组成部分，是祖国北疆亮丽文化风景线上的一颗璀璨夺目的明珠。自古以来，内蒙古文学精品佳作灿若星河，绵延接续，为构建多元一体的中国文学版图贡献了应有的力量。

　　蒙古文文学创作是内蒙古文学的一抹亮色，广大少数民族作家用自己生动的笔触创作出了一大批讴歌党、讴歌祖国、讴歌人民、讴歌英雄的优秀蒙古文文学作品。鸿雁高飞凭双翼，佳作共赏靠翻译。这些优秀蒙古文文学作品并没有局限于"酒香不怕巷子深"，而是通过插上翻译的翅膀"飞入寻常百姓家"，乃至走向更广阔的世界舞台。

　　为集中向外推介展示内蒙古优秀蒙古文文学创作的丰硕成果，为使用蒙古文创作的作家搭建集中亮相的平台，让更多优秀蒙古文文学作品被读者熟知，自2011年起，由内蒙古党委宣传部、内蒙古文联、内蒙古翻译家协会联合推出文学翻译出版领域的重大项目——"优秀蒙古文文学作品翻译出版工程"。该工程旨在将内蒙古籍作家用蒙古文创作的优秀作品翻译成国家通用语言文字，面向全国出版发行和宣传推介。此工程是内蒙古自治区成立以来第一次大规模、全方位、系统化向国内外读者完整地展示优秀蒙古文文学作品成果的重大举措，是内蒙古自治区蒙古文文学创作水准的一次集体亮相，是内蒙古自治区文学翻译水平的一次整体检验，是推广普及国家通用语言文字工作的生动实践。

　　民族文学风华展，依托翻译传久远。文学翻译是笔尖的刺绣，文字的雕琢，文笔的锤炼。好的文学翻译既要忠于原著，又要高于原著，从而做到锦上添花，达到"信达雅"的理想境界。这些入选翻译工程的作品都是内蒙古老中青三代翻译家字斟句酌的精品之作，也是内蒙古文学翻译组织工作者精心策划培育出来的丰硕果实。这些作品篇幅长短各异，题材各有侧重，叙述各具特色，作品中既有对英雄主义淋漓尽致的书写，也有对凡人小事细致入微的描摹；既有对宏大叙事场景的铺陈，也有对人物内心波澜的捕捉；既有对时代发展的精彩记录，也有对社会变革的深入思考；既有对守望相助理念的呈现，也有对天人和谐观念的倡导。它们就像春夜的丝丝细雨，润物无声，启迪人的思想、温润人的心灵、陶冶人的情操，为我们心灵的百草园提供丰润的滋养。

该工程实施以来，社会反响强烈，各界好评如潮，为读者打开了一扇了解蒙古文文学创作的重要窗口，部分图书甚至成为多家高等院校及科研院所重要的文献资料。此项功在当代、利在千秋的工程，为促进各民族作家、翻译家交往交流交融发挥了重要作用，为满足人民文化需求和增强人民精神力量提供了坚强支撑，对铸牢中华民族共同体意识、构筑中华民族共有精神家园做出了积极贡献。

石榴花开，牧野欢歌。时光荏苒，初心不变。在开启建设社会主义文化强国新征程之路上，衷心祝福这些付梓出版的作品，沐浴新时代文艺的春风，带着青草的气息、文学的馨香、译介的芬芳，像蒙古马一样，纵横驰骋在广袤无垠的文学原野之上。

内蒙古文联党组书记、主席　冀晓青

目　录

黄羊的山丘

——向东方，向东，向着太阳初升的方向……

斯·巴特 著

岱钦 译

斯·巴特

笔名斯·巴特尔，蒙古族，1954年生。中国作家协会会员。自1979年开始在《花的原野》《潮洛濛》等刊物上发表小说、散文、诗歌等作品，计一千余万字。出书十五本。长篇小说《传说中的红月亮》获"朵日纳"文学奖。蒙古剧《安代传奇》荣获国家银奖。中篇小说《支立于火撑子的三块石》和《独翅乌鸦》荣获内蒙古自治区文学创作"索龙嘎"奖。

岱钦

蒙古族，1949年出生于内蒙古自治区哲里木盟库伦旗额勒顺公社苏日图艾力。1968年毕业于内蒙古蒙文专科学校。内蒙古作家协会会员。1975年起在《西拉木伦》《花的原野》《内蒙古日报》等报刊发表文学作品，获第九届内蒙古自治区文学创作"索龙嘎"奖。出版汉译蒙、蒙译汉文学作品十余部，汉译蒙《蒙古族开国将军——孔飞》获"朵日纳"文学翻译奖。部分作品入选中学课本。

苏尼特大戈壁草原西北边上有一座毕其格图哈达①，在它的北面耸立着红格尔敖包②。在这美丽的草原深处凸起一座孤零零的蒙古包，那是巴桑的家。

他们家有几峰骆驼、五六十只绵羊，还有父子二人平常放牧骑的两匹马。巴桑和父亲桑嘎、母亲山丹、妹妹浩尔拉玛全家四口人相依为命，艰难度日。

父亲负责放牧骆驼和羊群，母亲和妹妹承接"苏鲁克"③，挤奶牛，加工奶食品，里里外外忙得不可开交。巴桑给富人巴拉丹家当马倌，在马背上度时光。

去年冬天的一场大暴风雪中，父亲桑嘎丢失了一峰鬃毛飘逸、

---

① 毕其格图哈达：地名，意为"有文字的岩石"。

② 红格尔敖包：红格尔，地名。敖包，蒙古语，本意为"人为的石头堆"，每座敖包兼具方位地标、行政界标以及地域名称等多元功能。随着历史的发展，敖包文化成为蒙古族人民崇尚自然的文化载体。

③ 苏鲁克："苏鲁克"意为"畜群"。解放前，蒙古王公贵族、上层喇嘛、旗府、庙仓以劳役形式将畜群交给属民放牧，称为"放苏鲁克"。

驼峰坚挺的种公驼，到处寻找，杳无音讯。为此他焦虑不安，一蹶不振，整天烟袋不离嘴，吞云吐雾，回到家里就借酒消愁。

见老头子变成这般模样，山丹也不知所措，甚至不知道该怎么劝说好了。今天，巴桑本来想和父亲说上几句话，可一看父亲像顶架的牤牛似的怒目圆睁的样子，吓得也没敢吱声，只好去放他的马群去了。

胯下的黑鬃马四蹄翻飞，步履矫健。巴桑极目眺望，远处的红格尔敖包映入眼帘。尽管距离很远，但看上去依然巍峨雄奇，直入云霄，使人顿生敬畏之心。因为在敖包下面埋下八祭、九宝①的震慑物，是这一带的风水宝地。这座敖包矗立在长满野山枣、鼠李、杏树，形状犹如玉龙盘卧，坚如磐石的岩峰上傲视苍穹，令人望而生畏。

登上山坡，看到了马群在悠然地吃着草，巴桑一下安心落意，豁然开朗。

这是深秋的一天，日当正午，马群开始往井边鱼贯而来。巴桑用水斗子提水饮马。给分别由五匹种公马占群②的五拨儿马群饮水，那可是件累人的营生。

当他饮完了枣红种公马占群的最后一拨马群后抬头看去，只见在毕其格图哈达山坳那边影影绰绰有一团黑影在移动。

---

① 八祭、九宝：兴建敖包时，在敖包的根基中心先挖坑，埋设马、牛、驼、山羊和绵羊等五畜的金、银、青铜铸的或石雕的动物形象，以及珍珠玛瑙玉器之类的宝物、五谷种子、五色布条和辅助使命寓意的符咒等物件。统称为"八祭、九宝"。

② 种公马占群：牧区通常好几百匹马为一大群，其中，分别由几匹种公马各自带一群。叫一匹种公马群。

"哦！是一链子走'阿音径'①的队伍！"巴桑边自言自语嘀咕着，边走过去在井边一块卧牛石上坐着歇歇气儿。他仰头看天，寥廓的天空中一片片白云像羊群一样飘移。遥远的天际氤氲蒸腾，看上去既像驮载行进的驼队，又像一座座连绵起伏的山峦在移动。

"喳！你好！牲畜膘情可好？"

听见有人在问候，巴桑一激灵站了起来，只见一位满脸胡茬、约莫四十来岁的中年汉子来到跟前向他问好。

"好，好。你们好！你们这是从哪里来，又到哪里去？"

巴桑用好奇的目光看着簇拥在井边的十几峰驮载的骆驼和驼运队的三个人说道。

"我们是乌拉特中旗的，准备去乌珠穆沁，从额吉淖尔驮湖盐……"

中年人刚说到这里，只见那位二十来岁的瘦小伙儿跨步上了井台，一把抓过水斗子的提绳就要提水。

"扎木苏，你这是干啥？得和主人……"当中年人提醒时，叫扎木苏的说：

"嗨，都到井边上来了不用咋呀？你这个普日布呀……"边说边要往上提水，猛提了几回都没能提得动，只好红着脸退了回来，"哎哟，这不是水斗子，难道是块卧羊石不成？"

原来，这是用半张犍牛生皮子缝制而成的大水斗子。普日

---

① 一链子走"阿音径"：阿音径，蒙古语，指过去用骆驼或牛车跑长途运输。一个运输队，通常由三至五人、几十峰骆驼或几十辆牛车组成，称为"一链子"。每一链子运输队通常选出一名德高望重、富有经验的长者担任"嘎林阿哈"，汉语叫"伙头"，全面负责运输队的工作和生活。

布有点不相信，上去提了几下仍然没有把水斗子提上来，羞愧难当。巴桑上去三下五除二把水提了上来。

五个水斗子水正好灌满一个水槽子，十几峰骆驼喝了三水槽子水。

"哈，好一个大力士啊！"

像是嘎林阿哈"伙头"模样的长者情不自禁地夸赞了一句。

"要说大力士呀，把你们仨现在坐着的那块儿肝红色大石头背到这儿来的人才算是呢。"

扎木苏一听，大吃一惊：

"把这块儿大石头背到这儿来的难道是你吗？"

"不是，不是我。据说，五十多年前，我们这儿有一个名叫哈拉浩兴的摔跤健将。他想，饮完马得要有个坐着歇脚的地方，就从西边的山上把这块儿石头背到这儿来了。"

当巴桑津津乐道地夸赞起家乡的大力士时，那几个人听得目瞪口呆。

"就在这儿打尖吧？"

普日布以商量的口气向伙头图都布询问时，图都布点了点头，算是同意了。"图都布伙头万岁！"扎木苏俏皮地喊了一声，便从驮着帐篷等日常用品的驮子里掏出了茶壶、茶、木碗、干肉等。普日布早把牛粪、干柴准备好点燃上了。

当图都布拿出皮酒囊时，只见普日布眼睛发亮，扎木苏的喉结上下滑动。他们热情地招呼巴桑和他们共进午餐。野餐没讲究，巴桑也爽快地答应了。几个人围坐在一起，就着干肉大碗喝酒，路途的疲劳一扫而光。酒酣耳热，天南海北地唠了起来。

话题当然离不开大力士哈拉浩兴，他们问个没完。巴桑想，那说就说呗。哈拉浩兴这个人是我们家乡一带的传奇人物。在哲尔根格图沙窝里曾赤手空拳和发情的种公驼搏斗并将其制服；在乌尔图河冰面上扛上二岁子骆驼如履平地；在敖包图山后套马时嫌弃杆子马，骑上牤牛去套种公马，牤牛被猛扯得伸出舌头嗷嗷叫。

"那好汉后来呢？"几个人更加好奇，刨根问底。

"后来作古了。遗体被拉到野外'荒葬'时，青天白日雷声大作，下起了瓢泼大雨。听上岁数的人说起过，在哈拉浩兴的胸腔里野狼做了窝。"

当巴桑说到这里时，普日布突然站了起来端详了巴桑半天，接着煞有介事地说道：

"我看这个小伙子就是那位哈拉浩兴的后人。昂藏七尺，威武凶猛，风度翩翩，仪表堂堂，和我们家乡的央金姑娘真可谓是天作地合的一对啊！"

一提到央金，扎木苏的脸色变得铁青。默不作声的图都布严厉的目光在巴桑身上上下打量了几下。

"你差不多点儿就行了吧你，说话也越发没边儿没沿儿。走！"

扎木苏说着腾地站了起来。驼队就出发了。

"在哪儿还不都是给人放马吗？央金的父亲家底儿可相当厚实啊。如果你能够和央金姑娘成了家，那就是你的福气。好好寻思寻思吧，巴桑……"临出发时，普日布瞅了个空，悄悄在巴桑耳朵边嘀咕了几句。

驼队的身影消失在天地接壤的苏尼特草原尽头。央金，央金！会是什么样一个人儿呢，什么时候能一睹她的芳容为快？巴桑心头不由一动。

祸从天降，灾向地生。一件意外的事情在等待着巴桑。

马倌不在的时候，两匹种公马为争夺一匹三岁子骒马发生了一场争夺战。这一点上，人和动物何其相似？为了争夺异性，为了占有、为了满足私欲来个你争我夺，甚至不惜你死我活。这场争夺战的结果，黑种公马战败，而且丢了性命。

看到种公马的尸体，富人巴拉丹心疼不已。

"死了一个，伤了一个。可惜呀，可惜！你、你是……"巴拉丹气得说不出话来。

巴桑蔫巴了，甚至没有了进一步辩解的勇气。

"马群和你没有关系了。"

巴拉丹撂下一句话。工钱打了水漂，巴桑这一年算白干了。

这个事情，巴桑没敢告诉父母。几天来，他躺在家里，想了很多很多。虽然诅骂巴拉丹，记恨巴拉丹，可他不敢针锋相对地抗争。

然而，母亲心里明镜似的，早已看出事情的端倪。为了救儿子，决定动身去寺庙祈祷。

双峰山山麓，一座寺庙庄严肃穆。多少年来，这里的人们日日、月月为山神水神敬献奶食之首，敬洒奶酒之头份，自古以来，祖祖辈辈到庙宇殿堂虔诚祈祷……山丹和女儿两个人向寺庙走去。

香烟缭绕，长明灯光摇曳，供品堆积如山，喇嘛们诵经之声此起彼伏，其间传来敲鼓钹镲之声，庙堂之地平添了一派神秘的氛围。山丹领着女儿进入正殿，向弥勒佛像磕头跪拜，又挨个儿走进配殿向各路神仙磕头跪拜，挨个转动铜制大法轮，表达了虔诚的祈祷之心。

寺庙外面商贾云集。内地商家的帐篷鳞次栉比，蒙地常用的各种商品琳琅满目，应有尽有。山丹转了几家帐篷，买些筒子烟、砖茶等自不必说，看着胸脯变高、臀部变宽的女儿，想到男大当婚，女大当嫁，女儿也到了该出阁的年龄了，就特地选了几包各种颜色的丝线，抵给了两只绵羊。

家中无人。今天，巴桑也出去寻找丢失的种公驼。种公驼难道钻进地缝里边去了，仍然无影无踪。巴桑无功而返，本来快快不乐，回到家里后，又看到母亲和妹妹做了这么一笔赔本买卖更是气恼至极。说是买了有用的东西，就这点东西居然抵掉了两只绵羊。难道我们的东西就这么不值钱吗？巴桑越想越恼火，晚上辗转反侧，直到天大亮都没合眼。

日头升得套马杆子那么高的时候，四面八方来的信男信女们络绎不绝，汇集于寺庙。利益的驱使、贪婪的目光以及虔诚的希冀都堆积在这里。妹妹告诉他，东西是在靠最西头的那顶黑色大帐篷买的。巴桑直接走了进去。一个长着龅牙、白胖脸的掌柜，满脸堆笑地迎上来说道：

"想买点什么？我这儿货可全了，什么都有……"

巴桑直接走过去，从货架上摘下一副龙嘴铜制马镫、一个银马嚼子和马脖子上挂的铜铃，说：

"昨天，我母亲和妹妹在你这儿买了点筒子烟、砖茶，还有几小包丝线之类的小玩意儿，你居然要了两只绵羊。你糊弄谁呢？如果加上这些东西，我啥也不说了。"

"那怎么行呢？不行，不行！"掌柜的不干。

巴桑折回到拴马桩旁边解开黑鬃马飞身骑上，快马加鞭，直接从帐篷敞开的门飞驰而入，再从对面冲了出去，只见帐篷的固定绳被猛地一拽咔嚓咔嚓七零八落，商品噼里啪啦撒得满地都是，一片狼藉。黑帐篷借着拉力和风力随即飘浮了起来。"嗨！看，帐篷长腿了！""嗨！帐篷活起来了！"在人们七嘴八舌的叫喊声中，飘浮起来的帐篷徐徐地飘落在一箭之遥的一片开满野花的绿地上。

"完啦，全完啦！来强盗了……"胖脸掌柜像一只公鸡似的伸长脖子喊叫着。趁人们混乱，巴桑一骑绝尘，早已跑向他所熟悉的一个牧人夏营盘①。

夜沉沉，天茫茫，周围一片朦朦胧胧。天上有几颗星星调皮地眨巴眨巴眼睛，好像在嘲笑人间发生的这一幕。

巴桑在敖特尔②等候数日，静观动静，想起"城门失火，殃及池鱼"的老话来，直奔家里看看。

看家狗从老远闻讯迎上前来，摇头摆尾，哼哼唧唧地在马前马后跑动，似乎在对他说些什么。他下了马，摩挲着狗脑袋往家的方向瞅了瞅，周围一片寂静。羊儿们盘卧在羊圈里，马在门口拴马桩上拴着，很安静。看这里平安无事，巴桑心头的一块石头落了地，他轻轻地推开了包门。

听见脚步声就认出是儿子，山丹赶紧起来要点燃油灯，"不要！"巴桑前去制止了。母亲会意：

"你这是去哪儿回来了？旗王府的侍从接连几天来打听你的消息。今天又有几个官府的人驾到，喝茶抽烟坐了很久，又是

---

① 夏营盘：蒙古牧民四季轮牧，分春夏秋冬四个营地。夏营盘，就是夏季的营地。

② 敖特尔：蒙文音译，走场。

在等你呢。你真是惹出了件轰动全旗的麻烦事了。"母亲担忧地说。

"没事，妈妈。我自有办法。只是担心连累了你们。"巴桑说。

父亲在那边呼呼大睡。父亲啊，你可是亲眼目睹着没理的倒成了有理，有理的倒没处去评理。现在也许人们都在诅咒我。巴桑心里想。父亲是不是没睡装睡呢？

"儿啊，你吃东西了没？究竟打算怎么办？"

"妈妈，我走！去哪儿也是个放马嘛，我……"

"菩萨保佑我儿。去吧，家里的事你不要牵挂！"母亲起来从箱底拿出一个小包裹的东西递到儿子手中，说：

"这对玉镯，我是想着亲自戴到我儿媳妇的手腕子上的……"母亲说着嗓音都走样了。

巴桑接过玉镯塞入怀里。

"祝你们平安。我一定会回来的。"

他不忍心看到母亲的眼泪，急速转身而去，外边滴答滴答地下着雨点。

母亲战栗着缩成一团。以后，母亲将会期盼儿子回转，天天站在那里遥望天际的。巴桑想到这里，心如刀绞。

巴桑在北斗七星半转的时候出发的。他藏匿起来等待去额吉淖尔驮盐的驼运队回来。他虽然坚信他的愿望一定能够实现，但是好事多磨，整整等了三天，真叫度日如年啊！

直到第四天日过偏午，终于见到驼运队爬上山坡往这边来了，巴桑喜出望外，迫不及待地迎上前去。

图都布骑在第一峰骆驼背上，对巴桑视而不见，待答不理。

这家伙想和我们同行？扎木苏显然很不高兴的样子。只有普日布喜不自胜，笑逐颜开，直接从驼背上滑了下来，拍着巴桑的肩膀，问：

"我从来不认为你运气不佳嘛。怎么样，下决心了？"

"如果真的倒了霉了，到时候我只好找个容身之处，您可得接纳我哟？"

"我听说我们当家的正需要一个马倌。这个事我做主了，怎么样？"

"那我就下决心了。"

如此这般，他们就成了同路人。

手提着奶桶的山丹在远处眺望。看见儿子和走"阿音"的驼运队一同走了，心里不由一颤，向山神水神敬洒鲜奶，祈祷保佑儿子平安无事。这一切，巴桑虽然没有看到，但是母亲的形象一直萦绕在他心里。

在青草如碧的原野上，驼运队渐行渐远，绕过毕其格图哈达，离苏尼特右旗王府所在地赛罕塔拉越来越近了。

啊，黄羊！一只浅黄色的黄羊从他们的前面闪身而过。巴桑看到健步如飞的黄羊一直在他们前面引路领跑。可图都布、普日布都说什么也没看见。巴桑原来还担心着背着长枪的图都布会不会向黄羊开枪，看来是想多了。多亏图都布没有那个意识，真是万幸。巴桑暗自庆幸。

他们走啊走，一直走到哈拉召山山麓，决定在此过夜。骆驼们嘴吐白沫，好像也感觉到该歇歇脚了似的，伸长脖颈频频向远处张望。

卸载的活儿自然是巴桑的，他把成袋子的湖盐一袋子一袋子轻轻松松地卸下来堆成一堆。图都布、普日布俩人从骆驼上把帐篷卸下来，找了个台地支了起来。扎木苏赶着骆驼放牧去了。

几个人围着图拉嘎[①]席地而坐，喝着奶茶，嚼着干肉，普日布从褡裢里拿出能装三斤半酒的大玻璃瓶子，说：

"伙头大兄！咱这次远途驮运挺顺利，没有遇到盗匪，平平安安，满载而归。策格里庙在保佑着咱呢。咱喝上几杯吧。"说着，木碗里斟满酒首先敬给图都布。图都布接过木碗，用右手中指弹拨了数下，嘴里念念有词。

"普日布你净胡说些什么呀？策格里庙离这儿还有十来天的路程呐。"扎木苏坐地上往前蹭了蹭，说道。盛酒的木碗传着传着传到了巴桑手里，平时滴酒不沾的他拿过来一饮而尽，普日布咧开大嘴而笑。

西边天边一片又一片的火烧云，把天空织成美丽的锦缎，太阳一骨碌就落到西山那边去了。明天又是一个好天气。

普日布酒酣耳热，给巴桑叨咕了很多事情。扎木苏也想插个嘴，在旁边支棱着耳朵听。

图都布家族是高贵家族，是和乌拉特三公旗札萨克[②]沾亲带故的。

很早以前，乌拉特部落曾世世代代驻牧于呼伦贝尔齐策格萨拉的地方一带。后来，清廷君主命乌拉特部落西迁守边，他们就迁徙到现在这个地方来了。乌拉特部落巴达公[③]有三个儿子。他平常喜欢骑青牦牛出行。这一天，他骑着青牦牛外出回来时，三

---

① 图拉嘎：蒙古语，灶的意思。
② 札萨克：蒙古贵族世袭爵位，即王爷。
③ 公：古代王朝大臣之尊称。清代的王公，是蒙古地区一个旗的执政官。

个儿子正在外面踢毽子玩耍。拴牤牛的桩子上落了一只喜鹊。当巴达公来到木桩跟前时,喜鹊惊飞,青牤牛也毛咕不安,把巴达公摔了下来。巴达公为了听听三个儿子会说些什么,就装死躺在那里。长子见到后,说:"如果不立木桩,哪儿来的喜鹊?要追究立木桩人的罪责。"次子说:"父亲去世了,请喇嘛诵经超度吧。"季子说:"父亲死了,他的银碗就归我了。"父亲明白了三个儿子的想法,就把乌拉特旗一分为三,长子为西公旗札萨克,次子为中公旗札萨克,季子为后公旗札萨克,并奏报朝廷正式批准。这个图都布就是中公旗札萨克的后裔。

普日布引经据典说了很多,直到夜幕降临。

这个普日布为什么给我讲起图都布的故事讲个没完?事出有因,因必有果。这样想着,巴桑又是睡意全无。当家的到底是个什么样的人?到底有多少马匹?央金会是多么漂亮的姑娘?躺在那里做着种种猜测时,不时传来的狼嗥声和附近树林里猫头鹰瘆人的叫声听得清清楚楚。他想象着自己下绊子的黑鬃马在附近草场上吃草,骆驼们盘卧反刍的情景。嗨!去他的吧,再高的梯子也够不着天,胡思乱想有何用呢。睡吧,睡吧……巴桑终于进入了梦乡。

次日,身披着火红的朝霞,驼运队出发了。行走了十多天走出了苏尼特草原,进入了乌兰察布盟靠北的杜尔伯特边界。沿着阴山山脉大青山北麓往西走,乌拉特草原越来越近了。闻到了家乡水草味道的骆驼们,脚步也轻盈起来,归心似箭的驼运队的人们也精神振作,脸上洋溢着喜悦。

快到策格里庙时,图都布骑上骆驼直奔寺庙而去。他和普日布交代过,"你们仨先走着,我一会儿就……"

普日布一会儿和巴桑开个玩笑，一会儿讽刺一下扎木苏，说扎木苏是个没有能耐的二岁子牤牛。不知道是什么意思，巴桑猜想是不是和那位据说是很漂亮的央金有关系。扎木苏像是招了苍蝇的马一样直摇头晃脑。

几个人在寺庙附近选了一处靠近水泡子的地方，决定"巴彦乌德"①宴在此举行。将所带的干粮、干肉、点心果子，还有酒，全都摆出来敞开吃敞开喝，剩下的大家平分，再次强调长途驮运的规矩，然后分手。这也算是个告别仪式。

刚开始要喝茶，图都布回来了，说是庙上的赏赐带回点酒来，把普日布高兴坏了，他边说着是伙头兄的恩赐，边把酒接了过来。

"晚上的酒回家喝。这是旅途的赏赐……"图都布用右手中指轻轻地弹拨下酒，一脸兴高采烈的样子。这个人一路上只说了有数的几句话，对巴桑来说是个谜。

巴彦乌德宴结尾，图都布说：

"菩萨保佑，我们平安回来了。扎木苏该回家了吧？路途的福分，奖励你一口袋盐。以后去张家口，但愿我们一路同行！"

扎木苏听了高兴得差一点蹦了起来。

驮运队三个人领回一个陌生人来，巴拉姆、央金母女俩感到很诧异。

普日布嬉闹道：

"给嫂夫人带礼物来了。路伴儿、戈壁帅小伙，将是你们马群的主人。"巴拉姆听了吃惊不小，央金也惊得不知如何是好。

---

① 巴彦乌德：蒙古语，"丰盛的午宴"之意。

巴桑却蒙了。闹了半天，所谓的当家的，当家的，原来就是这位图都布老汉呀？巴桑猜想，这普日布一路上口风很紧，肯定是中了这老谋深算的图都布老汉的计了。

卸完驮载，普日布去散放骆驼去了。巴桑也卸下黑鬃马的鞍子，牵到稍远的地方下了绊子。他举目眺望着四周，不由得感叹不已。

这个地方真是风景如画。弓形的开阔地北面高山耸立，正中央三座山峰并排而立。开阔地西面约三十里地的地方是博格达山，开阔地东面约三十里地远处是乌里雅斯太山。这个地方叫陶日木开阔地。开阔地靠南，图都布的营地四四致致地安置在这里。

巴桑心里敞亮了，一路的担忧烟消云散，他情不自禁地在嘴里嘀咕真是个漂亮的地方啊！这时候，那只黄羊似乎又在巴桑眼前闪现了一下，消失在戈壁尽头。

普日布向巴桑招了招手，又指了指在主院东面二箭之遥的两座毡房中的一个，告诉这是他的住处，并且领他去看看。

毡房破旧且阴暗，一股潮湿发霉的味道扑鼻而来。靠左手边是一床破了好几个洞，露出棉絮的棉被，旁边扔着一双靴帮子撕开了的旧靴子，地上锅碗瓢盆东一个西一个，杂乱无章。这里住着羊倌聋子丹巴。

"慢慢会好起来的，你先别嫌弃。"普日布似乎看出了巴桑的心思安慰了一句。此时，从外面飘来一股清香的味道，传来央金的声音。是叫他们吃晚饭的。

央金穿一身青蓝色的柞丝绸面的袍子，扎着粉红色腰带，碧玉年华，俊貌韶颜，樱桃红绽，亭亭玉立。这哪儿是人，好像是画像，不是人间凡夫俗子所生，而是天上的仙女下凡。巴桑心跳加快，暗暗叫了一声：我的天啊！赶紧转移视线，佯装眺望遥远的天边。云团翻卷，似乎看见那只浅黄色的黄羊往这边疾驰而来。

巴拉姆摆上了羊背，又端上了酒。普日布好像在自己家一样一点也不客气，巴桑多少有点谦恭的样子。巴拉姆非常礼貌地说：

"年轻人，请坐吧！"

在央金面前很拘谨的巴桑急忙坐到普日布旁边。当央金拿过刀子放上后，图都布把切成一小片一小片的肉放进巴桑的碗里，说：

"一路同行，是个成熟稳重、正直善良的年轻人。来，喝酒！"说着举起酒杯。

拿水斗子提水时力大无比的巴桑喝起酒来却噎得喝不下去。普日布在一旁一杯接一杯地喝着，话也多了起来。

"我们当家的是个慈悲之人，你慢慢会知道的。我是这家的驼倌，聋子丹巴是羊倌。牛倌官布和专门放山羊的羊倌高特布住在你们的东边。明天，马倌嘎日玛要交差回家了。当了三十五年的马倌啊……"话匣子一打开就收不住了，这个普日布。

当巴桑回到矮小的旧牧包时，聋子丹巴已把羊群圈入栏内，回到包里叼上旱烟袋吧嗒吧嗒吞云吐雾。看到一个陌生人走进来，聋子丹巴很仔细地端详了半天，说：

"哦，好精神的小伙子。从哪儿来的？"

当巴桑告诉自己的家乡时，聋子丹巴说：

"哦，塞布尔？是那个四面环山的塞布尔吗？离这儿还挺远的……"

"不，是苏尼特，大苏尼特。打老远地方来的。"巴桑提高嗓门喊也似的说。

"呵，呵，苏米图，苏米图……"聋子丹巴自说自话。和聋子对话这么费劲啊，巴桑有点腻烦了。

"刚才，格格送来被褥了……我以为来了什么贵客，原来是这么个高个头的帅小伙。"聋子丹巴自言自语道。

格格是指央金。这儿的羊倌、马倌都学满洲人的习俗这样称呼。

天上卷云飘荡的那天早晨，图都布家的老马倌嘎日玛卸岗，异地他乡来的巴桑接过了套马杆。从几匹种公马群、马的毛色、牙口到骟马、骒马、马驹的数量，能够如数家珍般地说出来，也算是老马倌的基本功。

老马倌嘱咐巴桑要特别注意防盗、防狼害和突发暴风雪，又提醒要调节草场、水源及四季放牧的重要性等等。老马倌分到了八匹骒马、六匹骟马，另外还有平常骑的这匹黄褐色的杆子马、全套鞍具，喜出望外，心满意足，脚步轻盈地回家转。

从此，巴桑似乎并不觉得自己是富人家的仆人，而是真的成了马群的主人似的腰杆子挺直了，连这片水草肥美的草牧场看上去也觉得十分亲切。即使是在这一带的河边捡拾山葱、野韭菜充饥，在山野丛林中追猎鸟兽，只要能够守在美丽的央金身边度过此生便无怨无悔。他心中闪过这个念头，不知不觉中纵马跃上一座不大的山包。

一幅美丽的画卷展现在面前：向南方向伸展的一条凸起来的台地上建有一座寺庙，那可是遴选的风水宝地。寺庙东边流过一条河，当地人们管它叫苏莫高勒，即寺庙河，每到中午，一群一群的牛、马簇拥在河边。

巴桑在苏莫高勒河饮过了马群后赶往陶日木一带开阔地，找了一处土包刚坐下，只见上穿粉红色袍子、腰扎青蓝色腰带的美女骑着白走马①从前面经过，犹如这片草原上盛开的一朵粉红色花朵。看她的身姿，巴桑一眼就认出是央金。骑在马背上的姿势既好看又可爱。如果失掉了如此可爱的美人儿，岂不是今生来世的遗憾吗？巴桑站了起来，正准备骑上他的暗红马，突然看见骑上放羊时骑的紫灰色驽马的巴拉姆从后面姗姗而来，巴桑大吃一惊，就地圪蹴而坐。

母女二人每逢过年过节，都要到策格里庙燃香点灯，敬献供品，给佛爷顶礼膜拜，祈求祖上亡灵保佑平安。原来，今天正遇十五月圆的日子。

巴桑被美女所吸引，正神不守舍，想入非非，竟然没有察觉到有个骑骆驼的人走到他跟前。

"哈哈，姑娘生得漂漂的，心里有点跳跳的，抓耳挠腮，搓手顿脚了吧，可怜的……"

传来普日布低沉浑厚的声音。

巴桑脸红了，叫人点到了要害之处，感到很尴尬，有点无地自容。普日布大口大口地吸着他的旱烟袋，哈哈大笑道：

"我也经历过爱得神魂颠倒、想得死去活来的年轻时代呀。没有关系的！"普日布说完又哈哈大笑。

巴桑故意转移话题，询问策格里庙的事情。谁承想这下可完

---

① 走马：一种善走的马，行走的速度与普通的马奔跑的速度相同。

了，普日布的话匣子一经打开，就收不住了。

点点白云在天上飞舞，骆驼们顶着风散开而去，马群安详地吃草。在那低矮的土包上，两个男人聊天坐了很久……

那边那座庙就是策格里庙。有佛尊大殿、扎桑大殿和农乃大殿。正殿里供奉宗喀巴，两边分别供奉观世音菩萨和弥勒佛。兴建这座寺庙时主要资助者是公王旗章晋诺颜①，名叫乌兰。平常，乌兰诺颜好骑个走马，身后扬起一缕尘烟，当地人给起了个绰号，叫"红尘诺颜"。他家历代富裕，到了乌兰这一代，马匹超千匹，骆驼超千峰，牛羊三四千。清朝光绪皇帝的时候，乌兰的祖上进京请求皇上赏赐"十万畜之印"。皇上问："你们马群里可曾产过绿毛色的马驹？"老实巴交的蒙古人从来不会撒谎，实话实说："未曾产过绿毛色的马驹。""那么，什么时候产了绿毛色的马驹再来吧。那时候，赏赐'十万畜之印'。"富人回到家里的那天早晨，马群里果然有一匹母马产下了绿毛色的驹子，可惜死掉了。虽然没有能领到十万畜之印，但一直到图都布这一代他们家牲畜仍然在增长。要绿毛色的马驹干什么？图都布有了央金这样仙女般的女儿，不比绿毛色的马驹强十倍？当普日布翻出旧皇历说事，巴桑听了顿觉自己出身寒门，与这个高贵家庭门不当户不对，怎么能够高攀呢？有点瞧不上自己了。

策格里庙刚开始建的时候，有位坐禅喇嘛曾预卜道："此地乃佛光普照的吉祥之地也。在此地建寺庙，山水、寺庙、人心将融为一体，世世代代兴旺发达。"你看那图都布，似乎独占了此地的福祉、吉祥，过得富有滋润。当年，建寺庙的时候资助最多

---

① 章晋诺颜：章晋，满语，官衔；诺颜，蒙古语，"长官"之意。

的乌兰诺颜的后裔也被封为俗人住持，道理就在于此。实际上，策格里庙就是图都布的家庙。

"哈哈，美丽漂亮的央金，是乌拉特草原上的一朵花。得到她的人，将会是这个世界上最有福气之人……"普日布放了一通炮后，解开骟驼的缰绳，说道：

"莫要把到了嘴里的肥肉用舌头推了出去。得巧使妙计……"说完，骑上骆驼越过丘陵从巴桑的视线中消失了。

马群安静地散开吃草。小马驹们三三两两一会儿欢跃玩耍，一会儿追逐嬉闹，撅起蓬松的小尾巴奋蹄奔跑，扬起一阵阵尘土。

整个一个秋季，巴桑就这样在大自然的怀抱里聆听着鸟类的鸣唱，自由自在，纵马奔驰，时间好像被马蹄卷起而去似的过得飞快。

女儿今年腊月芳龄一十八，咋看咋像一颗明珠。巴拉姆每每望向女儿都是看在眼里，喜在心上。她有个远房的外甥，没个人样的那小子还惦记上我的女儿，真是不知天高地厚，而这图都布也不言语。那个放马的小伙呢也没个情意绵绵、柔情蜜意的表示……巴拉姆忧心忡忡。

阳光灿烂的一天，央金骑着鸟灰白色小走马从策格里庙西边的山坳里出来。

央金从巴桑马群前边经过的时候，有意勒住马缰绳放慢了速度，头稍稍歪过来，好像在专门瞅着他。

央金啊，央金！女人长得太漂亮，对男人们来说是一种折磨。放马的马倌或借口喝口茶，寻找走失的骆驼的人或打听骆驼，附近的年轻人随便编一个什么理由，都隔三岔五往图都布家跑，弄得巴桑往往醋意大发，恨不得把那些家伙轰走。

人人都有自卫的本能。姑娘对那些陌生的过路人从不给好脸色看，对那些口吐下流语言的人用锥子一样凌厉的目光予以回击，对那些胆敢动手动脚的人更是不客气，干脆往他脸上吐吐沫了事。这期间扎木苏也来了好几次。这扎木苏变得像饿得羸弱的狗一样面黄肌瘦，他在图都布面前点头哈腰，俯首帖耳，又想向央金献殷勤，老问什么时候去张家口呀，我来负责驮载、放牧骆驼等等，没完没了，图都布有一次顺口说了一嘴入冬以后去吧。

那一次，讨吃鬼扎木苏一副可怜巴巴的样子，甚至到了讨要一口酒喝的程度，无奈给了他一碗酒，好容易把他打发走的。那还是十来天前的事吧。这不，扎木苏又探头探脑地来了，说看看姨娘家还有什么需要帮忙的，日头偏西一竿子高的时候来了，正好赶上人家煮好了羊肉，便毫不客气地坐了下来，大块地吃肉，大碗地喝酒，嘴还不闲着胡说八道一气，讨好地向央金说什么那个外来的盲流许不会和绿林好汉合伙对你们马群下手吧？对外乡人可不能绝对地相信呵，早晚得露馅，等等等等。央金听了非但一点好脸色没给他看反而萌动了袒护异地他乡之人的想法，央金自己也害起羞来不由得脸发烧了。趁屋里没人，扎木苏拥过来一把抓住了央金的手腕子。

"喊人了。你放开我！"姑娘极力挣脱，欲摔门出去，扎木苏仍然死死抓住其手腕子，胡诌八扯一气。

"该死的东西！"央金牙缝里挤出一句话。扎木苏像只被雨淋的山公鸡一样无精打采，黯然无神。

"你是个迫害自己的朋友，吃掉自己伙伴的饿狼，你为什么总是干些坑蒙拐骗的勾当？你内心腐烂搞臭一大片。你个狼心狗肺的东西。"一堆骂人的话从姑娘的嘴里说出来，扎木苏听了怀恨在心，暗暗地想等着瞧吧，哪一天我好好收拾你。

傍晚，扎木苏回去了。当天夜里，巴桑心爱的黑鬃马竟弄断了马绊子跑了。巴桑开始没大在意，可是央金却已看出了其中的端倪，知道这是有人的嫉妒、苛刻、狭隘之心使然，但她不好意思明着告诉巴桑。

果然如是，有人出于恶意故意放掉了黑鬃马。黑鬃马在巴桑破旧的牧包外面绕了三圈，发出长长的嘶鸣后，奔向自己的故土，朝着自己牧场的方向出发了。那天晚上，因为巴桑拗不过聋子丹巴，多喝了几杯后酣然入睡，没有察觉。

向东，向东，向着太阳初升的方向……

巴桑放马回来时，发现央金站在自己家门口。巴桑、聋子丹巴不在的时候，央金把手把肉送到他们包里出来，站在十个哈那①的蒙古包的门前似乎在期盼着什么。巴桑向姑娘微笑着点了点头，走进了自己的旧牧包，聋子丹巴正急不可耐地等着他呢。

"馋肉了，正好享用当家的恩惠！"聋子丹巴举起酒杯。管它羊肉是从何而来，巴桑也狼吞虎咽吃了起来。

贫穷、残疾、孤独，是一个人的不幸。世道虽然对有些人连幸福都吝啬，他却总是把生活的欢乐与身边的人分享。聋子丹巴就是这样的人。

勤俭、办事认真、与世无争、安分守己的聋子丹巴在每天上山放羊回来的时候，顺便背回一捆儿干树根，并且整整齐齐堆在

———————————

① 哈那：蒙古包毡壁的木质支架。

一起，天长日久便在牧包旁边堆起了小山似的一垛柴火垛。他对巴桑特别好，为他烧茶做饭，晚上睡觉时是个伴，喝烧酒时是个酒友，是同甘共苦的朋友。就是有一点很遗憾，巴桑即使喊破了嗓子对方也听不见，交流起来十分困难。

"乌拉特的山神水神在保佑着你呢。有人给你缝制新袍子，天气还没有变冷呢，有人把羔皮袍子、镶了三道夹条儿的倭缎面的靴子放在了你的睡铺旁边。你是个很有福气的孩子……"聋子丹巴嘟哝道。

"我在这里放了二十年的羊了。十年前，当家的给我住的牧包换过一回幪毡①。今年刚到秋末冬初，就又加了一层新幪毡。这肯定不是为我老汉加暖，其中必有奥秘。我这个干巴老汉，是捡当家的扔下的旧皮袍子、毡靴子、皮帽子的主儿。但是我也心满意足了。我十来岁那年，一场重感冒落下了耳聋。后来父母双亲相继病故，我简直成了掉进灰堆的蜱虫一个，如果不是图都布搭救了我，我可能早就喂了野狗了。"聋子丹巴说起他悲惨的往事，说着说着不由感伤起来。

羊肉吃饱了，酒也喝好了。酩酊大醉的聋子丹巴摇摇晃晃地出去解了个手，又踉踉跄跄走回来倒在睡铺上，头沾枕头便鼾声大作睡着了。

巴桑看着聋子丹巴摇摇晃晃进出的样子，正在回味他刚才东拉西扯说过的一段话时，突然像画像一样的那个人影影绰绰出现在眼前，他霍地坐了起来。

月亮洒下的银白色的光弥漫在大地上。久久地站立在满天星

---

① 幪毡：铺在蒙古包天窗上的毡子。

斗的寥廓苍空之下，整个世界似乎变成了幸福的温柔的摇篮。一个人影走近巴桑的旧牧包。

"明天我去庙上。"

"是啊，明天是十五。"

"你能给我做个伴吗？"

"马群怎么办？"

"把马群赶到草场上……"

"噢，我……明天……"巴桑转身望去，黑影渐行渐远消失了。噢，奇怪。我这莫不是在做梦吧？巴桑环视四周什么也没有。巴桑身披银色的月光站立了良久。

在苏莫高勒河饮过水的马群往北鱼贯而行。在那长满鼠李、杏树的山坡下，马群散开吃草，有的开始打盹。作为有经验的马倌，他知道一直到下午天气变凉快之前，马群会稳定在这片草场上的规律，便骑上枣红马向寺庙疾驰而去。

灌木丛中麻雀和各种叫不上名字的小鸟们叽叽喳喳，飞来飞去。丛林密集，环境封闭。巴桑把马拴在一棵榆树上，目不转睛地望着伸向寺庙方向的那条草原小路。

来了，她来了呵……白鼠灰马一路小走。马似乎猜到了主人的心思，兴奋得扯紧嚼子往前拱，勒都勒不住。这边枣红马长嘶一声。这叫同类相引相吸。

日当正午，赤日炎炎，世间万物昏昏欲睡。而两个年轻人的约会正当时。

"我真猜不透你是个什么人。我觉得你总是在有意躲着我……"

"我是个外来人……"

"偶尔闻见人们议论纷纷，可我总是难以自制，发现自己……"

"为了生活的追求，我已经豁出去了。能够在别人的心目中占据位置真是个奇遇啊，但我总有点不相信这是真的……"

被爱火燃烧的一对人紧紧相拥相抱在一起，正沉浸在无比甜蜜中时，从灌木丛后面探出一颗脑袋，手持藤条把儿马棒的扎木苏跳将出来，往巴桑肩膀头上狠狠砸了下去，并吼道：

"你个饿狼逮住山羊羔了？你来乌拉特像只山羊爬子①吧嗒吧嗒乱叫唤，不知着耻的东西！"

央金被这突如其来的袭击吓得魂飞魄散，惊慌失措，巴桑也惊愕不小。如果这藤条把儿的马棒是图都布的，那他只好逆来顺受任他打罢了，可是打他的是扎木苏，巴桑怒不可遏，呼地站起来一把夺过藤条把儿马棒将其掰成两段，随手抓住像头发疯的犍牛一样向他冲过来的扎木苏的肩头，把他摔倒在地。

"你找死啊？敢过来突然袭击。"巴桑发出怒吼。

"央金是我的。姨夫早就答应过了！"

扎木苏在地上缩成一团，像只对着主人撒娇的小狗一样猖猖吠叫。

扎木苏又一次冲了过来。巴桑用摔跤时最拿手的招数，来了个"背口袋"，把扎木苏结结实实地压在身下。

两人再这样继续下去怕出意外，央金赶紧制止了巴桑，然后训斥扎木苏说道：

"你姨夫对你许诺过了？我咋不知道呢？你可不要像寒冬腊月发情的种公驼那样口吐白沫，胡说八道了！"

---

① 山羊爬子：种公山羊，俗称羊爬子。

巴桑也厉声喊道:

"你个扎木苏连种公马都不如。看你那个德行!"

扎木苏趁机从巴桑手里挣脱了出去,"呸"地吐了一口吐沫,"央金是我的,咱走着瞧!"说完,溜之大吉。

"他是我母亲远房的外甥。他觊觎我们家的财产,用尽种种伎俩,什么事都想掺和一把。对这样的一个人,怎么办呢?"央金望着扎木苏远去的身影如是说。

俩人同过独木桥,不是你掉下就是我掉下。从今天发生的遭遇当中巴桑得到了提醒。这扎木苏是从哪儿冒出来的?是什么鬼给赶来的?央金感到很蹊跷。

几个人这么一闹腾,灌木丛中的山雀们也惊骇不已,四处飞散了。

秋末冬初,候鸟们已经开始南飞。随着气候一天比一天寒冷,河面开始封冻了。如果不去把苏莫高勒河冰面凿开,马群就有喝不上水的危险。

巴桑每天用冰镩凿开河面,河水从冰窟窿冒了上来,马群就能饮上水。不碍事,下一场雪就好了,马这个东西可以舔雪解渴的,结实着呐。巴桑站在那里,心里想。

图都布要赶在大雪之前去一趟张家口,他们的驮运队前天出发了。巴桑注意到,扎木苏故意在他面前摆谱端起架子,而在图都布面前极力谄媚,鞍前马后,唯其马首是瞻。央金却对扎木苏横眉冷对,置之不理。

驮运队出发后的第三天,下了一场大雪,陶日莫开阔地成了银色的世界,白雪皑皑,覆盖住了牧场上的草。聋子丹巴说,羊儿虽然吃不上草，但也得活动活动筋骨，就赶着羊群上山了。巴桑想着把马群拦回来为聋子丹巴的羊群刨雪开道，便认镫上马去北山找马群去了。

雪后没有起风，天儿很平静。他在灌木丛生的避风处找到了马群。这是一处挺宽敞的洼地，巴桑发现马群汇聚于此，周围的雪地和灌木丛一片狼藉，仔细一看，原来是昨夜马群遭遇过狼的袭击，众多的狼足印重叠在一起，说明来的不是一两只狼，而是一群狼。清点下来，所幸连一匹马驹都没有遭到损失，巴桑这才松了口气。

巴桑吹着口哨往回转。当他骑着枣红马一路小走，四蹄如飞，回到旧牧包跟前时，一股煮肉的香味扑鼻而来。聋子丹巴回来得早，已经生了火，屋里特别暖和。聋子丹巴在图拉嘎上支上三足生铁锅，锅里煮的肉咕嘟咕嘟滚开着。他看到巴桑就说：

"我不是说过你这个小公山羊就是有福气嘛。以前，隔个十天八天才能吃到巴拉姆煮的手把肉的零零碎碎的肉块。不是雪天或雨天，不给我酒喝。现在怎么样？三天来个手把肉，七天一顿好饭享受呢。这些都是因为你呀。这家人的眼里你可是个人物了。今儿个我打了只兔子，给你把兔肉煮上了，肉汤里又下了点米。喳，我去卓德巴那里，他们家今天宰羊了。"说完便走了。

每个人都有每个人的造化。命运的安排就是这样奇妙……巴桑刚想到这里，门开了，飘来一股特别的香气，来人是央金。央金注意到巴桑眼睛一亮，以诧异的目光看着她，腼腆地说：

"给你拿来几块牛排……"

火上，红铜酒壶里烫着酒，桌上摆着牛排骨，锅里煮着兔肉，今天的晚餐够丰盛的。

四季换穿的袍子、靴子……多是以巴拉姆的名义给送来的，但是大多都出自这位姑娘的一双巧手。巴桑感动之余，邀请姑娘入座。姑娘也没有拒绝，在桌子东侧与巴桑隔桌而坐。

巴桑斟满了两盅酒。他把一盅酒敬给姑娘，姑娘接过去用嘴抿了抿，巴桑很高兴，自己连喝了三盅。

话匣子打开了。俩人隔桌而坐，唠到很晚，这对俩人来说是难得的机会。巴桑唠起他的苏尼特家乡，唠起因丢失种公驼而苦闷不已的阿爸。自己家境贫寒，他一点也没有隐瞒。央金也唠起她阿爸图都布，是个倔强、心里有数的严谨之人；阿妈巴拉姆心地善良，乐善好施。家里牲畜多，很富有，但是，他们都非常注意勤俭持家，厌恶铺张浪费，……一番推心置腹，互诉衷肠，两人之间的距离越来越近了。

当巴桑顺便提到那些寻找丢失牲畜的人、过路的陌生人，甚至一些二流子青年，找各种理由络绎不绝来这里时，央金长长睫毛下的一双美丽眼睛微微闪动，不准备做进一步的解释，只是清了清嗓子，唱道：

天边巍巍耸立的
是苏莫图宝德尔石林
眼中若隐若现的
是我可爱的心上人……

歌声起，周围一片寂静，似乎都在静静地聆听着从姑娘心底里涌出来的歌声……

央金突然听到了什么动静，从炕上顺下来，立刻走了出去。

随后传来跺脚的声音，聋子丹巴走了进来。

"看见一个人影往西走了。是巴拉姆给你送来煮肉了？我不是说过吗，你这个人啊，就是很有福气嘛，哈哈……听说，去张家口驮运的当家的他们明天就回来了。什么砖茶呀、坛子酒呀……当家的从来不吝啬。"

聋子丹巴也不需要对方的回答，从门旁的水桶里舀了一水瓢子冷水咕嘟咕嘟地喝下去后，直接去睡铺钻进了被窝。

这个晚上，他俩各做各的美梦入睡了。

春天来了，小河里的冰也融化了，嫩绿的小草慢慢地从土里探出了头，花朵也绽开了笑脸。生活的曲子按着原来的节拍奏响着。图都布春营盘上接完春羔，又忙着阉割二岁子山羊羔、绵羊羔。巴桑每天马不停蹄地跟群放马。

大千世界，人情百态。人同爱和恨与生俱来。巴桑心里想，我这个人啊，从娘肚子里生下来就开始遇到许许多多奇奇怪怪的事情。

他发现，自从去年开始好多人的目光落在他身上。巴拉姆赞赏的目光、央金爱慕的目光、扎木苏妒忌仇视的目光、普日布希冀期盼的目光、聋子丹巴不得其解的目光，以及牛倌、羊倌们的好奇的目光……而他们的目光里神色中，不乏图都布是不是要把牛羊、家产交给这个外来的盲流的猜疑。

巴拉姆听到这些风言风语心里倒觉得挺舒服，她从心眼里相中这位苏尼特的小伙子。图都布仍然是装聋作哑，不露声色。央金呢？谁知道央金到底是有何想法。

春夏之交，央金每次见到巴桑就羞答答地嘱咐说：

"马群千万不要赶到西山那边去放。"

这句话感觉很蹊跷，在巴桑心里成了一个谜。

西山，所谓西山，指的就是博格达山。那座山到底怎么了？巴桑遥望着远处岚气弥漫的那座山，始终没有得到答案。

眼看着万物茂盛的夏天也来到了。可爱的小马驹们嫌厌蚊蝇躲着自身的影子惊跑，闪着自己的尾巴惊跳。巴桑既是为了给整个一春天深藏于心底的谜团找答案，也是为了让在陶日木平洼地里闷热难耐的马群纳纳凉，今天半晌午的时候，把马群赶到了西山里。

巴桑情不自禁地失声赞叹。博格达山山麓、二郎山的山谷，简直是神仙休闲的桃源。放眼前去，远处山峦起伏，连绵不断，处处奇峰怪石，千姿百态，漫山遍野花团锦簇，景色迷人。山林里百鸟齐鸣，好似妙然天成的交响曲。特别是那黄莺鸟的啼鸣曲韵悠扬，婉转动听，听得人回肠九转，心儿都化了，思如泉涌，意如飘风，一曲家乡的歌曲从心底飞出：

> 西山的泉水清澈见底
> 绽开的莲花婀娜多美丽
> 美丽的莲花盛开的时候
> 回家呀妈妈回呀
>
> 北山的树木长势茂密
> 金色的黄莺鸟啼唱多动听
> 黄莺鸟婉转鸣唱的时候
> 回家呀妈妈回呀……

一曲思乡曲从心底涌出，再通过嗓音唱出来的时候是那么动听。原先，一说唱歌巴桑还有点腼腆，不好意思唱出来。今天，他突然发现自己居然成了嗓音还挺明亮的歌手。

　　被山野的美丽风光和黄莺鸟动听的啼唱深深感动的巴桑坐在一块山石上浮想联翩，思绪万千。故乡、父母至亲好像在召唤着他，呼喊着他的名字。他坐立难安，于是把马群收拢起来往回转，在陶日木一带平坦的开阔地上撒开吃草后，骑着枣红马信马由缰，没精打采地回来。在拴马桩上拴马时，迎上前来的央金和他有过一段对话：

　　"今天马群赶到哪里放的呀？"

　　"在西山。"

　　"啊？"

　　"上了西山，心里乱糟糟的。所以……"

　　"我不是告诉过你不要上西山放马吗？远离家乡的人一旦听到那里黄莺鸟的鸣唱，在异地他乡就待不住了。"

　　巴桑站在那里，默不作声。

　　"看样子你是不愿在我们家乡住下去了？"央金强忍的眼泪差点掉了下来。

　　"家乡，有病在身的阿妈，还有懦弱无能的妹妹……我不去看看她们，实在是受不了了。"

　　巴桑说话带着哭腔。

　　央金好像不认识他似的盯了他良久……

　　夏末的夜本来是短的，可是今夜好像违背了自然规律似的显得那么漫长。两个年轻人各有所思，辗转反侧直到天亮。

日出东方，光芒四射，大地万物沐浴在阳光中。巴桑要走了，央金前来饯行，送给他一匹尚未换完毛的紫红马路上骑。我在这家放了整整一年的马，却给我一匹尚未换完毛的三岁子马骑。这家人也够抠门的了。巴桑虽然在心里感到很委屈，但没有吭声。

送君千里，终有一别。央金送巴桑到路口停下脚步："等三岁子紫红马的尾巴长到拖地的时候，你如果回来，咱俩还能见上面。如果回不来，很可能就见不上了。"央金轻轻地说着，双眼噙满泪水遥望着博格达山。巴桑从怀里掏出布包里包着的一对玉手镯，说：

"这是阿妈让我送给儿媳妇的礼物。可是，我……还没找到这个人。我送给你……"巴桑欲把玉镯递给央金，央金犹豫了一下，推托说：

"这么贵重的礼物，我现在还不能接受。我……"话说了半截儿。

巴桑愣在那里，心里凉飕飕的，只觉得天转地旋。

这时候，巴桑突然想起"癞蛤蟆想吃天鹅肉"那句话来。

  天边巍巍耸立的
  是苏莫图宝德尔石林
  眼里若隐若现的
  是我可爱的心上人

  台地湖边长的莞草
  在湖边随风摆动

普通人家的女儿

何必这般痴情……

唱着这首歌，央金怀着恋恋不舍的心情三步一回头地回去了……

满天星斗眨巴着眼睛，好像也难过得哭泣，黑夜像个无底的黑洞吞没了一切。巴桑风餐露宿，日夜兼程，终于来到了家乡的边界。大苏尼特草原敞开怀抱迎接远走的儿子，一见到家乡的山山水水，巴桑多日的疲惫一扫而光，心情无比激动。

当他刚瞭见家的轮廓，只见一匹马长嘶一声，飞奔而来，是他的黑鬃马！巴桑情不自禁地跳下紫红马，上去一把搂住了黑鬃马的脖子，双泪长流，泪水打湿了黑鬃马的鬃毛。人啊，有时候也真够脆弱的。

千里之遥，不曾迷路，能找回家乡的马儿多么可爱！黑鬃马先巴桑跑到家门口嘶鸣，看家狗也认出是主人，从老远箭一样射过来。马和狗一前一后围着主人转。山丹听见马嘶狗吠的动静摔门而出，一看是日夜思念的儿子正笑眯眯地站在跟前。这是梦境，还是真的？

"我说嘛，这几天我老心跳加快、做梦、精神恍惚，原来是好兆头啊。我儿子回来了……"看到儿子的一刹那，母亲老泪纵横，大呼小叫。

"阿妈，我也想你们……"巴桑也动情地说道。

妈妈一个人在家。

桑嘎也比平时回来得早。他似乎预感到儿子今天要回来，老早就把羊群归拢过来。今年，他们家又接了二十多只羊羔，绵羊比去年增加不少。喜上加喜的还有一件事，曾经走失了一年多的种公驼也突然回来了。

"踏破铁鞋无觅处，得来全不费工夫。"桑嘎呵呵地笑着说，他不只是指种公驼，一语双关，话里有话。

妹妹不在家。巴桑正要问，母亲抢先说道：

"去年冬天把浩尔拉玛嫁给宝尼雅了。宝尼雅是好人家的孩子，品行好。"

桑嘎"哼"了一声，"不嫁怎么办？你那个女儿上山放羊，老跟那个驼倌宝尼雅约会。后来肚子大了，所以……"桑嘎说话直来直去，山丹赶紧转移话题：

"你走了后，旗官府又来人打听了。再后来可能是厌倦了，没有人再来打听。听说，去年冬天老王爷去世，他儿子继任了，你的事顾不上管，也就不了了之了。不过，儿子啊，咱再也不敢惹是生非呀！"母亲一再嘱咐道。

巴桑深深地吸了一口气。一路上所担心的事情变得如此简单，他很高兴，我可是个有家有业的人，我终于有家可归了！

第二天，巴桑去看望妹妹。只见妹妹、妹夫家里里外外井井有条，小日子过得有滋有味，他也就放心了，舒舒服服地当了几天客人，好吃好喝好招待。妹妹见到他，那高兴劲儿更是难以言状。

巴桑路过走场的牧点，也去了几户熟悉的人家串门子。富人巴拉丹的两匹种公马占群的马群在去年冬天的暴风雪中顺风失散，至今杳无音讯。另一拨马群，也让绿林好汉给赶走了。听到这些，巴桑心里感到惋惜。再去巴拉丹家当马倌的门路就这样被堵死了。

这一秋，接着整整一个冬天，巴桑替爸爸放羊照看骆驼。其间，母亲张罗着给儿子说媳妇，托媒人跑遍了各个秋营地、冬营盘。东边敖特尔的吉木斯姑娘，巴桑嫌弃人家长得难看，没相中；西边艾力的巴达玛姑娘，巴桑嫌弃人家个头太矮，不般配。无论见到什么样的姑娘，与央金一对比便相形见绌，天壤之别，黯然失色。就这样腊月过去了，正月过去了，二月份也过去了。

四月大地回春，草长莺飞，百鸟齐唱，是草原上最繁忙的季节。连日来，巴桑相约去各夏营地，帮着乡邻们套马捉马，剪马鬃、骟马蛋、烙火印，忙活了数日。这天，他回到家里休息。正在喝茶的时候闻见马嘶鸣的声音由远而近，他从蒙古包哈那眼儿往外一瞅，不由得全身一震。原来，他一眼看见了那匹紫红色骟马，紫红色马的尾巴已经长到拖地那么长了。

"紫红马的尾巴长到拖地的时候，你如果回来，咱俩还能见上面……"央金的话仿佛在耳边响起，巴桑霍地跳了起来。

第二天，太阳还没升起，巴桑骑着黑鬃马，牵着紫红马踏上旅途，前往乌拉特中旗。路程虽然遥远，但换乘两匹马，路在脚下，计日程功。

走近了，一会儿就能抵达。巴桑心神不定，悲喜交加。策格里庙到了，陶日莫开阔地就在眼前。

图都布家门口车水马龙，长长的链绳上拴着的马、骆驼排成行，人来人往，热闹异常。怎么回事？巴桑不由感到奇怪，来到拴马桩前下了马。

外边支起来的帐篷里人声鼎沸，歌声、划拳行令声此起彼伏。巴桑心里不由一沉，顿生不祥之感。他赶紧去了伙房。

"你们这儿怎么来了这么多客人？"

"噢，是巴桑呀，你……"是这里挤牛奶的女用人，她认出了巴桑。

"央金怎么样？"

"格格要出嫁了。明天清晨婚车就要出发。"

"央金要和谁成婚？"

"那人你认识，是扎木苏……"

几句话一切都明白了。巴桑从怀里拿出那对玉镯，请求挤奶的女用人把它交给央金。她同意了。

巴桑赶紧把两匹马牵到东边一处低洼之处安顿好，又回到图都布十个哈那的大蒙古包旁，在蒙古包固定绳上系结哈达和彩绸，作为和这家女儿私奔的记号，然后在远离人群的一个篷车旁边等待。

央金头发编成辫子，佩戴银簪、各种垂链式头饰和耳垂耳环，一身新娘打扮，花枝招展，更加妩媚动人。当挤奶的女用人把小布包递到央金手里，央金当即打开，见是一对玉镯，就知道巴桑回来了。

央金出去一看，只见巴桑站在篷车旁边频频向她招手。央金一路小跑来到了跟前。

"走吗？跟着我……"

"巴桑你为啥姗姗来迟？"

"走吧。两匹马在东洼子里连在一起。"

"走！无论走到天涯海角，也要和你在一起。"

巴桑牵着央金的手，毅然决然离开嘈杂的人群向东洼子跑去。

巴桑骑上了黑鬃马，央金骑上了紫红马。

新娘不见了，人群中一阵骚动。看到蒙古包固定绳上系着哈达和彩带，巴拉姆已经猜到八九不离十，心里倒豁然敞亮了。可怜的女儿这回终于等到了自己的心爱的人。

扎木苏吱哇乱叫，招呼人们去追鼓动央金私奔的人。熙熙攘攘的队伍从后边追，有些喝醉酒的人纷纷跌下马背。

巴桑、央金翩然马背，并辔齐驱，扬鞭催马，一路疾驰。

阿鲁库布其的马驹

金色凤毛有光泽

我那相恋的妹妹哟

温柔娴静好品德

台地湖边长的莞草

在湖边随风摆动

普通人家的女儿

何必这般痴情……

当央金唱了一首《阿鲁库布其》，巴桑接着唱了一首《褐色的雄鹰》：

褐色的雄鹰

俯冲的时候矫健有力

年轻的好时光

无谓虚度真可惜

凶猛澎湃的江水

岂能用沙土来阻挡

堂堂一个男子汉

岂能用闲言碎语来诽谤……

雄浑有力的歌声，伴随着夜间凉爽的风和花草的清香飞向天空，传得很远很远。

十五的月亮升上了天空。大地沐浴在银色的月光中。毕竟是夜晚，前方朦朦胧胧，他们担心迷路。正在这时候，只见一闪一闪的一只花白色的黄羊出现在前边，引路奔跑。

向东，向东，向着太阳初升的方向……

原载《花的原野》2020 年第 4 期

译于 2021 年

蒲草泛黄时

吉·清河乐 著

朵日娜 译

青格勒

笔名吉·清河乐，1973年生人，蒙古族，内蒙古自治区赤峰市翁牛特旗人。2009年毕业于鲁迅文学院第十届全国中青年作家高级研讨班。2009.10—2012.7深造于内蒙古自治区文学创作研究班。中国作家协会会员。2015年获得赤峰市第一届"百柳"文学奖。2017年获"花的原野"文学那达慕小说一等奖，同年获《民族文学》杂志年度奖，先后两次获内蒙古自治区文学创作"索龙嘎"奖。

朵日娜

蒙古族，内蒙古赤峰市克什克腾旗人，内蒙古自治区翻译家协会副主席。出版译著《阿拉善风云》《断裂》《饮马井》《我给记忆命名》等。曾获第十三届全国少数民族文学创作骏马奖，内蒙古自治区文学创作"索龙嘎"奖，《民族文学》年度奖。

上　部

一

生产队大会被奈曼金给搅散了。

这个会已经连续开了三个晚上。直到今晚，大家的意见才好不容易趋向一致。就在这个节骨眼儿上，奈曼金忽然来了。宝拉根艾里[①]的人们都叫他倔驴。奈曼金不是驴，是人，可他犯倔脾气的时候，跟驴没啥区别，就落得了这么一个绰号。宝拉根艾里的人们用驴来拉磨，用"倔驴"来放马。奈曼金是生产队的马倌。

奈曼金捣乱大会的时候，最生气的人就是查干[②]根敦。虽然根敦的绰号叫查干，但他长得并不白净，而是一个黑脸汉子。"你这个驴，真长本事了！"查干根敦绷着黑脸生气地骂了奈曼

---

① 宝拉根艾里：蒙古语，艾里意为牧户人家，村落。宝拉根意为泉，是艾里名。
② 查干：蒙古语，意为白色。

金。挨了骂的奈曼金，要是不还嘴，就不是"倔驴"了。他立刻回敬道："你这个查嘎钦①，不要在宝拉根艾里人面前指手画脚！"根敦达日嘎②虽然被这倔驴戳中了软肋，却像雨后的阳光般满面笑容地说："好了，散会吧，大家先回去，下次会议另行通知。"

其实，倔驴奈曼金捣乱这次会议，决不是想把矛头指向查干根敦。查干根敦对此心知肚明。宝拉根艾里的男女老少也都知道，他俩是穿一条裤子的好兄弟。因为跟队长走得近的人才能当生产队的马倌。查干根敦心灵嘴巧，倔驴奈曼金是个闷葫芦，尤其是犯驴脾气的时候，除了吃饭，能好几天不开口。但他只要开口说话，句句都能戳中要害。因此，邻里乡亲们遇到费解的事，都愿意跟他唠唠，听听他的看法。不知如此二人怎能私交甚好，且保持了多年，这是宝拉根艾里的一个不解之谜。

"我不同意包畜到户！"搅散大会的就是奈曼金的这句话。大家都知道，奈曼金说不同意，肯定就有不同意的道理。会场里顿时变得鸦雀无声，人们各自在心里琢磨：倔驴所说的"不同意"到底是什么意思。就在这时，查干根敦宣布散会了。

喇叭沙日勒岱最先来到奈曼金家打听消息。

太阳刚从地平线上升起，奈曼金在马桩前鞴着马鞍要去牧场。

"可算赶在你前头了。"喇叭沙日勒岱对奈曼金说。

奈曼金没吱声。

"你为什么不同意包畜到户？那样的话每家每户不都有牲畜了吗？"沙日勒岱向屋门瞟了一眼，又说，"娜布齐玛嫂子熬好

---

① 查嘎钦：蒙古语，意为流民、异乡人、流亡者。与查干有共同的词根。

② 达日嘎：蒙古语，长官之意。

奶茶了吧？"

奈曼金还是不吱声。

"你就给我们说说不同意的原因吧，我们好歹心里有个数呀！听说附近的大队已经开始分牲畜了。"沙日勒岱顶着阳光，眯缝着眼睛说。

奈曼金依旧不吱声，骑上颠步小跑的马渐渐走远。马蹄落在潮湿柔软的土地上发出啪嗒啪嗒的声音。喇叭沙日勒岱朝他家屋门走了几步，又转身奔大队长查干根敦家的方向去了。

艾里的人们跟喇叭沙日勒岱一样，陆续来到奈曼金家打听消息，这样闹腾了几天，大家又跟沙日勒岱一样，奔查干根敦家去了。

好几天了，奈曼金都不肯说话。人们知道，他的老毛病又犯了。其实，他这次倒不是真犯了驴脾气，而是在等一个人。那个人却迟迟不出现。他就是查干根敦。

"像咱俩这样的笨脑袋瓜子，根本弄不懂上面的政策！别说咱宝拉根艾里，全国上下不都在忙活着落实包产到户的政策吗。你就去根敦哥哥家跟他见个面吧。到底是咋回事，咱们也弄个明白不是？这样干等能有啥结果。"娜布齐玛说。这时往他们家跑趟趟的人也渐渐少了。

"我就不信，一个破查嘎钦，能扛得过我！"奈曼金笑着对妻子说。

"查嘎钦又咋地，人家可是达日嘎！宝拉根艾里的笼头被他攥着，又不是被你攥着。天塌下来也轮不着你顶，大家的日子以后过好过坏跟你没关系。"娜布齐玛说。

娜布齐玛长相标致，贤惠懂事。宝拉根艾里的男人们都愿意多看她几眼。她是奈曼金的女人，也是唯一能降伏这头"倔驴"的人。

查干根敦趁着奈曼金去牧场放马，经常去他家。在艾里，早就流传着这样的传闻，真假难辨。今天，查干根敦确实来到了他们家。他一进门就对娜布齐玛说："你就想想办法吧，让他去我家一趟。那犟种只听你的。"

"什么？为啥非让他去你家，你难道就不能来我家见他？"

"行的话，我就不跑这趟了，省得被人家说三道四……你还是替我劝劝他吧。"

"唉，你们这些男人，不知都想啥呢。"娜布齐玛嘟囔了一句。查干根敦听到这话，心想这趟没白来，咧了咧嘴，讪笑着回去了。

两天后，太阳快落山的时候，倔驴奈曼金骑着马来到了查干根敦家。查干根敦对老婆说"我要跟倔驴喝两盅"，让老婆炒了两个菜。不一会儿，宝拉根艾里的两条好汉对桌而坐，端起了酒盅。

"你呀，真是一头倔驴，只可惜就是倔不过自己的老婆呀！"查干根敦干笑着说。

奈曼金已有些醉意。他说："你是不是又去我家跟我老婆嘀咕我了？"

查干根敦说："其实呀，我早想跟你好好唠唠，可这两天总去苏木①开会，没得空呀，苏木达说咱艾里落实承包的进度太慢，又狠狠地剋了我一顿。"

———————

① 苏木：内蒙古行政区划名，相当于乡。"苏木达"即乡长。

奈曼金说："如果真要包畜到户，咱牧民的日子可就不好过喽。咱们宝拉根艾里，沙梁地多，平坦的牧场少，最适合游动放牧。要是把畜群分给各家各户，牧场结构不遭破坏才怪呢。"

查干根敦说："牧民们听到每家能分到牲畜，都兴奋得坐不住了，咱俩能有啥法子。"又叹息道，"你哥哥我不是不懂你的心思！你爱马如命，舍不得离开那群马。"

奈曼金说："马群是集体财产，又不是我奈曼金祖上传给我的私产。分就分呗！不过你要想清楚，要是把这马群给分了，过不了多久，这片草原上就再也见不到马匹了。"

查干根敦端起酒盅，闷声闷气地一口喝了下去。

奈曼金接着说："走春场的时候，又粗又高的草被马吃完后，牛羊爱吃的细草才会茂盛。这个你不是不知道。我担心的是，包畜到户以后，牛马的数量会减少，羊的数量会增多。这样一来，被羊踩踏过的草场上，又粗又高的草就长不起来了，也影响细草的长势。咱们的草场能不退化吗？"

查干根敦又给自己倒了一盅，说："唉，咱俩发愁也解决不了问题。还是喝酒吧。"端起酒盅跟奈曼金碰了盅，又说，"咱宝拉根艾里有四十多户，一大群牲畜要分成四十多个小群。畜群增多了，从一个羊倌变成了四十多个羊倌，一个牛倌变成了四十多个牛倌。这样一来，既限制游动放牧，又会出现劳动力不足的问题。"

奈曼金说："不光是咱们的宝拉根艾里，全国上下都在落实这项政策，咱俩能有啥法子。我琢磨好些天了，以后呀，这草场肯定一年不如一年，不久的将来就会出现现在想都想不到的许多问题。分草场也是迟早的事。所以说从明年起，我打算把吉格苏泰湖和翁根沙地围起来，养活几匹马肯定不成问题。我自己忙活不过来，你要是愿意，就跟我合伙吧。"

查干根敦二话没说，一口答应下来。也许是酒劲上了脸，也许是因为高兴，那张黑脸发紫了。

"我爷爷常说，世事变化盛衰无常，分久必合合久必分呀。"倔驴奈曼金惆怅满怀地瞅着屋顶，自言自语似的轻声说着。

从查干根敦家出来后，奈曼金没回家。他直接去了吉格苏泰湖北面的沙山。这个沙山叫肖荣查干。奈曼金望着繁星密布的夜空，忽然眼角湿润，眼泪止不住地流了下来。

二

左撇子宝鲁德在二十岁那年当了土匪。他那时还没有左撇子这个绰号，当了土匪也没有得这个绰号。被人们叫左撇子是来到宝拉根艾里之后的事。

在他二十岁那年的夏天，宝鲁德一个人在楚勒特木巴彦[①]的牧场放马。宝鲁德的父亲是敖汉人，叫朝瑞，为躲避战乱匪灾，挑担而逃，一路向北，最终落脚于楚勒特木巴彦家，成了他家的长工。身为查嘎钦的朝瑞为了糊口，给吝啬鬼楚勒特木巴彦放牧畜群勉强度日。"敖汉人不是人，肺脏肉不是肉。"楚勒特木巴彦经常这样讽刺朝瑞。虽说楚勒特木巴彦不把朝瑞当人看，楚勒特木巴彦家的寡妇羊倌却在朝瑞三十岁那年看上了他。朝瑞这才有了一个家。

---

① 巴彦：蒙古语，牧主，富人。

二十多个土匪向单枪匹马的宝鲁德迎面而来。"跟我们走吧！胆敢不从，就要你的小命夺你的坐骑！"一脸络腮胡子的土匪头子狠狠地盯着宝鲁德。

"你们敢当土匪，我也敢当！"宝鲁德也狠狠地盯着络腮胡子。说完这话，宝鲁德扬起马鞭，抽在马屁股上，跟着这帮土匪疾驰而去，开始了三个月的土匪生涯。

日本投降后，时局混沌，战事依然不断，土匪成帮。宝鲁德就在这个时期跟了络腮胡子，混了一段时间。渐渐地，宝鲁德零零星星地了解到了时局的一些真相，从此多长了个心眼，觉得这样下去不是长法。那时，正值卓索图盟纵队追剿反革命团伙最旺盛时期，以络腮胡子为首的这帮土匪白天行走于险峻的沙漠地带，遇见单独居住的牧户就抢劫，以此度日。宝鲁德早就想逃走，络腮胡子的这种做派更坚定了他逃走的念头。只是土匪们警惕性高，轮岗放哨，他一直不得机会。入伙两个月之后，络腮胡子才给了他一把枪，偶尔派他去放哨，也是在白天，而且另外还有人和他在一起。执勤的人站在高处，为匪群望风。夜间放哨从来没有宝鲁德的份儿，通常都是络腮胡子绝对信任的人，而且要经验丰富。转眼间，宝鲁德跟着这群土匪东躲西藏，快三个月了。

秋天来临，蒲草渐渐泛黄。

宝鲁德在吉格苏泰湖边遇见了杭莱。查嘎钦朝瑞的儿子查嘎钦宝鲁德从此开启了第二代查嘎钦的新生活。

希热图战役促成了宝鲁德和杭莱的相遇。这场战役也是宝鲁德有生以来参加过的唯一战役。希热图之地处于沙漠中的稀疏柳林中，地势平坦，如桌面。那天夜里，以络腮胡子为首的匪帮被剿匪队撵到希热图附近，疲惫饥渴折磨着他们，也削弱着他们的警惕心。宝鲁德终于瞅准机会，打马一路向东而逃。他的家乡其实在西边，但他知道土匪们不会轻易饶过开小差的人，才故意选择了相反的方向。

天快亮的时候，宝鲁德来到了吉格苏泰湖边。他下马前把枪扔进了湖里。湖面打了一个漩涡，很快又恢复了平静。宝鲁德这才长舒了一口气，翻身下马，卸下马鞍，放在草丛中，倒头就睡着了。

"嘿，你是什么人？"一个清亮的声音把宝鲁德叫醒。

在刺眼的正午阳光下，宝鲁德看见了杭莱，她牵着一匹温顺的青灰色马站在离他几尺远的地方。

宝鲁德没有起身，也没有说话。眯缝着眼睛望向刺眼的阳光。

"你是什么人？"杭莱又问。咩咩的羊叫声从湖边传来。

"你是什么人？"这次不是杭莱，而是宝鲁德发问。

杭莱咯咯笑着，胸脯微微起伏，褐色脸蛋上泛着红晕。宝鲁德坐了起来。这时，他才感到又累又饿，眼前发黑，双耳发鸣，脑袋嗡嗡直响。

宝鲁德抱头坐了一会儿后，说："我是土匪。"杭莱又咯咯笑了起来。这个脸色苍白，发须蓬乱，一脸倒霉相的男人说自己是土匪，但在杭莱眼里，他更像一个无家可归的流浪汉。杭莱解开马鞍上的包，取出灌有温茶的水壶、装着干粮的口袋，递给了宝鲁德。

杭莱和母亲住在吉格苏泰湖北边的翁根沙漠。在她十岁那年的冬天，父亲醉酒，在野外从马背上摔下来，不幸离世。从那以后，母女俩相依为命，在翁根沙地放牧着牲畜生活。

宝鲁德在杭莱家住了下来。过去的三个月，他受尽了饥饿之苦，尝尽了担惊受怕的滋味儿，再也不想过东躲西藏的日子了。这是让宝鲁德留下来的一个原因，另外的原因则是，担心在剿匪大潮中再次遭遇匪徒。

宝鲁德想回家乡跟父母亲报平安，这是发生在杭莱怀孕之后的事情。他对杭莱说："你等着我，我很快就会回来！"他亲了亲杭莱的额头，便骑马出发了。说很快就回来的宝鲁德，果真没过多久就回到了杭莱身边。他回来之后相继发生了土地改革、合作化、"大跃进"、三年自然灾害等事。宝鲁德和杭莱共同经历着各种事情，生育了一儿三女。

根敦是宝鲁德的独生子。他身为查嘎钦朝瑞的后代，虽说长着一张黑脸，却被宝拉根艾里的乡亲们叫成了查干根敦。出于一种歉疚之心，人们没有直接叫他查嘎钦，却在他的名字前面加了"查干"这个绰号，好像是要让他永远记住查嘎钦这个身份，似乎也体现了对他的怜悯。

三

在根敦的成长过程中，最为他操心的人就是铁塔朝克图。

根敦从懂事之日起就知道，铁塔朝克图没几天就会骑马来到家里，跟父母亲唠家常。他还记得这个黑脸男人，总骑着那匹生产队的黑马，走家串户。

根敦十岁那年，有一天，大汗淋漓的铁塔朝克图下马后未等进屋就对杭莱说："杭莱，让根敦去上学吧！都长成半大小子了，不能让他整天在野外瞎混了。"这是铁塔朝克图为改变根敦的命运，提出的第一个建议。

根敦就此踏上了上学读书之路。他是个好学上进的孩子，如果父亲不去世，或许就离开艾里去外面闯天下了。他父亲的去世要从好事精宝罕岱说起。好事精宝罕岱不知从哪儿听说了左撇子宝鲁德曾经当过土匪，便指使几个头脑发热不知深浅的年轻人，揪出宝鲁德，对他进行了几天几夜的批斗。左撇子宝鲁德一会儿被拉去烤火，一会儿又被拽到刺骨的寒风中挨冻。经过这番折磨，宝鲁德回家病倒后就再也没有起来。好事精宝罕岱揪出宝鲁德之后，还把"走资派"的帽子扣给了生产队队长铁塔朝克图。那几个年轻人来到朝克图家要把他揪去批斗。朝克图破口大骂道："你们这帮狗崽子，刚脱下开裆裤，就敢来批斗你老子！我铁塔朝克图要是走资派，宝拉根艾里的所有人都跟我一起踏上了走资派的道路。你们这群皮肉痒痒的畜生，都给我滚！"说着就站起身，那几个人吓得屁滚尿流连忙夺门而逃。

根敦初中毕业那年，铁塔朝克图又来到了学校。这次他没有骑生产队的黑马，而是驾了四套马车，不仅接回了根敦，还接回了儿子奈曼金。根敦在路上没有掉一滴眼泪，朝克图也没说一句话。到了根敦家的门口，朝克图才对他说："你现在是顶天立地的男人，要好好照顾你母亲！"朝克图凝视着远方低沉地说着，又长叹了一声。

铁塔朝克图想再次改变根敦的命运，已是几年之后的事情了。"苏木要选拔干部，你去参加考试吧，生产队已经替你报名了。"铁塔朝克图把根敦叫到生产队后对他说。根敦打小就受制于这个黑高个儿的威严，不敢拒绝他的建议。但是他到苏木之后，并没有参加考试，而是在苏木政府门前抱头坐了半天就回来了。谁都猜不出，根敦为什么会这样。铁塔朝克图也没有去追问，只是长长地叹了一口气。

根敦遗传了父亲的脾气秉性，脑子灵光，心智聪明，意志坚定，认准的事非做成不可。铁塔朝克图早就看出了他的这一个性。朝克图当年给宝鲁德起"左撇子"这个绰号，也是因为羡慕他的聪明机智。宝鲁德的确是个左撇子。在宝拉根艾里，人们把头脑伶俐、一拍脑门就能想出歪点子的人，也叫左撇子。左撇子宝鲁德的绰号很快就被叫开了。

左撇子宝鲁德究竟用了什么"歪点子"把杭莱骗到手的呢。铁塔朝克图绞尽脑汁也没猜出来，只在心里暗自惋惜罢了。为杭莱暗自惋惜的人在宝拉根艾里不只他一个，好事精宝罕岱也是其中之一。如果说善良人的爱是一种依靠，那么恶人的爱有时就会变成一口害人的陷阱。好事精宝罕岱一直怀恨宝鲁德，这种怀恨越积越深，最后宝罕岱亲手断送了宝鲁德的性命。

左撇子宝鲁德去世的时候，最高兴的人就是好事精宝罕岱。可让他万万没想到的是，左撇子宝鲁德把最后一招"歪点子"留在了咽气之前。他把铁塔朝克图叫到身边，说："我把老婆孩子交给你了。"铁塔朝克图的威信在宝拉根艾里无人能比，不管是年轻的毛小子，还是上了年纪的长者都惧他三分。好事精宝罕岱的希望随着左撇子宝鲁德的遗言而破灭，于是就把所有怨恨都撒给了根敦，骂他是"一个破查嘎钦的崽子，顶多也就是个查干根敦"，还觉得不解气，随后又"呸"地吐了口痰。从此，根敦的"查干"绰号就传开了。

查干根敦二十一岁时娶了媳妇成了家。当时少有人家愿意把女儿许配给杭莱家做儿媳妇，但在铁塔朝克图的一再撮合下，根敦的婚事终于有了着落。根敦结婚那天,坐在主桌上的铁塔朝克图喝醉了。他忧伤地唱道:"吉格苏泰的湖水呀,向东向西起浪花,梦里萦绕的你呀,在我心里总打转。翁根地的沙土呀,向前向后总游移,心中想念的你呀,是我思念是我爱。"后来,这首歌成了根敦醉酒后经常唱的一首保留曲目。

根敦结婚一年之后,铁塔朝克图才给奈曼金张罗婚事。他早就看出来了,一起玩大的这俩孩子,将来一定会成为宝拉根艾里的掌舵者,并且看透了查干根敦的心思——他跟自己暗中较劲,决心守在寡母身边,不想让她受任何伤害。铁塔朝克图也就打消了让根敦远走高飞出人头地的想法,为了让他在宝拉根艾里有模有样地过日子,想尽办法为他铺路。

查干根敦入党那年,杭莱成了生产队的挤奶员。挤奶员的工作相对比较轻松,且缺不了鲜奶、奶豆腐、黄油等奶食品。这是艾里的每个女人都向往获得的一份工作。铁塔朝克图以检查工作为由偶尔会来杭莱这里。他不声不响地喝着她熬的奶茶。喝出一身透汗,就骑着马离去了。杭莱站在门口,久久目送着他远去的背影。

在铁塔朝克图的推荐下,查干根敦在入党后的第二年,成了生产队副队长。这件事把奈曼金给惹恼了。他质问父亲:"我是你儿子,还是根敦是你儿子?"铁塔朝克图被这句话气得直哆嗦。奈曼金"呸"地吐了口痰,说:"我不是眼馋那狗屁不如的破队长,是想知道到底谁是你儿子。"说完骑上马疾驰而去。

奈曼金对父亲发这顿驴脾气,是因为有关父亲的流言蜚语。其实在宝拉根艾里,早就流传着铁塔朝克图打年轻时就爱杭莱的传闻。这个传闻到了好事精宝罕岱的嘴里就变味儿了,他说:

"根敦是朝克图的儿子。"这句话被年轻气盛的奈曼金听到后，觉得丢尽了脸面。父子俩的关系从此恶化。奈曼金顶撞父亲的次数越来越多。所以铁塔朝克图把队长的位置腾给根敦之后，就搬到了生产队的菜地，住在那儿种菜了。

查干根敦是在三十二岁那年当上队长的。铁塔朝克图其实还可以再干几年，他却以"让火力旺盛的年轻人去干"为借口，主动把队长的位子腾给了根敦。有人反对根敦当队长，理由就是他是查嘎钦的后代，但铁塔朝克图一再坚持，也就没人敢站出来跟他作对。

查干根敦上任之后，加强了奖惩分明的制度。提前上工有加分，迟到晚去要扣分；毁坏或弄丢集体财产者受惩罚；打架斗殴扰乱社会秩序者受惩罚；擅自打草者也将受到惩罚……他的这一举措，给过惯闲散日子的牧民们带来了前所未有的压力，大家累死累活地干了一年，到了年底，都被扣了工分。尤其是好事精宝罕岱，从队里赊账赊得连老婆孩子都快养活不起了。

年末的总结大会上，大家像火山爆发般，七嘴八舌地对查干根敦展开了各种批评，尤其是以好事精宝罕岱为首的那几个人，撸着胳膊挽着袖子，口口声声地要罢免他。

查干根敦的黑脸变得紫红紫红，细密的虚汗顺着鬓角不住滴落。他此时此刻初次体会了父亲曾经历过的无亲无故无依无靠的查嘎钦人的无助与痛苦；不由得在心里检讨自己——年轻气盛，经验不足，鲁莽行事。

好事精宝罕岱们越发嚣张，对他大嚷大叫："下去吧，下去吧！宝拉根艾里的人不会被你奴役。"

这时，自打开会一言没发的倔驴奈曼金突然说道："宝罕岱，你给我闭嘴！人不怕犯错误，只要能改就是好同志。查干根敦就算有错，介绍他入党培养他成为队长的人也脱不了干系。你们有种的话，找朝克图说理去。"大家仿佛遭到了重拳打击，会场上顿时安静了。

查干根敦用袖口不停地擦鬓角的汗。

铁塔朝克图听说这事后，哈哈大笑着对倔驴奈曼金说："你不愧是我的种！"

四

宝拉根艾里，一头驴也没有。

其实，宝拉根艾里原来有过几头驴。牧民们让它们拉磨碾米。突然有一天，查干根敦向大家宣布，要消灭艾里的所有驴。所谓消灭就是卖掉。驴们怎么得罪了查干根敦？正在大家感到纳闷的时候，紧接着又传来了他的最新指示——各家各户以后不准养驴。这就让大家更猜不透他到底要干什么了。

其实，艾里的驴，并没有得罪查干根敦，而是得罪了奈曼金。奈曼金跟那牲畜结怨之后，并没要求查干根敦将驴们赶尽杀绝，是查干根敦自己决定要这样做的。生产队把艾里的驴卖光之后，挑了匹温顺的马，驯服它拉磨，让各家各户用来碾米。

在这件事上最生气的人就是倔驴奈曼金，生气的根由也不是因为他喜欢驴。大家都知道，倔驴奈曼金最爱的人是妻子娜布齐玛，最爱惜的牲畜是马。

因驴而气得要死的奈曼金从牧场疾驰回家，抡起大胳膊扑向娜布齐玛，却没舍得向爱妻动手，反倒狠狠地抽了自己一个大嘴巴，就面朝墙躺下了。查干根敦听娜布齐玛说过这件事后，呵呵地干笑着说："我是想替他报仇，没承想倒勾起他的驴脾气来了。"

娜布齐玛说："哪个男人不爱面子？你这是故意让他在人前出丑。"查干根敦又呵呵干笑了几声，说："这事只有你和我，黑驴和'倔驴'知道。黑驴不会说话，'倔驴'不会往外说，你我就更不会往外说了，不会有人知道的。"

惹事的黑驴是查干根敦家的。那一天，娜布齐玛从他家借来这头黑驴，拿上簸箕、筛子、蒙布，把装着玉米粒的口袋驮上驴背要去磨盘上碾米。认生的黑驴好像知道了要去被使役，忽然来了倔劲儿，娜布齐玛拽着缰绳怎么牵，它都不肯动弹。奈曼金看到后就走过去往驴屁股上下了一巴掌，不知黑驴是受了惊，还是犯了倔，尥蹶子踢了一下。

黑驴踢中了奈曼金的命根子。驯服过无数匹生格子①马的奈曼金，这次却被黑驴踢老实了，裆部红肿，疼痛难忍，趔趄着双腿不能走路。他在家养了好些天，受伤的"宝贝"才渐渐消肿止痛，这让他非常高兴。可是高兴得太早了，万万没想到身上的"宝贝"除了撒尿已失去任何用处，就这样奈曼金被黑驴踢得变成了"骡子"。

查干根敦的黑驴不但毁了奈曼金，还破灭了娜布齐玛向奈曼金撒娇时保证过的"我要给你生十个孩子"的伟大理想。幸亏在这之前娜布齐玛给奈曼金生了一儿一女。

奈曼金变了，像个闷葫芦似的整天赶着马群在野外放牧。他

---

① 生格子：指未经调教的牲畜。

把马群赶到河边，就去肖荣查干沙山上，望着远方独自坐到暮色降临才会离开。他不知他父亲朝克图在年轻的时候也常来这里，度过无数个傍晚，但吉格苏泰湖知道。

查干根敦夫妇有了第五个孩子。孩子满月的时候，查干根敦才听说奈曼金被黑驴踢残的事。那天，他请奈曼金夫妇来家里吃饭。查干根敦非让娜布齐玛喝酒。他要是不让她喝酒，也许一辈子都不会知道这个秘密。娜布齐玛喝了几盅之后，小脸绯红面如桃花。查干根敦情不自禁对她说："你嫂子我俩现在有了五个手指似的五个孩子。你俩是咋回事，怎么没有动静了？要努力哟，俩孩子可不够。我们还等着去你家喝新生儿的满月喜酒呢……"

娜布齐玛脱口道："都怪你家的那头黑驴。"她知道说漏嘴了，赶紧捂住了嘴巴，但为时已晚收不回来了。举着酒盅刚要喝酒的奈曼金把酒盅放在桌上，不声不响地走了出去。

娜布齐玛趴在炕上抽泣起来。根敦的妻子在灶间忙活饭菜，听到抽泣声连忙进屋，不知到底发生了什么，就埋怨起丈夫："都怪你，就知道让人家喝酒。娜布齐玛啥时候喝过酒呀，真是的，你们兄弟俩喝好不就得了嘛。"

奈曼金骑马来到肖荣查干沙山上，下马后坐了下来。暮色降临，天色向晚。他望着繁星密布的夜空久久地呆坐着。蒲草泛黄，秋风习习。湖边的蒲草随着微风沙沙作响，仿佛要唤醒人世间的苦乐忧伤。夜已深沉，奈曼金辔马骑上，向生产队菜地方向疾驰而去。铁塔朝克图听到由远而近的马蹄声，心里估摸着除了儿子不会是别人，于是坐起身，刚点着煤油灯，奈曼金就进屋了。常跟父亲拌嘴吵架的这个男人，最近常在深夜时分来父亲的小屋坐上一会儿。父子俩对桌而坐，谁都不吱声，轮流抽着铁塔朝克图放在桌上的荷包里的烟叶。荷包里的烟叶被这对父子抽尽了，天也亮了。奈曼金这才会起身离去。打那之后，铁塔朝克图养成了一种习惯，每晚睡觉前，总把烟荷包装得满满的。

查干根敦给黑驴上了绊拴在桩上，用鞭子抽了小半天才将它卖走，紧接着又召集大家举行特别会议，宣布消灭每一头驴的决定。他说："驴不是蒙古人的益畜。"乡亲们基于驴对宝拉根艾里所作的贡献，却给出了较好的评价："驾车使役拉磨碾米的时候驴比马听话。"即使这样牧民们也没能阻止查干根敦对它们的厌恶。他每次见那牲畜都会发无名之火。

查干根敦总觉得，驴不是奈曼金的冤家，而是他查干根敦的冤家。这种想法的产生并不是因为他跟奈曼金是好兄弟，而是因为怜悯娜布齐玛。"女人也是人呀。多美好的年华，娜布齐玛她就……"想起来就情不自禁地怜悯娜布齐玛，对奈曼金就更加生气。有天早晨，他喝茶的时候又想起了心事："顶天立地的一条大汉竟然被驴踢坏，糟践了牧马人的名声。"把茶碗使劲蹾在了饭桌上。他老婆吓了一跳，脱口秃噜了一句："完蛋了……"查干根敦简直气不打一处来，向她嚷道："撒癫的女人，话都不会说了。非得要说完蛋！"茶都没喝，摔门出屋向大队走去。

查干根敦可怜娜布齐玛，也可怜自己。他对这个女人心仪已久，对她未产生过非分之想可不是事实。奈曼金不在家的时候，他常去她家溜达。有一次他又来到了她家。娜布齐玛呵呵笑着对他说："根敦哥哥，你别总是往我家跑，让奈曼金知道了，有你好果子吃。"现在查干根敦的心里却起了变化，他觉得以前可以对她心仪，现在绝对不能打她的歪主意。虽说活在尘世间的男人喜欢漂亮女人是天经地义的事，但万万不能乘人之危。所以才觉得娜布齐玛和自己都是可怜的人。

查干根敦背着奈曼金找了好几位名医替他求诊问药。这样做的目的究竟是为了娜布齐玛，还是为了奈曼金，他自己也不清楚。查干根敦是聪明人，从来不找附近的大夫，抓药回来也是把那些药包悄悄给娜布齐玛送过去。娜布齐玛有天晚上把头贴在奈曼金的胸口，对他说："根敦哥哥一片好心，可艾里的人们最近竟传我俩的闲话，你不会信以为真吧？"奈曼金用粗大的手掌缓缓地将着爱妻的黑发，长叹一声后说："就算真有此事又能咋地呀。你也是人，让你守活寡是我的罪过啊。"娜布齐玛的泪水仿佛决堤之水。查干根敦惦记在心的这个女人，把脸贴在丈夫的胸口啜泣时，那光滑的肩头犹如秋叶般颤抖着。

谁都不知道查干根敦为奈曼金悄悄抓回来的药，到底对奈曼金起没起效用。奈曼金不说，娜布齐玛不说，也就变成了永久的秘密。

五

包畜到户两年后，宝拉根艾里发生了两件大事。

第一件事让乡亲们咧嘴高兴，第二件事则引来了大家的嘲讽。宝拉根艾里是较早实行半农半牧的地区，耕地主要分为坨子田和平原田两大部分。包畜到户实行没多久，乡亲们就盼望着尽快实现包田到户。他们的这一愿望在两年后得到实现，每个人都非常高兴。

包田到户实行没多久，倔驴奈曼金不顾大家的嘲讽和反对，非要把吉格苏泰湖和翁根沙地围起来进行保护。他去大队向队长查干根敦提出了申请，查干根敦召集村民举行了特别会议。

乡亲们不赞同奈曼金的做法，认为这头倔驴脑子进了水，怕他要犯糊涂，对荒漠沙地进行保护的想法成了大家的笑柄。大家还说吉格苏泰湖除了饮牲畜毫无利用价值，就算可以收割岸边的蒲草，用处也只能是苫盖棚圈，再说了，水源距艾里那么远，饮牲畜也不方便。村民们习惯了定居生活，已逐渐远离游动放牧的生产方式，并不理解奈曼金的想法。

"大家要是没意见就这么定了。围那块沙地需要大笔资金，如果有人愿意跟奈曼金合作，会后你们自行商量。"会议结束时，查干根敦以这句话堵住了大家的嘴。村民们分到牲畜日子稍有转机，谁都不愿意把钱砸在沙地里。这是查干根敦早就预料到的结果。奈曼金和查干根敦也就顺畅无阻地落实了两年前盘算好的计划。

蒲草渐渐泛黄，收秋接近尾声。查干根敦和倔驴奈曼金合伙，把吉格苏泰湖和翁根沙地用铁丝网围护了起来。这个工程将给他们的晚年奠定安稳的生活基础。为此付出最重要贡献的人，既不是倔驴奈曼金也不是查干根敦，而是铁塔朝克图。这是宝拉根艾里的村民想都想不到的秘密。

两年前的那一天，倔驴奈曼金搅散生产队大会，一个人跑到沙山上坐到了大半夜后，去找了铁塔朝克图。父子俩跟往常一样，抽烟抽到天亮，跟往常不同的是爷儿俩都打开了话匣子。

宝拉根艾里没有泉眼，却留下了以泉为名的艾里名，可谁都说不清这个地方何时有了这样的名字。那天晚上，铁塔朝克图告诉奈曼金："宝拉根艾里有泉眼！"这句话仿佛夜空中的闪电那般，来得那么突然，奈曼金诧异无比，眼珠子都快蹦出来了。这些年来，他在野外放牧马群，走遍了附近的山山水水，每棵草的名字几乎都能叫得出来，却从来没有发现过泉眼。

也是在那天晚上，铁塔朝克图第一次跟儿子说起了父亲常挂在嘴边的那句话："世事变化盛衰无常。"把吉格苏泰湖围起来进行保护吧。要想保护吉格苏泰湖，就要先保护翁根沙地。要想把这两个地方都保护起来，必须跟查干根敦合伙。蒙古人不合伙就不易成事呀。既然开始分牲畜，有朝一日草场也会被分给各家各户。只要跟查干根敦合伙，将来分草场时吉格苏泰湖就是你的了。这些话都是那天晚上，铁塔朝克图告诉奈曼金的。

"咱们家乡的神是一条黑龙。咱们的祖辈一直供奉着吉格苏泰湖。将来是啥样谁都不好说，骏马也许会消失，草场也许会退化，但无论如何不能失去家园。只要家园在，一切都会复苏兴旺。"铁塔朝克图语重心长地嘱咐着儿子。天亮了，奈曼金要走了。他又叮嘱道："你爷爷常说，世事变化盛衰无常，这句话是有道理的。"那一晚，是爷儿俩说话最多的一晚。这个夜晚深深地留在了奈曼金的心坎上。

包畜到户后，大队挤奶员杭莱回家了。包田到户后，在集体菜地种菜的铁塔朝克图也回到了家。他回家后，一春天都在打柳条，忙活着编柳芭屋。帮他打下手的不是儿子奈曼金，而是喇叭沙日勒岱。喇叭沙日勒岱是艾里的光棍、好事精宝罕岱的儿子。他有点缺心眼，还遗传了父亲的性格，喜欢胡说八道，羊粪粒大的事，从他嘴里说出来就能变成羊大的事。去年冬天，他父亲好事精宝罕岱在别村人家喝完酒，傍晚时分路过翁根沙地回艾里时迷了路。说是迷路，其实是坐骑受了惊把他甩下后跑掉了。他在冰天雪地的野外躺了大半夜，右手指头全冻掉了。打那之后成了左撇子，还落下了怪毛病——发烧打战口吐白沫胡言乱语，而且几天就犯一次。

奈曼金去牧场放马时，发现了奄奄一息的宝罕岱，把他驮回了艾里。虽然包畜到户了，但奈曼金还是艾里的牧马人，唯一的变化是结算工钱的方式不同了。以前跟大队结算，现在是各家各户按照匹数结算。宝拉根艾里的羊倌还是从前的那个羊倌。每天早晨各家各户把家里的羊赶出来，交给羊倌。晚上回来后，再从大群里分出来，圈进自家的院子。每个人的劳动积极性都被激发出来了。为了过上更好的日子，大家脚不沾地地忙活，只有喇叭沙日勒岱整天在艾里瞎溜达，谁家有活儿就去跟着忙活一会儿，混吃混喝。

在宝拉根艾里，只有铁塔朝克图把喇叭沙日勒岱当人看。喇叭沙日勒岱对铁塔朝克图也是忠心不贰。这份忠心是有目的性的，在艾里没人正眼看他，更没人给他烟抽，只有铁塔朝克图能让他过足烟瘾。他认为给自己烟抽，就是在尊重自己，看见铁塔朝克图拿着镰刀捆绳从艾里走出去，就自愿主动地跟上去，帮他往家里背打好的柳条。

在喇叭沙日勒岱的大力帮助下，铁塔朝克图编好了两个柳芭屋。这时秋野的蒲草已完全变黄，根敦和奈曼金围吉格苏泰湖和翁根沙地的工作也接近了尾声。朝克图老汉用牛车把两个柳芭屋运到湖边，在西北岸立了一座，东南岸立了一座。他对根敦说："东南岸的那座给你了，尽快收拾吧，入冬前抹上泥巴，让屋子干透了再住。今年先这样将就将就，奈曼金你俩明年再张罗盖房建院子吧。"并且在初冬时节，跟老伴儿简单收拾了日常用品就住进了西北岸的那一间。杭莱也不顾儿子和儿媳妇的反对，执意住进了东南岸的那间柳芭屋。

几年的时间转瞬即逝。

在吉格苏泰湖两岸，院落齐全的两处房屋遥遥相望。那就是查干根敦家和奈曼金家。好事精宝罕岱的病情不好也不坏，被病魔折磨得生不如死。喇叭沙日勒岱突然着魔了似的，看见姑娘媳妇就跟人家动手动脚，到了晚上还蹲在人家窗下听屋里的动静。几个新婚的小伙儿非常生气，喇叭沙日勒岱因此常常负伤，后来不知被谁打掉了一只耳朵才消停下来。各家各户纷纷养起了狗，炫耀看家狗的咬人本领，在宝拉根艾里一时间成了新风气。乡亲们的淳朴善良，渐渐被猜疑和吹嘘所替代，喇叭沙日勒岱对此作出了不可磨灭的贡献。

雨水多的年份平原田着涝灾，雨水少的年份坨子田着旱灾——这就是宝拉根艾里的实况。除了满足口粮，各家各户的收成都一般。村民们为了提高收入，纷纷勒紧腰带，开始大量养殖黄牛、绵羊和山羊。随着牲畜头数的增多，草场萎缩退化了。被围护起来的那块沙地却因祸得福，吉格苏泰湖水比以往更加湛蓝透明。

每家每户留下一两匹骑乘使役的马，将其他的马匹全部换成了绵羊和山羊。倔驴奈曼金爱马，没舍得变卖家里的十几匹马，自然就成了给自家放牧的马倌。他偶尔去找查干根敦喝酒。查干根敦除了跟苏木干部挨家挨户收缴牧业税和农业税之外，没有其他工作，倒是腾出了跟奈曼金喝酒唠嗑的时间。查干根敦以往最怕奈曼金喝醉后哭。包畜到户后奈曼金不哭了，酒量也大增，一般人都喝不过他了。查干根敦有时反倒希望奈曼金流泪，那样他就会感受到自己永远比奈曼金强大。

在人世间，要是真有看破红尘的人，奈曼金肯定是其中之一。内心如湖水般静谧，才会看透尘世间的一切。这样的人心如止水，既不会哭也没有哭的理由。倔驴奈曼金自从跟铁塔朝克图彻夜长谈后，变得豁然开朗内心辽阔。

"宝拉根艾里有泉眼，那泉眼就藏在吉格苏泰湖里。只要把那泉眼保护好，无论世事如何变幻，宝拉根艾里依旧是宝拉根艾里，这片家园依旧葱郁如故。一个男人只要能为家乡做主，就算失去了一切，也不会丧失信心。"铁塔朝克图叮嘱儿子的这句话也是在那晚说的。

倔驴奈曼金打那之后，经常在心里嘀咕"宝拉根艾里有泉眼"。他的这个心思，查干根敦怎么会知道呢？

下　部

一

宝拉根艾里的全体会议被班布尔搅散了。

全体会议是指全体村民大会。宝拉根艾里的人们现在已经不说大队和集体这两个词儿了。人民是国家的主人，人民才能代表一切，把人民群众利益摆在最先是最应当的。这是进入新时代后，宝拉根艾里的村民们的共同思想。牢固树立了共同思想的宝拉根艾里的人们，现在又为成立合作社而忙活开来，为此举行了好几次村民大会。这一天会议即将圆满结束，班布尔却给大家浇了盆冷水，他说得斩钉截铁："我不会让出吉格苏泰湖！"

现在，宝拉根艾里这个村名已不复存在。原来的宝拉根艾里现在被叫作德力格尔苏木澈里格尔嘎查①第三组。被叫作队长的达日嘎现在被叫作组长。在艾里互相起绰号的传统也被村民们摒弃已久。现在宝拉根艾里的人们忙着买牲畜、做买卖、开荒耕地、发家致富，谁还乐意费脑子给别人起绰号？他们把丰富的形象思维都无私地奉献给了国家经济建设事业。

班布尔在会场向大家浇冷水的时候，甘迪正坐在电脑前，敲击着键盘录入成立合作社的计划。他的手机"嘀"地响了一声。巴叶尔玛发来微信，约他晚上在肖荣查干沙山那儿见面。

甘迪觉得吉格苏泰湖在日出时最美。巴叶尔玛却认为吉格苏泰湖夕阳西下时最动人。可他俩都觉得，无论是朝霞，还是晚霞，世间罕见的美景都会让人产生柔美的情怀，光斜射在水面上时就更加神奇，整个世界仿佛都沉浸在他们的柔情蜜意中，让人不由得产生无以言说的幸福之感。他俩能产生如此共鸣，是因为他们是相恋相爱的一对情侣。甘迪喜欢站在吉格苏泰湖西北岸向东南岸的巴叶尔玛望过去。巴叶尔玛也喜欢从东南岸凝望西北岸的甘迪。波光粼粼的吉格苏泰湖在这对情侣中间闪耀着幸福之光。甘迪去年从内蒙古农业大学毕业，巴叶尔玛今年从内蒙古师范大学毕业。

甘迪在苏木长大，大学毕业后顺应"三扶一支"政策，来到德力格尔苏木工作。甘迪和巴叶尔玛是同一家乡的孩子，他们的恋爱却是从呼和浩特上大学开始谈的。

---

① 嘎查：内蒙古行政区划单位，相当于村、屯。嘎查达即村长。

甘迪和巴叶尔玛并肩坐在肖荣查干沙山上。太阳西沉，艳丽的晚霞洒落在翁根沙地上，映红了一草一木。

"我爸不答应把吉格苏泰湖让出去。"巴叶尔玛说。

"不是让班布尔叔叔让出吉格苏泰湖，是希望他以吉格苏泰湖入股合作社。谁的所有权大，谁就会获得更多利益。合作社的章程里就这么写着呢。"甘迪说。

巴叶尔玛说："这个合作社能成功吗？我听说五十年代的时候，咱们这儿也成立过合作社。"

甘迪说："现在的合作社跟那个时候的农村合作社不同。现在的合作社是群众自愿联合起来进行生产合作经营，把产品推向市场，将获得的利润分给每个参股人。"

太阳落山，暮色已浓。甘迪和巴叶尔玛依旧相依在沙山上。目睹过无数个爱情故事、无数桩人间哀乐的肖荣查干沙山沉默无语。

甘迪想留在家乡创业，希望巴叶尔玛也留下来一起创业。从一个希望产生另一个希望，这就是世间的规律。巴叶尔玛另有打算，她想参加公务员考试。在就业方面有了不同的想法后，他俩只要聊起这个话题就会产生分歧。巴叶尔玛哭了，甘迪就来哄她。夜空中的星星目睹过每一代人的爱情，每个故事中的喜乐悲伤，今晚依旧密布在肖荣查干的夜幕中，默默凝望着这对恋人。

甘迪和巴叶尔玛今晚没有吵架，他们没有聊以后的打算，而是聊了合作社、宝拉根艾里的未来。甘迪揽着巴叶尔玛的肩头望着夜空中的星星，巴叶尔玛也跟他一起望向那些星星。这对恋人的心间，涌动着年轻人火热的激情。

甘迪说："你回家还是劝一劝班布尔叔叔吧。合作社是牧民们将来必须要走的一条路。你看现在艾里的人们都变成啥样了，囊中犄角似的摩擦不断，再这样下去只会越来越穷。”

“唉！”巴叶尔玛点头答应了。

班布尔只听得进独生女巴叶尔玛的话。他在父亲查干根敦的威严下度过了前半辈子，现在又成了女儿奴。“我这后半辈子看来要被丫头掌控。”他有一次想到这儿情不自禁地笑了。

班布尔搅和村民大会并不是为了吉格苏泰湖，而是以吉格苏泰湖做挡箭牌故意跟孙布尔作对。班布尔也知道合作社对牧民有益。如果成立合作社，既能弥补以家庭为单位的生产方式的局限性，也能提高农畜产品打入市场后的竞争力。他怀着带领村民共同致富的伟大理想，当了十几年的组长，还是明白这些道理的。

班布尔和孙布尔是同学。他俩从嘎查的小学一起读到了苏木的中学。那时草原上还没有铁丝网，金黄的太阳从吉格苏泰湖湖面上升起，他俩背着帆布书包一起去上学。西斜的晚霞落在吉格苏泰湖湖面上，他俩说说笑笑地一起放学回家。现在为宝拉根艾里掌舵的这两个男人的友谊是在那个时期建立起来的。

可是现在班布尔对孙布尔怨气冲天，但他又不能直接把怨气使给他。其实这个问题很容易就能得到解决，孙布尔只要把班布尔请到家里，给他喝一瓶高度白酒，就能皆大欢喜。孙布尔却只顾忙活成立合作社，无暇去理会班布尔。“成立什么合作社！”班布尔破口大骂，怨气更大了。有一天，他对女儿巴叶尔玛发起了牢骚：“你读了十几年的书，除了甘迪就没认识其他小伙儿？他就知道盯着电脑，整天忽悠大家发家致富，从那破电脑里又钻不出钱来。”巴叶尔玛噘着嘴顶撞道：“我愿意！”班布尔顿时无声，还受到了女儿的威胁，“您再这样说的话，我就去奈曼金爷爷那儿告你的状。"

奈曼金是巴叶尔玛最有力的靠山。奈曼金只要看见甘迪和巴叶尔玛就眯着眼睛笑个不停。奈曼金老汉的身体依旧健康硬朗，谁也不相信他曾是倔强如驴的马倌。"世上的事呀，走着走着就头尾相遇咯。时辰到了鬼都阻挡不住，时辰不到佛也成全不了。这俩孩子前途无量呀。"奈曼金重复了好几遍。

"一句话唠叨好几遍！你这是犯什么糊涂？"娜布齐玛笑着对老汉说。

二

第二次承包草场后的第三个年头上，孙布尔开始养起了鱼。

二十世纪八十年代中期，宝拉根艾里实行了第一次草场承包制。当时只对打草场进行了承包，对荒草场没有进行测量，承包规则也不明确。承包打草场的办法是，每三年轮一次，以抽签的方式进行承包。

到了九十年代末，宝拉根艾里实行了第二次草场承包制。他们按照上级文件要求，依据第一次的承包基数，以人口数量和载畜量为准，本着三十年内，增人不增地、减人不减地的原则，当作此次承包的前提条件。艾里的不少年轻人为此互不相让，甚至大打出手。喇叭沙日勒岱不知被谁当枪使，把查干根敦的十八辈祖宗骂了个遍。

喇叭沙日勒岱骂查干根敦的起因，源于承包翁根沙地和吉格苏泰湖。经过查干根敦和倔驴奈曼金的保护，翁根沙地在十几年里已经变成了一片绿洲。大家纷纷把目光盯向了这里。群众的眼晴是雪亮的，群众的力量可以排山倒海，但这次群众的力量没有抗过小小一个组长查干根敦。于是他们暗中怂恿缺心眼的喇叭沙日勒岱，借他的嘴把查干根敦骂了好几天，既算解气，也算是默默接受了查干根敦的决定。

"我们对翁根沙地和吉格苏泰湖进行了十几年的保护，花费了大量劳动力，投入了大额资金。当时开集体大会讨论，大家不都投了赞成票吗？再说当年除了我查干根敦，没人敢跟奈曼金合作。那时屁都不敢放，现在倒厉害了。我们两家不但要承包翁根沙地和吉格苏泰湖，还要从其他地方补缺。"

查干根敦在村民大会上说了这些话。群众虽然觉得这番话合情合理，但涉及个人利益，傻瓜才考虑"合情合理"，几个年轻人就纷纷站出来抗议。"今天孙布尔代表他们家来开会，但他做不了他们家的主。你们有尿就去找奈曼金说道说道，他要是愿意我也没啥说的。"查干根敦最后使出了祖传的"左撇子"。"奈曼金算啥，说道就说道。"虽然这么嚷嚷，会后没有一个人去找奈曼金。于是正如铁塔朝克图所预言的那样，查干根敦非常强势地把翁根沙地留给了自己和奈曼金。

孙布尔要养鱼，奈曼金气炸了肺。他赞同儿子养鱼，但不赞同他在吉格苏泰湖里养鱼。"吉格苏泰湖是饮牲畜用的，不是给你养鱼的。"奈曼金猛地吸了一口烟说。铁塔朝克图过世后，奈曼金把父亲的烟荷包挂在墙上，不再抽旱烟叶，抽起了带过滤嘴的香烟。

"不在湖里养，难道在河里养？冲走了啥都不剩。"孙布尔跟父亲顶嘴耍倔。爷儿俩的矛盾要从几年前孙布尔高考落榜说起。儿子落榜了，哪家的老子不生气，可他奈曼金却偏偏高兴得合不拢嘴。孙布尔想复读，奈曼金不同意，想让独生子守家在地。他说："你就老老实实在家放牧吧。再过两年你妹妹也要考学，你妈我俩也没多大能耐了。"娜布齐玛站在儿子这边劝他好几次，他都听不进劝，第一次从老婆的手里成功"脱缰"。这还不算，又去找了查干根敦，让他给儿子赶紧介绍对象，想以此招数牢牢绊住孙布尔的腿脚。查干根敦是念旧的人。他的五个子女都已长大成人，这红红火火的日子说来说去是托了人家铁塔朝克图的福。他默默接受了奈曼金所交的重任，帮他圆满完成了此项大事。

倔驴奈曼金的招数果然奏效。孙布尔在头几年里哪儿都没去，安分守己地在家放马。奈曼金终于如愿以偿。两年后女儿考上了大学。他卖了两匹马供她去呼和浩特上学，送走女儿后却悄悄落泪了。为女儿高兴，还是替女儿担心，要么就是可惜那两匹马。他也不知道这泪水究竟为何而落。这时孙布尔却闹起了幺蛾子，非要在吉格苏泰湖里养鱼。这一次娜布齐玛没站在儿子这边，替奈曼金劝儿子，但孙布尔根本没有把他俩当回事。他说："你们饮你们的牲畜，我养我的鱼。两件事互不相干。"娜布齐玛没招了，嘴里嘟囔着："犯起倔来跟你老子一模一样。"就奔着东岸的查干根敦家走去。

孙布尔听不进奈曼金的话，却听得进查干根敦的劝。娜布齐玛知道儿子一有空就去找查干根敦聊天。于是来到查干根敦家，希望他来劝劝不听话的儿子。查干根敦说："年轻人有想法，想自己闯一闯，咱们得支持。吉格苏泰湖的使用权归咱们两家，将来孙布尔要是养鱼成功有收益，我啥也不要，就当是支持了这孩子的事业。"娜布齐玛被噎得一句话都说不出来了。没过多久，孙布尔买来鱼苗撒进吉格苏泰湖。奈曼金只能气急败坏地跺脚大喊："臭小子，赶紧把鱼苗给我拣出来！"

孙布尔养了三年鱼。在这三年里，他忙活着拉关系扩人脉，跑东跑西几乎就没着家。苏木的达日嘎、旗里的达日嘎都成了他的好哥儿们。宝拉根艾里的村民经常看见他跟好哥儿们在饭店大吃二喝。"蒙古人不放牧反倒养起了鱼。他呀，闹出事来就消停了。那时看他还回不回来。"奈曼金有一次喝醉后跟查干根敦说了这话。孙布尔并没有像奈曼金所说的那样闹出事来，养鱼事业蓬勃发展收益颇丰。三年后在苏木买了房就搬过去住了。

孙布尔搬到苏木后没有继续养鱼，从信用社贷了款，又把家里的积蓄凑在一起，买了一辆二手货车。他从此在周边跑起运输，顺带着还做起了买卖牛羊的生意，从牧民家里把牛羊收购到手后运到远处去贩卖。谁也不知道他究竟往哪儿销售这些牲畜。有人说是沈阳，有人说是河北。

孙布尔先后开过两辆货车。第一辆开了四年，破烂得不成样后以废铁价转手卖给了下家。这辆不成样的破车却为他攒下了第一桶金。孙布尔把这辆车倒腾出手，又买了一辆二手货车。他顺着走惯的路唱着熟悉的老歌跑了将近两年，不承想却发生了一次事故。他那天驾驶着货车，即将进旗府所在地时货车扎进路边侧翻了，幸运的是他没有受致命伤。他的货运生涯从此终结。其实把车修好后，还可以接着做老本行，但他老婆说啥也不同意。她说："你要是再做运输，我就跟你离婚。"老婆的态度不但强硬，还动之以情晓之以理地说了好一通道理，鼻涕一把泪一把地哭了起来。她所担心的，并不是丈夫的安危，而是发现了出事那天丈夫的车上还有一个女人。那个女人为了照顾上学的孩子，在苏木租房居住，虽然相貌平常，不是美若天仙般的人物，孙布尔的老婆却对她既嫉妒又怨恨。

孙布尔走出沙窝子建立大事业的理想，被老婆的嫉妒心所扼杀了。可他毕竟是奈曼金的儿子，这样消沉下去的话，不就成了没尿的种了！他的身体里总是沸腾着那么一股把幻想向往和作对心拧在一起的巨大力量。于是在心里默默咬紧牙巴骨发狠，"你既然不让我东奔西跑，我就坐下来给你看。"在各位达日嘎哥儿们的帮衬下，没过多久就开了一家育肥牛基地。

孙布尔的基地刚建成时只有二十多头牛，三年后就拥有了一百多头。他进盟府所在地买回了一辆小轿车，在饭店招待了众哥儿们，喝成大舌头后回到家，紧紧握住老婆起茧子的双手，说："都是你的功劳呀。"他老婆使劲甩开了他的手，撇嘴说道："拉着别人的老婆跑得更欢了呗。"

新车接回来了，独生子甘迪考入内蒙古农业大学的录取通知书也到了。孙布尔脚不着地地高兴，用新车载上老婆儿子就向宝拉根艾里飞奔。奈曼金宰羊设席招待了孩子们。他们住了三天要回去了，老汉拿出了一万块钱塞给孙子甘迪，说："爷爷呀没让你爸读大学。现在你考上大学了，爷爷高兴。用这钱买手机吧。别忘了抽时间给爷爷奶奶打电话。"孙布尔第一次听到父亲的心里话，眼泪差点就流出来了。

三

孙布尔在吉格苏泰湖养鱼的第二年秋天，蒲草已渐渐泛黄。班布尔在那时当上了宝拉根艾里的组长，准确的叫法是澈里格尔嘎查第三组组长。

查干根敦在那年主动从达日嘎的岗位上卸任，宝拉根艾里的村民们为了争这个位子，纷纷以家族为单位密谋开小会，乱成了一团。查干根敦提的接班人选是孙布尔，可是那个吃鱼吃上瘾的小子却不见踪影。宝拉根艾里的人们怎么会答应让一个影子都见不着的人来担任组长。

在宝拉根艾里，班布尔的父系亲戚不多，母系亲属却不少。这为他当选组长起了重要作用，但并不是主要原因。主要原因是查干根敦家的草场在翁根沙地和吉格苏泰湖附近，几乎不可能跟其他村民产生直接的利益纠纷。不可能产生利益纠纷，这家人就能把一碗水端平，再说查干根敦担任达日嘎以来的十多年间，从未亏待过任何一家。宝拉根艾里的大多数人家都受过他的恩惠。村民们闹腾了一阵儿，最终还是把希望寄托给了查干根敦的二儿子班布尔。

班布尔的大哥图德格退伍后留在旗里工作，弟弟图拉嘎大学毕业后留校任教，大妹妹从师范学校毕业，在苏木中学当老师，小妹妹嫁给邻村小伙儿成家了。在子女求学方面，查干根敦和奈曼金的想法截然不同。查干根敦把五个子女都送出去读书，让他们飞出了宝拉根艾里。这种做法无非是要弥补被人嘲讽了一辈子的查嘎钦身份的无奈。二儿子班布尔却偏偏给他当头一棒，读完初中回家后，毅然决然地告诉母亲再也不去读书，并让母亲转告给父亲。查干根敦对儿子软硬兼施无任何效果。班布尔就成了兄弟姐妹中唯一留在宝拉根艾里的人。这成了他当选组长的条件之一。他没有抱团的亲戚，也就没人蛊惑他闹事。选这样的人当达日嘎，对群众来说是再合适不过了。

班布尔上任后真心想为群众做点有益的事，可他绞尽脑汁也没想出什么好点子。想不到不要紧，群众替他想到了。这让班布尔第一次体会到了群众的力量有多伟大。

宝拉根艾里承包耕地时留了 200 亩，当作集体资产，以出租的形式获得收入。艾里的各种基础建设费和招待费均出自这部分收入。刚开始的时候租金很低，大家没有太在意，随着租金渐涨，大家对这部分资金眼红得不得了。"银子是白的，看在眼里是红的。"这句谚语虽然被宝拉根艾里的群众所唾弃，但毕竟爱财之心人皆有之。村民们纷纷来找班布尔，说："班布尔达日嘎，把那 200 亩地趁早分给我们吧，组里的开销到年底让各家各户来分担呗。"班布尔不能对如此重大的事自行做主下决断。群众施与他的压力越来越大，他就去找前任组长查干根敦商量。"咱俩谁是达日嘎？你自己看着办吧。"查干根敦没给他好脸。碰了一鼻子灰的班布尔在心里嗔怨道："你到底是不是我父亲？"又不能当面顶撞父亲，就悻悻地出去了。查干根敦在儿子身后嘟囔道："这点事都解决不了，还想当达日嘎。你以为现在这年头，给大家当达日嘎就那么容易！"从牙缝挤出一口痰"呸"地吐了出去。

班布尔未能从查干根敦嘴里获得任何建设性意见，就去了奈曼金家。奈曼金啥也不说，一根接一根地抽了三根香烟，把屋里弄得乌烟瘴气。娜布齐玛从外面进来被呛得眼泪都快出来了。

"你个闷葫芦，孩子想听听你的意见，你倒是说句话呀！"娜布齐玛说。

班布尔咧嘴笑着连忙站起身说："婶子您坐吧。"

奈曼金在烟灰缸里把烟头摁灭后，说："你想分地？"

班布尔说："我也不知道如何是好，找您来商量。"

奈曼金说："你既然想分给大家，那就分呗，找我干啥？"

班布尔说："不是啊，叔叔。我是真不知道该如何处理是好！"

奈曼金说："你要是不想分，就不会来找我，也不会找任何人商量。"又接着说，"分了吧。宝拉根艾里还没到山穷水尽的地步。只有到了山穷水尽时，这些人才会分辨是非长记性。"

班布尔走了。奈曼金站在门口久久地望着他的背影，嘟囔道："该死的根敦，非让我来说！不把祖传的歪点子使给我，心里就不舒坦是吧。"

宝拉根艾里的群众把 200 亩耕地分完后终于消停了。他们从此往后想分也没得分了。既然没得分了，组长班布尔也就没得干了。查干根敦时期，各种税费由组长收缴后一并交给上级。现在却由嘎查达①和嘎查会计，要么就是苏木干部骑着摩托车进艾里收缴。班布尔失去了给群众贡献力量的机会，让家里迅速致富的想法却越来越强烈。于是有一天忽然想到了孙布尔。想到孙布尔，就意味着想到了吉格苏泰湖。

对于班布尔来说，孙布尔和吉格苏泰湖都不重要。重要的是，孙布尔装在口袋里的人民币。他从小到大最崇拜的人就是父亲查干根敦，现在却头一次对他产生了怨气："我爸真糊涂，竟然把到嘴的肥肉让给了别人。吉格苏泰湖明明是我们两家的，凭什么让孙布尔独自霸占，还有天理吗？"他气得呼呼大喘。没过几天就骑上摩托车奔苏木去了。

班布尔和孙布尔在饭店喝酒，围绕着宝拉根艾里展开了广泛

---

① 嘎查达：即村长。

而深刻的交流。在这儿暂且不赘述他们的交流内容。

"咱宝拉根艾里可是无药可救咯。"组长班布尔长叹了一声。

孙布尔老板一口干掉了杯中酒，表示赞同班布尔的意见。眼瞅着好几个小时过去了，俩人已喝得面红耳赤。"孙布尔哥哥！"班布尔一边大声叫着孙布尔，一边嘭嘭地起开两瓶啤酒放在了桌上。班布尔和孙布尔是同年生人，按月份孙布尔比班布尔大。"孙布尔哥哥，你现在是大款，有钱了。你不差钱就代表兄弟我也不差钱，你可不能亏待我呀。为了咱兄弟俩共同致富，咱们就把这两瓶啤酒一口气干了吧。"说着就举起酒瓶，瓶对嘴咕嘟咕嘟地灌了起来。孙布尔是明白人，怎么会听不出班布尔的言外之意。"哥哥心里有数，喝吧！"也把酒瓶举起来了。这顿酒之后没多久，鱼老板孙布尔就变成了车老板孙布尔。为他铺这条路的正是他的好兄弟班布尔。

蒲草完全变黄的秋末，孙布尔来到宝拉根艾里，把吉格苏泰湖里的鱼捞干净后装上车拿去卖钱。究竟捞干净了没有，谁也说不好，但宝拉根艾里的人们都这么说。

孙布尔临走前特意去看望了查干根敦。他对查干根敦情真意切地说："根敦叔叔，我不会忘记您的恩情。"又说，"我要改行跑运输，吉格苏泰湖就交给班布尔弟弟，让他经营几年吧。"查干根敦是干啥的呀，立马听出了他的言外之意，脸色一下子黑了下来。

吉格苏泰湖的养鱼事件，轰动一时后就此告终。终结此事件的人并不是孙布尔，而是查干根敦。孙布尔撤走后，班布尔打算继续在湖里养鱼，却被查干根敦阻止了。他说："你会侍弄那玩意儿？你上哪儿找销路？把孙布尔撵走了，你再继续干，让我怎么去见奈曼金，怎么面对邻里乡亲？成事不足败事有余，说的就是你！"他气得脸色发青，当当、当当地敲桌子大喊。

班布尔被父亲骂了个六透，跑到肖荣查干沙山上，坐到了大半夜。"唉，算了。有利大家分！我班布尔没得赚，他孙布尔也没得赚。以后谁都别想去挣。"嘴里嘟囔着向家走去。宝拉根艾里的人们仿佛也窥见了组长的心思，纷纷说："吉格苏泰湖也不是他奈曼金的祖产，要想获益就跟大家一起分，要不就谁也别去想了。"过大年了似的，大家凑到一起，喝了好几天酒。

四

查干根敦去北京了。

查干根敦不是去北京旅游。他在大儿子图德格和小儿子图拉嘎的陪护下进京看病。自打入秋以来，根敦老汉的身体有了明显的症状，食量大减，身体越来越消瘦。老伴儿着急了，把儿子班布尔叫过来商量。班布尔打通了大哥和小弟的电话，兄弟几个经过一番商量，决定带父亲去呼和浩特看病。图德格开车，小妹妹陪护。

查干根敦罹患了"恶疾"。他的病在自治区医院得到确诊后，子女们的电话又纷纷响了起来。在宝拉根艾里，人们把无法治愈的重病都叫作"恶疾"。

孩子们经过进一步商量，最终决定由图德格和图拉嘎带父亲去北京治疗。小妹妹悄悄接受了哥哥姐姐们的委托，从呼和浩特回来后，一边开导母亲一边为父亲做进京治疗的准备。

她对父亲说："爸爸，医生说您没啥大事。不过呀，咱得去北京的大医院再检查检查，那样不就更放心了嘛。"

"我的话，你们从小到大没有违抗过半句。我这次就听你们的，答应你们，去北京。"查干根敦平静地答应着女儿，好像不舍得离开家，久久地望着东边的天空坐了好半天。

查干根敦患病的消息像长了翅膀似的，在宝拉根艾里迅速传开了。可现在鲜少有人把生老病死当回事，别说听到生病的消息，就算听到死人的噩耗，也不会太在意了。那年喇叭沙日勒岱开三轮车发生事故丢了性命，大家的态度也是这般漠然。喇叭沙日勒岱别说买三轮车，连身像样的衣服都买不起。他那天开着邻居家的三轮车进苏木，回来的路上连人带车扎进了路边的壕沟。"开货车的孙布尔扎进壕沟没丧命，开着破三轮的沙日勒岱却偏偏死了。人各有命，上天注定呀。"村里只有一个人说了这样的话，算是对沙日勒岱的死表示了惋惜。

二十世纪九十年代中期，三轮车进入了宝拉根艾里。刚开始的时候，只有几户人家买来了几辆三轮车，以此为荣到处炫耀。后来草场被大家瓜分得一干二净，村民们疯了似的开垦草场，互相效仿着大规模耕田种地。坨子田耕种绿豆和黑豆，平原田耕种稻子和玉米。适用于小规模耕作的牛马牲畜，到此时已无法满足村民们的大规模耕作需求。各家各户就变卖家里的牲畜，纷纷购买三轮车和四轮车。他们用卖牲畜的钱购买农用车，以买回来的车开田种地，秋天把粮食收割后，再用车运输出去卖钱。经过这番热潮，为买农用车而把牲畜败光的人家在宝拉根艾里比比皆是。

身为组长的班布尔眼睁睁地看着大家比着赛地买车，疯了似的种地，妒忌得眼睛都红了。这是因为根敦家的草场以翁根沙地为主，既没有可开垦的坨子田，也没有可耕种的平原田。班布尔向父亲倒出了满肚子委屈，还说要卖掉全部牲畜，那火急火燎的样子简直像是想买架飞机回来。根敦老汉这次没有对儿子发火，笑呵呵地对他说："你们五个的日子现在过得有模有样，靠的不是我，是靠了家里的牲畜。你奈曼金叔叔常说'世事变化盛衰无常'，你就记住这话吧。心无旁骛地好好养牲畜吧。"班布尔对父亲不满的时候，总会在心里想："都是我的错，总是对我发脾气，皇帝老爷还有讲理的时候，何况是你。"这次听到父亲的话，那些委屈忽然之间消失得无影无踪。

在艾里风靡一时的三轮车和四轮车，没几年工夫就不中用了，停在院里的远比跑在路上的多，既没车也没牲畜的人家越来越多。大多数人家只能望车兴叹，侍弄着三五头牛、十几只羊，守着一推破铁迈入了新世纪的门槛。

步入新世纪之后，宝拉根艾里的人们先后被惊呆过三次。第一次是舍饲圈养。向来淡定自如的奈曼金听到这个消息都瞪大了眼珠，"牛羊又不是猪狗，何来圈养之说！"艾里的年轻人们却不以为然地嚷嚷："牧场都没了，不圈养又能咋地！不就是三五头牲畜嘛，成堆的田秸多了去了，圈养一年都够。"奈曼金唉声叹气道："咱们的牲畜靠游动觅食才能吃饱肚子呀。"

为宝拉根艾里的圈养事业奉献最大力量的人是宾布扎布。宾布扎布不如孙布尔富裕，脑子却比孙布尔开化得早，于九十年代在宝拉根艾里最先开了家小卖店，经营烟酒糖茶等日用品。只可惜未等他暴富，小卖店就被艾里的人们赊账赊倒闭了。宾布扎布于是转行养猪，大家见他养猪有收益，又纷纷效仿他养起了猪。宾布扎布对此十分光火："你们跟我无冤无仇，为啥总来搅和？

总有那么一天，我会好好收拾你们。"他在屋里如此这般地骂人，他老婆却"呸呸"吐了几口唾沫，提桶喂猪去了。

舍饲圈养为宾布扎布提供了向村民报仇的绝佳机会。他只要发现有人家悄悄把牲畜赶进草场，就向苏木举报。苏木接到举报马上派人下来抓牲畜罚主人，再从所获罚金抽点小钱，奖赏宾布扎布。奈曼金老汉就被罚过两次。他常在夜里把牲畜赶进草场，天亮前再把它们圈起来。虽然奈曼金老汉交了罚款，却在心里非常佩服苏木干部，对他们为圈养事业所树立的坚定信心、敏锐灵活的工作态度肃然起敬，对那宾布扎布却丝毫没有起疑心。

宾布扎布要是没去骚扰村里的寡妇花日，他的秘密举报也不会被人们发现。花日家只有两头奶牛。她那天晚上心疼家里的两头奶牛，就把它们赶到田边去了。宾布扎布知道举报两头牛的赏金没多少，于是对奶牛的主人寡妇媳妇动了歪心。他从路边闪身蹿到花日跟前，叫了声"花日妹妹……"就握住了她的手。

"哎呀！宾布扎布大哥，是你呀！吓死我了。"

"有啥好怕的，我也不吃你。"

"黑灯瞎火的，从路边突然出来个黑影谁不害怕？"

"那你大半夜不在家待着，出来瞎溜达啥？"

"还不是心疼这两头奶牛。"

"心疼奶牛还不如心疼心疼你哥哥我呢。不然的话，我就举报你。"

寡妇花日呵呵笑了两声后说："奶牛要是进田，就要出大事了。还是去我家吧，孩子住校呢。"宾布扎布很高兴，帮花日赶着牛向她家走去。花日刚一进屋就点着了灯，跑进厨房拎起一把菜刀叫嚷道："秘密举报的人原来是你！我今晚把你宰了，为村民除祸害。"宾布扎布吓得屁滚尿流，一溜小跑着回家了。

第二天，花日把宾布扎布的秘密向村民们抖搂得干干净净。宾布扎布为舍饲圈养所作的贡献大白于天下，他的事迹在宝拉根艾里被传得沸沸扬扬。

宝拉根艾里的人们踏入新世纪的门槛没过几年再次被惊呆。这是因为他们听到了全面免除农牧业税负的消息。简直不可置信，村民们纷纷来找班布尔组长，问他："是真的吗？是真的吗？"娜布齐玛听说后也要找班布尔问个清楚，却遭到了奈曼金的阻止。他说："你就别去凑热闹了！既然有取之于民的时候，就有用之于民的时代，将来说不准还要补之于民呢。世事变化盛衰无常嘛。有什么大惊小怪的。"取消农牧业税的消息得到证实后，大家又为国家担忧起来了："国家干部多如牛毛，不收税用啥来养活他们？"但人们又觉得，只要不收税，谁都能一夜致富，于是心潮澎湃地回家了。那一天多数人家都杀了鸡炖了肉，喝了汤发了汗，然后钻进被窝睡觉了。

奈曼金所说的补之于民的时代来临时，宝拉根艾里的人们又一次瞪大了眼珠。那是 2010 年。即将发放草场补贴的消息，风一样在草原上盛传开来。宝拉根艾里的年轻人们兴奋得坐不住了，纷纷驾车骑摩托进苏木，三五成群地喝酒庆祝。村民们从此拥有了信用社金牛卡，也养成了常去信用社查看补偿款到没到账的习惯。他们要参加婚宴、寿宴、新房落成宴、学生升学宴等诸多宴席，拿不出随份子的钱就找孙布尔借，还理直气壮地说："补偿款下来就还你。"孙布尔听到前来借钱的人都说同样一句话，不禁连声叹息道："'家兴旺，语相同。'我们艾里要兴旺呀。"

五

接连发生的两件事，在宝拉根艾里引起了不大不小的风波。

头一件是查干根敦病逝，这意味着他对宝拉根艾里几十年来的治理宣告结束。虽说后来的十来年里，班布尔担任了组长，村民们却一直认为查干根敦在"垂帘听政"。查干根敦坐上儿子的车去呼和浩特看病，继而又去北京做进一步治疗，几个月后却瘦成皮包骨头回来了。"我不能在这乱糟糟的地方丢下骨头。你们带我回去吧。我要回去！"查干根敦听不进孩子们的劝，说啥也不在北京治病了。"吉格苏泰的湖水呀，向东向西起浪花，梦里萦绕的你呀，在我心里总打转。翁根地的沙土呀，向前向后总游移，心中想念的你呀，是我思念是我爱。"查干根敦在心里一路想着这首歌回到家，在老伴儿的精心伺候下，几个月后去了九泉之下。娜布齐玛哭肿了眼睛，奈曼金坐在肖荣查干沙山上抽烟抽到天亮。

吉格苏泰湖的蒲草完全发黄的秋天，查干根敦与世长辞。冬天悄然已逝，春天的脚步姗姗来临，宝拉根艾里的人们为了选组长又热闹起来了。孙布尔要参加竞选的消息忽然在艾里传开来，大家惊讶不已，成了继查干根敦去世后的第二件大事。

育牛暴富的孙布尔，在村民们的一致通过下全票当选为组长。大家热烈鼓掌向他道贺，都觉得只要跟上了这个会挣钱的人，他们的腰包在不久的将来也会鼓起来。许多人都向孙布尔借过钱，选他当组长也是为以后更容易借钱而铺路。

其实孙布尔压根儿就没想过要当这个组长，也没想过在致富的路上带领村民们一起前进。是查干根敦改变了孙布尔的想法。

左撇子宝鲁德的儿子查干根敦为了宝拉根艾里，去世前把最后一招"左撇子"使了出来。他把孙布尔叫到病榻跟前，对他说："孙布尔，以后由你来当咱们艾里的组长吧。班布尔的能耐我知道，叔叔死后不想让人骂呀。男人不能只想着自己，要多为乡里乡亲着想才是。孩子，听叔叔的话，让叔叔在九泉下安心吧！"查干根敦虚弱地说完就闭眼躺着不再吱声。孙布尔左右为难，愣怔地坐了好半天后才说："叔叔，我听您的。"查干根敦缓缓睁开眼睛，一滴老泪顺着眼角滴落在枕头上。

查干根敦离世后，奈曼金每天都要去吉格苏泰湖边。他在湖边慢慢溜达的时候，总能想起父亲曾经说过的那些话。"人呀，走着走着就老咯，我以为自己永远都不会老。查干根敦把翁根沙地和吉格苏泰湖扔给我说走就走了。"奈曼金偶尔也会这么想。

近几年气候干旱，吉格苏泰湖面缩小不少，翁根沙地的沙子也起来了。可是牛却值钱了，一头牛犊能上万。奈曼金一口气卖掉了三十头牛，把牛群减到二十来头。前些年好多人家只顾种田，却把牲畜卖得一干二净，这时纷纷拍着额头眼红道："牛都快变成大象了，竟然那么值钱。年年在田间地头没白没黑地忙活，到头来连个糟老头都不如。早知这样就不如守着牲畜过日子了。"奈曼金卖完了牛，又开始卖马，只留了五六匹马。奈曼金可是爱马如命的人，娜布齐玛都惊讶了。她说："我家的闷葫芦终于开窍了不成？"奈曼金却对她没好气地说："牲畜的福分是享不尽的呀！水草丰美时，眼瞅着就能长起来，草场退化时，养啥都白搭！"奈曼金把大部分牛马卖掉了。班布尔无奈，也只好把大部分牛羊卖了出去。

奈曼金隔三岔五就去吉格苏泰湖边背手遛弯。新组长孙布尔却带领村民们忙着成立合作社。他根据每家每户的草场储备、劳动力、生活情况，计划成立养牛合作社和养鱼合作社。班布尔对成立养牛合作社没有意见，却对成立养鱼合作社不予赞同。他其实不反对成立养鱼合作社，而是反感在吉格苏泰湖里养鱼。话说回来，让他反感的不是吉格苏泰湖养鱼计划，而是新组长孙布尔。从小一起玩到大的发小儿忽然回乡竞选组长，还让自己落选了。这让班布尔既觉得颜面扫地，又有一股委屈之泉在他心里悄悄喷发。从自然大地到每个人的心里，无论出自爱还是源于怨，情感的泉水总能随着生活百态渐渐形成，并时刻喷发。

苏木为了支持孙布尔的工作，专门成立了领导小组，还把甘迪派下来给他当助手。这让班布尔更加光火了。他跟女儿巴叶尔玛赌气，好几天里一句话都不跟她说。但是，没过几天就接到了奈曼金的电话。奈曼金在电话里叫他去家里。班布尔放下电话，没好眼地瞅着女儿说："肯定是你告的状！"他刚迈出门槛却被开着小轿车来到门前的孙布尔截住了。孙布尔不由他分说，把他请上车后，奔着苏木就疾驰而去。

孙布尔和班布尔在苏木饭店对桌而坐。他俩的饭桌上立着一瓶高度白酒，于是关于宝拉根艾里又一次展开了广泛而深刻的谈话。

孙布尔说："我想以入股的方式，把艾里的那几户既没牲畜又没耕田的人家纳入我的育牛基地。最近为成立合作社忙得一塌糊涂，现在急需有人帮我管理育牛基地。你来帮我如何？"

班布尔说："我得好好考虑考虑。咱俩呀，还是先合计合计甘迪和巴叶尔玛的事吧。"

孙布尔说："我正想跟你商量这事呢。秋天就把他俩的婚事给办了吧，然后送他们去国外留学。"

班布尔说："你跟我商量，还不如听听两个孩子的意见。"

孙布尔说："那吉格苏泰湖呢？"

班布尔说："吉格苏泰湖是我父亲和奈曼金叔叔一生的精神支柱。你和我对吉格苏泰湖都做不了主。我父亲走了，现在只有奈曼金叔叔对吉格苏泰湖说了算。"

"草原因游牧而生机勃勃，湖水有鱼儿才生机盎然。"这句话是奈曼金说的。奈曼金说的这句话，只有班布尔和孙布尔听到了。但是他俩都知道，奈曼金老人那天把他们叫到家里，并不只是要给他俩说这句话的。

"宝拉根艾里没有泉眼，却为啥留下了这个名字？"倔驴奈曼金问完后，缓缓地吸了一口烟，瞥了一眼挂在墙上的铁塔朝克图的烟荷包。班布尔和孙布尔几乎同时摇了摇头。

"宝拉根艾里有泉源！"

班布尔和孙布尔又几乎同时瞪大了眼珠。"宝拉根艾里的泉眼就在吉格苏泰湖里。吉格苏泰湖不只是咱们两家的财产，她永远属于宝拉根艾里。根敦我俩只是为大家看护她，保护她。要是在吉格苏泰湖里养鱼，村民们都能受益，那何尝不可！这些年来，我用奶品一直在悄悄地祭祀着湖神。如今的时代，文化习俗得到发扬，可以自由进行祭祀活动了。在过去，祭祀吉格苏泰湖的活动是特别隆重的。你们就恢复这项祭祀吧！让家乡的神祇高兴，护佑大家兴旺昌盛。眼瞅着就入秋了，秋天是成熟的季节，也是枯萎的季节。保护家乡，带领群众走向未来的重任如今落在你俩的肩上，你俩就看着办吧……"奈曼金老人的这些话虽然低沉却带着那么一股铿锵劲儿。孙布尔用袖子擦了擦汗，从父亲的烟盒抽出一根烟点着了。

"世事变化，盛衰无常。"奈曼金老人郑重无比地头一次把父亲常说的话说给了孙布尔和班布尔。

孙布尔和班布尔按照奈曼金的嘱托，为恢复吉格苏泰湖的祭祀忙活开来。奈曼金却卧床不起了。奈曼金卧床不起的原因并不是生病，依旧跟驴有关。早在多年前，查干根敦就把艾里的所有驴都消灭了。但是实行承包制以来，宝拉根艾里的人们早把查干根敦的话忘到耳后，开始养起了驴，每家每户几乎都有一两头驴。二十世纪八十年代初期到九十年代，驴为宝拉根艾里的兴旺发展作出了不可磨灭的贡献。驴这牲畜虽然有点倔，但耐力十足、温顺听话，而且食量少，不挑草场。所以在当时就成了宝拉根艾里的主要交通工具。拉草驮粮；每月从苏木粮仓运回供应粮，过年过节载着妇女儿童串门走亲戚，驴车成为必不可少的运输工具。打那之后，宝拉根艾里的驴们成了宝贝，它们得到充分自由，在草场上尽情吃草，禁牧之后成了唯一可以在草场随便游动的牲畜。近年来，随着驴肉价格的疯涨，在宝拉根艾里，养母驴的人家更是喜上眉梢了，驴的地位得到了空前提升。地位提升的驴们也就更加飞扬跋扈，堪比自己为灵兽那般，有天夜里纷纷向吉格苏泰湖跑去了。为它们提供这个机会的人正是班布尔。他那天去苏木喝酒回来，忘了关闭围栏门。驴们趁机跑到湖边，好奇着湖边的蒲草，吃了个够。早起的奈曼金老人到湖边看到此情此景，简直气炸了肺，差点昏倒，大喊："佛祖呀，蒲草都让牲畜吃了，这到底是进入了什么世道呀！"从那天起，奈曼金老人就卧床不起了。

祭祀吉格苏泰湖的仪式如期举行。宝拉根艾里的男女老少一个不落全参加了祭祀活动。奈曼金老人换上了一身蒙古袍，在老伴儿娜布齐玛的搀扶下，也参加了祭祀活动。

从祭祀的第二天开始，下起了淅淅沥沥的小雨。雨一刻没停地下了三天。宝拉根艾里的人们纷纷咋舌惊叹，有些人还在雨水中提着鲜奶和奶品向湖边走去。第三天夜里雨停了。甘迪为了看湖上日出，特意早起来到了湖边，却被眼前的一幕惊呆了。

吉格苏泰湖西北岸附近的水面上，喷涌着一庹高的水流。"泉水！吉格苏泰湖喷涌着泉水！"从愣怔中苏醒过来的甘迪大声叫喊起来。

后来人们才知道，连续降雨，使地下水的水压升高，导致了泉眼喷水。

吉格苏泰湖的泉水喷涌了一天后缓缓平息。

"我们的宝拉根艾里原来有泉眼呀。"

艾里的人们像过年似的，换上了鲜艳的节日盛装，纷纷向湖边走去。从泉水喷涌的那一天起，奈曼金老人的身体渐渐有所恢复，饭量也大起来，脸色一天比一天红润。

奈曼金老人又开始每天在湖边溜达。湖水幽深，湖面湛蓝。蒲草荡在微风中缓缓摇曳的声音，仿佛在诉说着一幕幕悲欢离合，一桩桩盛衰无常的世间故事。

随着蒲草泛黄，又一季秋即将来临！

原载《花的原野》2018 年第 1 期

译于 2022 年

纳日地河畔的蝴蝶

莫·浩斯巴雅尔 著

额日德木图 译

浩斯巴雅尔

笔名莫·浩斯巴雅尔，蒙古族，1981年生。毕业于中国社会科学院研究生院，获文学博士学位。著有短篇小说集《人参姑娘》《雨中人》。短篇小说《珊瑚戒指》被选入内蒙古蒙古族中学《蒙古语文课》教科书。短篇小说《弯月》发表于《民族文学》《草原》等刊物。

额日德木图

蒙古族，呼和浩特民族学院副教授，自治区级一流专业建设点负责人，研究方向为汉蒙翻译理论与实践。参与编写《汉蒙体裁翻译》《汉译蒙基础教程》《汉蒙翻译实例评析》等教材。出版多部蒙译汉译著，汉译蒙作品散见于《民族文学》和《世界文学译丛》等杂志。

上篇　梦中的阿尔卑斯

一

纳日地河边的细沙吸入骄阳的热度，好像我的脾气

诺木汗达赉①的波涛泛着青蓝色，宛如我脖子上的丝巾

阿尔卑斯山上的新雪有冰激凌的味道，那是我的梦想

　　古有《燕子盗火》的传说，而从我的外祖母及其先辈们那里传下来的是《鄂日博嘿②婆婆赐歌》的故事。读者们定会对故事的真假存疑，不过，本人对此暂不予解答，单说一说我母亲娘家人的故事。我母亲的娘家是一个极具音乐天赋的家族，个个生就一副好嗓子。其中，我的外祖母和我的母亲尤其出色，在十里八乡颇有名气。而到了我的头上，一脉相承的金锁链似乎断了一

————————

① 达赉：蒙古语，意为"海洋"。

② 鄂日博嘿：蒙文音译，意为"蝴蝶"，文中是人名。

样，我从小就没有开口唱过歌。其实，听说我不会唱歌，乡亲们也很诧异，那惊诧的眼神与见到长了犄角的兔子没有两样。难道，先辈们求"鄂日博嘿婆婆赐歌"的那段佳话到我就终结了吗？别说唱歌了，见了外人都发怵的性格时常让我怀疑自己是不是母亲生的。这给了我很大的心理压力，怎么也想不通我为什么没有继承母亲的歌唱基因。也许天知道吧！好在我的妹妹生了一副好嗓子，特别能唱。与她相比，我自然成了辱没"金百灵"名号的、藏匿于草丛而见不得人的小青雀儿了。

据说，当初生我时几乎牺牲了母亲的性命，难产折磨了母亲整整三天三夜。多亏了家乡一个能妙手回春的接生婆，把我们母女俩从鬼门关拉了回来，让我们得到了"捧着金碗喝水"的机会。因此，我打小对接生婆心存感激，每到假期都要去看望她老人家。那时，婆婆虽然很老了，但是依然目光如炬，盛气未减。只是因为腿疾，手不能释杖，不过看着更像年画儿里的巫师了。她对我不仅有救命之恩，且疼爱有加，每见到我都会很开心。"哟，我的黄毛丫头来了啊！"说着亲一口我脑门儿，然后翻开红木柜子，从层层包裹的丝帕里拿出稀罕的东西塞给我吃。

记得有一次婆婆捻着佛珠对我说："二十七岁时有个小难，如果安然度过了，往后就很平顺了。"

"二十七。"我死死记住了这个数字。只是，让一个小毛孩儿去构想二十七岁的年纪，多少有些遥远了。我嘀咕着："二十七岁的时候我都是大人了，还怕什么灾祸呀？"

我看向婆婆，她的视线分秒都在我身上，就像一个老园丁目不转睛地欣赏着自己侍弄的花草一样。不过，总是被人盯着的感觉让我多少有些不舒服。奈何母亲不停地唠叨："是婆婆的双手让我们娘儿俩捡回了一条命。"所以，照规矩拜访答谢是免不了的事。站在婆婆面前，能切身体会到我的一切都被她看穿了，就如同女娲娘娘能看穿自己捏的泥人儿一样。我在她的眼里简直是玻璃一样透明，被她盯着往往让我不寒而栗，甚至能让我默默地忏悔起做的每一件错事。因此，我在她面前没有一点儿机会隐藏心里的小九九。这是没得商量的。

我从小孤僻，话少，多少与左手的"先天"缺陷有关系。我一天天长大，但是越来越听不见母亲的歌声了。懂事之后，我发现了自己的左手和右手并不一样。毫不隐讳地说，我天生不能翻转左手的手掌。虽然不容易被别人察觉，但是，在我心里形成的阴影面积已然不小，以致连跟小伙伴们玩耍的勇气也没有。其实，向世人隐瞒身上的缺陷，也不是没有机会，只是在乡下，在那个没有议论死角的环境里，加之自己又是一个畏畏缩缩的样子，不想成为人们茶余饭后的谈资确实比登天还难。顽皮的孩子们总是追上来给我演示翻手腕的动作，谁都知道他们没有恶意，拿我逗逗乐罢了。但是，回回能让我哭着逃回家。每次，母亲都无一例外地躲进厨房，不敢再出来。

"妈妈，我不要每天让人笑话！"

听到我的哭声，母亲哪儿有唱歌的心思啊。我七岁那年的夏天，有一天父亲去参加苏木的那达慕没有回家，第二天早晨我和母亲才发现他竟然睡在了窗户根儿。他一定是喝醉了半夜回来的。

"爸爸，您怎么没进屋里睡啊？"

"哦，爸爸没事。我的好姑娘，你将来一定能去很远很远的地方，比谁都走得远！"父亲的目光很柔和，语气却很坚定。他说完立刻扭过脸去，母亲则又钻进了厨房。躲进厨房是她安慰自己的唯一方式。许是从小有了顽疾的缘故吧，让我萌生了离父母远一点儿的念头。

那年暑假，我去了舅舅家。一说去舅舅家，我就感觉天晴了似的，兴奋得不得了。在纳日地河边，可爱的黄色蝴蝶老远地迎着我飞来。它把我头上的丝巾当成了花骨朵，落在上面撵也撵不走。或许是蝴蝶、蜜蜂等飞虫都有"看走眼"的时候吧。比如，在夏日的晚上如果穿了一件草绿色的衣服，成群的白蛉子会欢欣雀跃地扑向你。所以，我认为黄色的蝴蝶落在头巾上，也是它一时糊涂了。不过，之后的遭遇让我知道了起初的想法过于想当然了。

舅舅家就在纳日地河的对岸，离我家不过二十多里地。那里有很多沙丘，河水盘绕着沙丘下面温软的河床缓缓流去，周围长满了锦鸡儿和菊蒿。河水流得很柔和，跟细沙流动一样绵柔无语。对我而言，在纳日地河边捕青蛙，或是在池塘周围追赶蝈蝈儿和蚱蜢，就是很快乐的时光，远比和邻居的那些孩子一起玩耍有趣。那个夏天我没有回自己的家。

父母来过好几回，但是我并不想被接走，实在没招儿了就用几滴泪水给他们挡回去。舅舅家西南边有个小土坡儿，坡上有条道儿，只要有马车从那儿来，我就扭头跑进沙漠的深处躲藏起来。空荡的马车在土黄小道上晃悠，能在我心里辗出一道道伤痕，叫我平静不得。每次父母急得不停地喊我的名字，但是一旁的老舅却从来不帮他们找我。其实，在老舅这个智慧的老猎手眼里，我不过是一个唾手可得的猎物，他怎么会不清楚我的藏身之处啊。父母最终寻不到我，只好套上马车从原路返回家去。

"这丫头这么小就不听话了，以后翅膀硬了可咋办？"

我在草丛后面清楚地听着母亲的埋怨，还偷偷地瞄了一眼腋下有没有长翅膀。呵呵，翅膀都没长，哪儿来的硬不硬呀。

母亲在回家的路上一步三回头，不甘心地四处张望着，直到马车翻过纳日地河对岸的大小沙包远去。那时，我总觉得沿岸的那些沙包鼓起脊背为我创造了更为隐蔽的藏身之地。我能住在舅舅家就是天底下最幸福的一件事，因为，在他们眼里我比白雪公主还漂亮，比故事里的阿凡提都要伶俐，更关键的是他们根本不把我的左手当回事儿。

我是老舅的跟屁虫，总在他后面寸步不离。老舅话少，但酷爱读书。外祖母常说他"一语值千金，难得听一回"。老舅一旦捧起书，那就废寝忘食了，甚至放羊的时候也要抱着书去。一次，他一股脑儿扎进书的世界，将闻着草香渐行渐远的羊群抛到了九霄云外。等他回过神来，羊群早已混进别的羊群"回家"了。那天傍晚，我看见老舅垂头丧气地回来，家里乱成了一锅粥。

秋天打草是很重的庄稼活儿。不过，老舅也忘不了读书。午休时间，他会躲在马车下面躺着看一会儿书。要是带着我出去，就给我看小画本儿。我们坐在野外读书时，草里的蝈蝈儿也会闻讯赶来，从旁合唱几首。他读他的书，我看我的画本儿。只要听到他翻页的动静，我也手忙脚乱地翻一页。

"读书可不能要心眼儿，也不在于速度。好好读了一页再翻！每一本书都是一个新的世界，你要是看不懂那个世界，就不要读书了。"

他太厉害了，自己看书的当间儿还能察觉到我的心思。老舅爱读书的习惯深深地影响了我。直到今天，我还很喜欢带着女儿到咖啡屋去静静地看一会儿书。咖啡屋里播放的轻音乐，总能让我回忆起那个夏天蝈蝈的合唱，仿佛也能闻见秋草的香气。

老舅的书柜里装满了书，除了我任何人都不能碰它。因为经多人传阅，好些书的封皮都破烂不堪了。在那个年代，一本好书会被很多人传着看。所以，在某种意义上封皮的破损程度能反映出那本书的受欢迎程度。也就是说，封皮越破旧，书里的故事就越吸引人。老舅爱收集各种旧书，即便有的旧书像被剪了耳记的羔羊耳朵一样边角不全，他也会收纳到红色柜子里。老舅常用废报纸给缺了封面的旧书包书皮，然后为了起什么书名征求我的意见。"你要是能起一个好听的书名，作者就写你的名字！"哈，当一个作者那可是我打小的梦想。遗憾的是，不论什么书，只要进了红色的柜子，那"它们的后半生"就无法再重见天日了。因为，想从老舅那里借出一本书，几乎等于"从猴子嘴里抠红枣"。

老舅常说："你将来书读得多了自然就知道这些书的书名了，到时候别忘了告诉老舅！"

有时想一想，我之后的求学之路好像也是寻求那些残破旧书书名的旅程。每当找到一本当初未能读完的旧书，我都会爱不释手地重读一遍，那种感觉很美妙，恍惚间童年的梦想得到了实现似的，内心充满成就感。

有一次老舅去旗①里，带回一本《海蒂》②送给我。那是我真正意义上的第一本书。从此，跟舅舅一样收集满柜子的书成了我的远大理想。

---

① 旗：内蒙古的行政区划，相当于县。

② 《海蒂》：（别名《小海蒂》）是瑞士儿童文学作家约翰娜·斯比丽创作的长篇小说。

小海蒂的成长经历跟我颇为相似，我们都没有在父母身边长大。她跟着爷爷长大，爷爷的胡子像阿尔卑斯山上的雪一样白。海蒂跟着爷爷在阿尔卑斯山脚下的木房子里生活。房顶上覆盖着一层厚厚的白雪，烟囱里袅袅升起的青烟直冲云霄。据海蒂讲，那青烟是失传多年的、远古时期森林中人用过的文字图案。冬天刮起暴风雪后，他们的木房子会被裹成一个浑圆的大雪球，远看像一座珠白色的蒙古包。风雪极为凶猛，恨不得掀起他们的房顶。所以，爷孙俩得在房子里大声喊叫才能听清对方在说什么。后来海蒂被带到法兰克福陪伴富家女孩克拉拉。克拉拉患有腿疾，只能坐在轮椅上。虽然克拉拉每天晚上都会梦到自己站起来了，但是，醒来之后却从未能继续她的梦境。海蒂生性善良、纯真，乐观坚强；克拉拉则乖巧胆怯，敏感多思。她们二人约好了一起去爬阿尔卑斯山。有一回，她俩终于克服了千难万险，爬上阿尔卑斯山顶，实现了各自的愿望。成功登顶后，克拉拉不再腼腆羞涩，蜕变成了勇气十足的女孩。在海蒂的帮助下，她最终摆脱了轮椅，能独立行走了。

读了《海蒂》之后，我也常常梦到自己的左手痊愈了。我学着克拉拉的精神，好几次爬上我家旁边的大沙包，但是从未见到疗效。日子久了，我有了爬一次阿尔卑斯山的梦想。白雪皑皑的山顶、白髯银须的老爷爷和勇气可嘉的海蒂，在我的梦里，他们都在等着我。

雪山之巅，静谧如烟

白雪之上，不见踏痕

一切的一切，好像都在等待我去留下足迹……

我幻想着把手指头伸进松软的白雪里，感受一下那刺骨的寒冷。还有，仰望一下海蒂家的烟囱里升起的那"已经失传多年的、森林中人使用过的文字"。啊！在我的幻影世界里，厚厚的积雪覆盖着阿尔卑斯山，那几乎要掀起房顶的飓风穿过我的胸膛，呼啸不止。

二

从小养成的读书习惯对我后来的求学生涯起到了莫大的作用。除了因为左手的缘故体育课成绩较差之外，文化课成绩总能让我扬眉吐气，也为自己争得了不少的慰藉。不过，还是因为左手，我的内心变得无比敏感和脆弱，所有人投来的目光，哪怕只是再平常不过的眼神都能被我解读成某种怜悯或同情，所以给自己造成了不少困扰。

我们上小学后就住到学校宿舍里，周末才能回家。当时，一个炕上睡五六个人。平日里，学生们不仅要遵从统一的作息时间，还得自己动手生火取暖，这对孩子们来说实属不易。我至今都能梦到那段伙食条件和采暖条件极其恶劣的艰苦岁月，成了刻骨铭心的苦涩记忆。有意思的是，那时因条件艰苦而辍学的孩子却少之又少。因为，对当时的孩子们来说，苏木里的学校就是照亮前程的灯塔，令人向往。我们都明白，只有在那盏灯塔的照耀下才能够开启追求理想的征程。

有段时间我迷上了打篮球，现在想来那是在跟左手较劲吧。一个周末，我跟小伙伴们在篮球场上你争我夺的时候，听到有同学叫我，"快看，你妈妈来了！"

母亲站在球场边，睁大了眼睛看我打球，脸上除了惊奇，就是愕然。我并没有急着跑到母亲面前，而是在她眼前又表演了一会儿，让她看看"我也能打篮球"。

下了球场走到母亲身边的时候，她的心情平复了很多。母亲投来温柔的目光，并没有提到我的左手。

"这个周末回家吗？妈妈给你做好吃的。"

"可是，姥姥让我捎了头巾。"

"哦。那我送你去吧。"母亲轻轻地叹了口气，没再说什么。

母亲把我送到舅舅家之后带着妹妹回家了。

妹妹虽然常年不跟我在一起，但是很喜欢来我的宿舍玩儿。显然这是母亲的主意，她不希望姐妹之间过早疏远了。妹妹很伶俐，她能把父母和弟弟们的故事讲得有声有色。我也很享受从她的嘴里听一听家里的事情。妹妹打小是个男孩儿的性格，不愿向人屈服。虽然，她时不时嘲笑我的软弱，但是到了关键时刻却能摆出一副大姐的姿态，毫不犹豫地为我出头。

暑假或寒假时，我也偶尔回家，但是从来不住"爸妈的家"。吃完母亲精心准备的饭菜，抹了嘴就回到外祖母家。一开始，弟弟妹妹们不愿意放我走，揪着我的衣角哭闹，但是后来好像也慢慢习惯了这个"别人家里的姐姐"的臭脾气。

上中学后，考取中专是优等生的美好理想，与我攀登阿尔卑斯山的梦想颇为相似。"读三年就毕业，毕业了就有工作。"别说是初中生了，连大人们都期盼自己的孩子能考上中专，能早点儿为家里减轻负担。我的学习成绩在班里独占鳌头，所以当时考取中专对我而言并不是实现不了的难事。

我们学校的教室是几栋红砖砌起来的房子，房子和房子之间还有几个圆形的花池子。池子不大，但是栽种了各种花儿。每到仲夏季节，色彩斑斓甚是鲜艳。花的枝条修剪得整整齐齐，巧夺天工。外祖母钟爱养花，所以，我常常坐在花池旁边的凳子上，等待花的种子成熟了给外祖母带回去。

外祖母保存花种的方法很有趣，让我觉得比小鸟筑巢的过程还精彩。她把种子和进炉灰里，摁成饼状，然后烙馅饼一样一个一个拍在房子的内墙上。等到第二年春回大地的时候，她把那些"冻饼子"薅下来移到院子里栽。我很好奇"墙上冬眠"的种子是如何挨过寒冬腊月的，甚至揣摩着它们会不会也有梦境，梦里，它们是不是也渴望着春天的到来。还有，它们会不会记起那个坐在花池子旁边的小姑娘，以及约定春天再相见的蝴蝶。

夏日的暖阳照得人额头冒汗，我独自坐在花池子边的长条凳子上。那凳子很陈旧了，但是，孩子们只要听到当当的下课铃声，就会争先恐后地涌出教室跑来抢座。你推一下我靠一下，叽叽喳喳地挤成一团。那个场景，与高压电线上落下一排排麻雀没什么区别。而这一天，没人跟我抢座。院子上空的小雀儿们也发现了我势单力薄，落在头顶的电线上朝我发出挑衅的叫声。之前，当我们大家在一起的时候，它们可是不敢这样放肆的。它们悄悄地俯视脚下，滴溜溜地转动豆粒一样的眼睛，无时无刻不防着砸向它们的石子儿。

同学们排成队从学校大门前走过。他们要去苏木政府旁边的道班儿等车。他们一定看到我了，但是我装着没看到，坐在原地抠着手指头。那天是报名中专考试的学生去旗里体检的日子。我没有报名，因为我对体检感到恐惧，生怕查出来我的左手有什么吓人的毛病。如果是那样，必定会在全校引起一片轰动，叫我永无藏身之所了。老师可能猜出了我的心思，或者是觉得对一个像我这样固执的孩子多说无益，所以没有教导我什么就走了。

"金色的阳光公平无私地普照着大地，但是人的命运各有不同。"我晒着太阳，心里冒出了这等怪异想法。突然，我听到邻班的一个淘气鬼叫我。他是一个以当牧马人为理想的家伙。原来他也没有报名。

"哎！你看那些黄花儿，被雨浇得都蔫儿啦。"

外祖母叫我"黄毛丫头"是路人皆知的。所以，我明白他话里有话，但是没有回撑他。我怕说多了，被他猜出我的心思就麻烦了。他走到我跟前，一屁股坐在凳子上。头上的那些小鸟儿不敢再挑衅我，扑棱棱地一哄而散了。

"你看见他们去道班儿了吗？"

我点了点头，没说话。

"我有一个预感，你将来肯定比他们都走得远，最远……"

我做梦都没想到这句话是从眼前的这个调皮家伙嘴里说出来的。无论怎样，耳畔回响起了父亲也说过的一句相似的话。泪水慢慢浸满眼眶，不等眨眼就被我挤了出来。在我放声大哭的时候，那些鸟儿都飞走了，要不然它们当真以为我是一个爱哭的丫头了。眼前的这个叫巴图赛音的男孩儿，估计也没有预料到自己说的一句话有这么大的杀伤力。看着我哭成了一个泪人儿，他着实吓着了，瞪大的两只眼睛都要翻到脑门上了。"我，我……啥也没说呀！"他的话变得磕磕绊绊，甚至透着央求我不要哭了的意思。劝了不行，又担心被那边的老师看见，他不知所措地站了一会儿，终究还是扔下我逃掉了。我不能自已，压抑了多年的泪水顷刻间化成决了堤的洪水，唰唰地流了下来。

他说的话可谓一语中的。若干年后，我走在日本的海边，也能常常想起他的那句祝福，好像觉得潮汐中绽开的海水泡沫也在重复着那句话。难道是海潮给那个男孩子托梦了吗？

三

高考那年，全班只有我一个人考上了大学。外祖母、母亲和老舅得到喜讯之后乐得双脚都不着地了。那举家欢庆的情景能让人想起壮丽史诗的结尾——"从此吉祥幸福了"。

"我就知道你行的，一定能踏上'寻找书名'的旅程。"老舅按捺不住激动的心情，"去了大学图书馆一定要告诉我那里有什么书。"

去了大学的图书馆后，我傻眼了。这里的书太多了，要想完成老舅交代的任务，可不是一件闹着玩儿的事情。而且，当时的大学图书馆还没有完善的电子检索程序，所以想抄录那么多的书名，俨然是一项宏大的工程。不过，为了不让老舅失望，我还是坚持一个一个地抄了下来。寒假回家，我给老舅带去了厚厚的一个本子，里面都是书名。老舅接过去，没有显出有多高兴，反而露出了些许自卑的神色。

"没想到大学的图书馆有这么多书啊！本以为自己读的书挺多了呢……"

我立刻意识到当初抄得少一点儿就好了，可是为时已晚。

我大学毕业的那年老舅英年早逝了。他扔下我去了很远很远的地方！不过，我更愿意相信他去了一眼望不到边的天际。我是多么希望从那里能够传来翻书的唰唰响声啊！老舅走了之后，我更加封闭自己了。他们谁也猜不透我的心思，如同我在海边无论站多久也想不明白太平洋的心思是一样的。

我特别想去一个谁都不认识我的地方，所以，那年夏天我报考了新疆大学的硕士研究生。我要去那么远的地方，父母当然有些不情愿，但是面对我这个享有"特殊待遇"的女儿，没有找到劝阻的理由。

老舅去世之后我常常梦到他，但是他的脸一直很模糊，早晨醒了之后也想不出他的模样。也许很多人会把这种梦看作噩梦而形成一种心理压力，可我，反倒觉得这是一件很幸福的事情。老舅是我的启蒙老师，是他把我领上了读书求学的道路。因此，我把这种梦视为是上天赐予我的某种奖励。

到了天山脚下，我一度以为抵达了"梦中的阿尔卑斯山"。只是，天山的雪好像没有梦中阿尔卑斯山上的雪那般白净而炫目，也不见木头房子，不见海蒂，当然也没有森林中人用过的文字。我去了喀纳斯湖边，身处高原之眼、号称"神的花园"的水边，我想到了克拉拉。我记得她的眼睛，跟喀纳斯湖的水一样清澈而神秘。

选修文学专业并不只是为了养家糊口。文学，能给我带来精神力量。我遨游其中，能获得享不尽的幸福感。同时，对我而言这也是替老舅寻找那些残缺不全的书名及其作者名字的旅程。

读研的一个暑假，我以田野调查的名义去了草原。因为我非常赏识的一位作家的故乡就在那里。其实，文学理论的田野调查，尤其是去一个已故作家的家乡调研，与民俗研究或民间文学调查相比，内容和要求都可以灵活一些。不过，我还是想更深入地了解一下那位作家，所以，去他生活过的地方亲身体验就显得很有必要了。我没有半点儿犹豫就去了，在那里见到了作家的遗孀和他们的儿女。

作家的爱人——老额吉①每天早晨熬好黄灿灿的奶茶后才叫我起床。老人家并不识几个字，也不太清楚自己的老伴儿都写过些什么。不过，她记住了作家笔下的一个"老头儿"，"那个老头儿去了极乐世界之后又变回人的模样来家里做客"，对此她深信不疑。在那儿，几乎每天早晨都下雨，滴滴答答的雨声有着悦耳动听的节奏感，还把整个夏天装扮得水草肥美。

一天，老人家的一堵院墙在晨雨中塌了。

雨停了之后老人家开始动手砌墙。我站在一旁看着她和泥，想起了与外祖母在一起时的一段经历。外祖母要砌一个狗窝，先让我抱来了一些蒿草。我问她为什么和泥的时候要放草呢？她笑着说："你见过燕子的窝吧，燕子筑窝时不是只要泥巴，它还会衔来一些干枝枯叶夹在泥里。这样鸟巢就更加牢固了。姥姥是从燕子那里学的！"

我听了外祖母的话，自己也想学到燕子飞翔的本领，渡过纳日地河，飞越大海。

我跟老额吉说了"燕子筑巢"的妙招，然后帮她和了泥，砌了墙。老人家高兴得见人就夸我，差点儿把我神化成尼泊尔的匠人了。又一场雨后，很多人家的院墙塌了，不过用我提供的方法砌的墙都安然无恙。暂且不说外祖母是不是真的跟燕子学的技术，就眼前用她老人家的"秘方"让几千里之外的人们也能受

---

① 额吉：蒙古语，意为"母亲"，也用于尊称年纪大的女性。

益，我别提有多高兴了。

我在作家的家乡生活了一个多月后才返回学校。

"额吉知道你从很远的地方来。孩子，你来了之后我好像突然又多了一个女儿似的。不过，我也知道有一天你还是会走，走得远远的。我的好姑娘，祝你一路平安！"

离开时，老额吉站在后面扬着牛奶送我。我惧怕分别，但是种种分别并没有绕过我，哪怕一次也没有。这次也一样，只是没想到这是我和老额吉的最后一别。好在，生活总是要向前的，我们在生活中迈出的每一步，除了离别的伤感，还会有很多动人的旋律相伴。而且，生活是充满色彩的，如同在老额吉身边的日子看到的雨后彩虹一样，那么迷人。

一个多月的暑假，我沉浸在书的海洋里。在作家的故乡，我不仅迈入了书的世界，还在其中生活了一个多月。那里有绵柔的细雨，有欢唱的鸟儿，有叠嶂的山峦，还有传承的人文以及当下的生活。一切的一切，都是细细品味作家手笔时的对照物。我还走过了作家描述的通往世界的大道和乡间的小径。总之，这次的田野之行不仅是为了寻找书名，更是为了踏访作家的人生轨迹。

返回的路上，我在尼勒克县住了一个晚上。第二天我需要赶到乌鲁木齐。在尼勒克县，又遇到了令人瘫软的绵绵夏雨。

我提前预订了第二天早上八点半的车票。早晨，我被雨点儿的动静吵醒，随手抓来闹钟看，比设定的时间超了半个小时。"什么破闹钟啊？要是雨下得动静小点儿我就晚了……"我埋怨着闹钟，赶紧爬了起来。拉开窗帘，外面阴沉沉的。小城的街道像披上了青灰色的斗篷一样，视线很不清晰。幸好我是一个钟爱雨中漫步的人，所以还是很喜欢这种天气。我急急忙忙收拾好行李走出宾馆，搭了一辆出租车奔向长途汽车站。运气还不错，小城的车流量并不大，比预想的时间还早到了一会儿。

我坐在候车室的椅子上，一边等着发车，一边观察着形形色色的出行者。有的人不急不慌地坐在椅子上，有的人却略显烦躁，不时地看着手表，坐立不安。无论如何，大家都要从这个站点奔向下一个站点。而这个小站，对所有等待出发的人来说，也许只是一个中转点，当然也不排除是一个新的起点。

旁边有一位女士坐着看书。我注意到，她的一双眼睛很迷人，好像克拉拉的蓝色眼睛。所以，我想象起了克拉拉：克拉拉现在一定长成了一个落落大方的漂亮妇人，此时可能也在阿尔卑斯山脚下的一个小镇上，跟我一样哼着自己喜欢的曲子，等候出发吧。

不可否认，外面下着淅淅沥沥的小雨，独自坐在窗前静静地阅读是一件很幸福的事情。不过，在人头攒动的候车室里能心静如水地看书可不是一件容易的事情。旁边的女士似乎感觉到了我的担忧，把视线从捧着的书上挪到了我的脸上，还冲我微笑了一下。她的眼神让我想起了老舅那犀利的目光，看着书都能读懂我的心思。

"您要去乌鲁木齐吗？"

"是的。您也是？"

我两亮出车票，不约而同地说"一趟车"！她说自己是写文章的。我跟她介绍自己是一个文学方向的研究生。她接着说："这次来草原是为了寻找一个人物的生活原型。""哦，原来我们的目的差不多。"相似的旅行目的让本无瓜葛的两个人瞬间成了颇为投机的聊天对象。我们全然不像初次相见的人，就文学以及草原为话题，一时聊得热火朝天。

"抱歉，本来应该赠您一本拙作的，只是现在没有富余的了。不过没关系，到了乌鲁木齐我一定给您一本。"说着，她还是翻了翻自己的包，好像希望能找到剩余的一本。

"好的。我一定细细品读您的佳作。您放心，到我手里的书一定不会被我轻易放过，哈哈。"

"只是为了寻找一个人物的生活原型就要跑这么远吗？您让那个人物变成'城里人'不就不必这样折腾了吗？"我笑着打趣她。

"你能朝圣作家的故乡，我就不能追寻人物了吗？哈哈。再说了，这个角色不是城里的娇嫩后生，而是草原上的雄壮汉子。"

她给我展示了自己戴的戒指。

"送我这个戒指的小伙子和我文章里的人物神似。当时，我犹豫了一下，但是他很坚决地送给了我。好吧，我想这个戒指戴在手上，也许我的文章更有活力了，哈哈。"

我突然想起老舅给我的牛角刀，可是翻遍了大包小包都不见踪影。我从来没有让它离开过我呀！

"对不起，克拉拉。我可能在宾馆落下了一个东西，我得回去一趟。"

"那你在八点半之前能赶回来吗？要不我把票退了等你？"

"克拉拉，你不用等我！实在不行，我们在乌鲁木齐见吧！"

"好的，好的。哦？我叫克拉拉？哈哈……好吧，乌鲁木齐见。"

我又打车回到了宾馆。老板娘见我跑进来，笑呵呵地说："我猜你会回来的。是不是忘了一个牛角刀？"

我拿上东西，旋即再打车回到车站。可是，八点半的车已经发走了。刚才因为走得太过匆忙，居然忘了留下克拉拉的电话号码。

但愿她能在乌鲁木齐车站的出口等着我！

我坐上了九点半的车。大巴车抵达途中的一个小镇后，司机突然宣布不能走了。"今天不能再走了！山上路滑，而且下雨后有一个路段出现了塌方。我们明天继续赶路。"我在小镇上并没有看到八点半的班车，担心克拉拉会不会在乌鲁木齐车站等我一整天。我试着打听前往乌鲁木齐的其他途径，但是都徒劳无功。

午餐时间听到了一个骇人听闻的消息："八点半的车在山路上出车祸了。"唔！刹那间我浑身的汗毛都立起来了，脑子里突然浮现了接生婆当年说过的那句话。

那个夏天，我恰好二十七岁。

婆婆不仅看透了我的心思，我的人生轨迹也并没有逃过她的火眼金睛。

我喜欢的细雨永远地带走了克拉拉。

"一路走好，克拉拉！"

四

拜巴图赛音的吉言，那年秋天我横渡大洋去日本留学了。日本的文学和深海的浪涛完全改变了我。封冻在内心多年的顽疾禁不住海浪的冲刷，渐渐开化了。在某种意义上，留洋也是一种心灵上的蛰伏。而如此蛰伏或潜逃的心态或许早已根植于心了，以致在母爱面前也回避了那么多年。对于这个问题，我的内心也给不出确切答案。如今，大海翻滚的波浪让母亲和我隔万里相望，恰如纳日地河隔开了可怜的蝴蝶和对岸一样。

母亲只打过我一次，但是令我至今不能释怀。那是在饭桌上发生的事情。我不小心把手中的碗摔烂后母亲唠叨了许久。最后，我忍不住顶了一句："我知道，妹妹天生就懂事儿，是乖孩子。而我不过是一个连碗都端不住的、没有出息的孩子。你是不是真心讨厌我这个小残疾啊？"母亲瞪大了眼睛，站在原地愣住了。突然，"啪"的一下，母亲狠狠地甩了我一个巴掌，跑进了厨房。

"对不起，妈妈！女儿当初年幼无知，口无遮拦，伤了您的心。"

左手虽然发育欠佳，但在异国他乡并没有人关心其原因。何况我又很"聪明"，与人并肩的时候总能小心翼翼地走在对方的左侧。不过，大海应该清楚我的这个小秘密。因为，汪洋大海和接生的婆婆一样都能看穿我。

我在大海面前，就是一个透明的人。

我经常去海滩上倾诉心声，让自己的心情得以舒畅一些。在我看来，海水之所以不能平静，波涛汹涌，是因为它装下了太多人的内心世界，直到盛不下了才翻滚不止。坐在海滩上，我用日文重读了儿时的陪伴——《海蒂》。

啊！太平洋的水和克拉拉的眼睛一样，都是深蓝色的。

在海边，我还读了"克拉拉"写的书。那次回到乌鲁木齐后我去书店买了她的书。"克拉拉"说好要赠予我书的，可是……书店的小姑娘也向我推荐了她的书，还说："她的书很畅销哦！"小姑娘当时并没有听到"克拉拉"的不幸消息。

"克拉拉！"我只知道她走远了，但是跟我老舅的走远不同。她笔下的无数个"克拉拉"至今都朝我微笑着，还陪着我坐在"八点半的班车"上。她塑造的人物几乎都和她一样开朗，而且笑点都很低。我感知到了一个作家活在自己塑造的角色中间的那种美感。而最让我兴奋的部分是，在"克拉拉"的书里居然出现了一位"在汽车站认识的人"。我当然知道那个人不是我，不过我还是读懂了"克拉拉"当初与我在尼勒克县车站结识时的心境。

　　　　咧开的嘴角上挂着微笑，无声的目光透着真诚……这样相见、相识的人都令我印象深刻。我很喜欢这样的邂逅。与一个新人结识好比读一本新书，尤其像我这样对结识新朋友并为读懂他们而着迷的人来说，其中的乐趣简直无法形容。两分钟之后我就要离开这个车站了，而面前的这个人与我书里的人物何其相似啊！我要趁这两分钟时间给予她微笑。如若不然，等她消失在六十亿人当中后，再想寻她，无异于大海捞针了。
　　　　我这样的"温良女人"怎能冷若冰霜呢？
　　　　面对难得的相遇，我怎么可能不珍视呢？
　　　　我微笑着向她伸出了手……

　　读了这段文字，我回忆起汽车站的那一次邂逅：她微笑着向我伸手。真相原来是"克拉拉"要与我相识的，我备不住也是被她俘获的新作中的一个人物而已。遗憾的是，她没来得及读透我。"我是真的希望从你的作品里读到自己啊，长了一双动人眼睛的克拉拉。"

"我叫克拉拉？哈哈……"

这是我们对话的最后一句。因为找不见牛角刀，情急之下我把她叫成了"克拉拉"。不幸中的幸运是，我开口叫了，哪怕就那么一回。"克拉拉，让我们在梦中的阿尔卑斯山再相见吧。"

有一天晚上，老舅来到我的梦里。他看起来还很年轻，依然是三十七岁的模样。

"老舅，是你吗？我就知道有一天能见到你。"

看到他做出悄悄跟过来的手势，我蹑手蹑脚地来到外面。我俩相跟着向海边走去，夜空中的星星蹦蹦跳跳的，也在为我们的相见欢呼雀跃。夜很静，不仅能听到老舅咚咚响的脚步声，甚至秋叶落地的动静也被放大到清晰可辨了。老舅还是不爱说话，时间并没能改变他的性格。这么多年不见，他依然说不出一个合适的情景话题。

"老舅，我读了好多书。那些没有封皮的书我都知道名字了。你为什么不等我啊？如果再见不到你，我都快坚持不住了，离别的痛苦太熬人。"

我认为这些话应该让他听到。

老舅回头笑了笑，"丫头，快点儿走！再磨蹭太阳就出来了。"

以前在野外也是，我在他后面小跑，他老是催我快一点儿。他领着我进到大海里。一阵刺骨的冰冷袭过来，不禁让我打了个寒战。我俩游着游着，不一会儿就到了海的深处，海水也慢慢暖和了。忽然，眼前出现了一座富丽堂皇的城堡。

"黄毛丫头，舅舅就住在这城堡里！"

我看到了故事里才有的城堡。一眼望去，素不相识的海洋生物，还有美人鱼，它们在跟我打招呼。我做梦也没想到海底的世界是如此生机盎然！老舅一口气给我介绍了城堡内形形色色的山石和林林总总的动植物，如同很多年前他带着我到野外给我讲解家乡的山川、丘壑和花草的情景一样。

我彻底回到了童年。美人鱼们把我围在中间，她们只愿意跟我玩儿。老舅则在一旁幸福满满地看着我。海里的植物们七嘴八舌地讨论着让我当"城堡里的公主"。我犹豫着，没敢接受它们的建议。这时，海藻姑娘们给我穿上漂亮的白裙，又给我戴了珊瑚的项链和头饰。我们一起在海里遨游着。原来，美人鱼们也爱读书，她们向我真诚地表达了期待《纳日地河畔的蝴蝶》付梓出版的心情。可是，我对陆地上的书本能否运到海里有些担心。她们不无嘲弄地笑着说："连你小时候读过的《海蒂》，也是我们从地中海的海岸送到你们家乡书店的！我们负责海上图书运输，已经有几百年了。不过，我们收取的报酬仅是书本，然后把它们都摆到自己的图书馆里。"

美人鱼们争相说着海里的趣闻逸事。我听着美妙的故事，不禁想到我的外祖母、小海蒂和克拉拉，我好想跟她们分享这一刻的快乐。

我们游玩到筋疲力尽的时候，深海的水中蒙蒙地发亮了。

"丫头，快日出了。城堡需要向更深的海迁移！这头虎鲸会把你送到海岸上。"老舅跟我交代了一番。

霎时，在我和老舅中间降下了一面水晶墙。我伸手想抓住老舅的手，却被水晶墙给挡住了。老舅笑着跟我告别："丫头，你今天看到舅舅在城堡里住着是何等地快活了。放心吧，你在什么地方，过得怎么样，舅舅都关注着呢。"

第二天醒来，舅舅的面容不再模糊了。在过去的十几年里，从来没有如此地清晰过。不过，打那次之后老舅再未进入我的梦乡。

五

多年之后，我回到了呼和浩特。春天风不停、秋天雨不断的北方城市，它亲切地迎接了我的归来。比起大学时期，城市更大了，车辆更多了，但是熟悉的公园和卖书的店铺依然还在原地，这让我很是欣慰。上大学时常常去散心的小巷子清冷寂静，但是再一次亲临故地时依然那么亲切。一瞬间仿佛觉得擦肩而过的还是那些人，路边摇曳的树还是那些树，而那些树弯着腰、俯下身，朝我打招呼的时候还不忘考考我，"还记不记得我？"

当真是时间彻底改变了我。

我的女儿长到七岁了。不过，妈妈熟悉的城市对于她而言却是一个陌生的世界。女儿喜欢牵着我的左手，晚上睡觉的时候也愿意枕着我的左手。她常常跟我撒娇："枕着妈妈的左手会做好梦……妈妈的左手比右手温柔。"每每看着她撒娇的劲儿，我的眼角都会湿润起来。女儿的梦会不会比克拉拉的还美呢？

我的左手从来没有这样地受青睐。

现在，我是一个文学编辑，周末的时候喜欢坐在咖啡屋里看书。在那里看书，我能听到老舅翻书的声音。沙沙的声音，能让我更加相信"老舅在海的深处跟我一样看着书"。此时此刻，也许他正捧着《纳日地河畔的蝴蝶》读呢。端着咖啡，我时常回忆起花池子旁边的长凳子：不知道巴图赛音是否还记得那条长凳子和那个爱哭的"花骨朵"?

整日坐在电脑前，让我的颈椎落下了毛病。有一天我去社区边上的一个私人诊所就医。大夫快人快语，他要求给我左手把脉时，我本能地退缩了一步，说："我的左手先天不能翻腕儿。"

大夫不大敢相信，"没有这种可能啊。哪里有这种缺陷，一定是后天损伤的吧？"

"是先天的，我确定。"

"不会！你不信去大医院拍个片子看看。从医学的角度讲，这个概率太小。"

我虽然记住了他说的话，但没有立刻去医院看。大约又过了一年，突然想起那个大夫说的话，就去拍了个 X 光片。结果，三分钟内解开了三十五年的疑团。

"是左手的关节脱臼了，这应该是幼年挫伤的。只是时间太久了，要是发现得早还是可以复位的，不难。"

真相大白了。我的左手是母亲难产时接生婆拉拽造成的。更令人痛心的是，三十五年之后已经没有任何的修复机会。诊断书出来后我倒是没有丝毫的慌张，即便这个事实来得够突然。因为，活到三十五岁，左手的缺陷造成的苦恼比起由此而来的美好记忆，已是微不足道了。当然，今日之前只有我自己明白掉过多少次眼泪，也许除了我，纳日地河也还记得。

从日本回国后的初冬，我回老家探望了父母。父母等待见我这个"客人"不知熬了多少个不眠之夜。母亲的鬓角上挂霜了，父亲的背驼得跟院外的老榆树一样。

母亲给我们准备了她能烹制的所有好吃的东西。在饭桌上，我发现她悄悄地看我的左手。接着，又转移到我女儿的右手上，并在那儿跟我的目光相遇了。母亲赶紧把目光移开了。在我成长的岁月里，和母亲确实产生过不小的隔阂，但是，令我惊叹的是我的性格脾气却完全随了她。即使我曾远离她，甚至去了海的另一边，但是基因的传承并没有因此而断了线。

"弟弟几年没回来了？"

"前年回来过。说是去年爬珠穆朗玛峰时他们的一个队友还遇难了。我听了之后吓得心都快跳出来了！他现在根本不把我的话当回事儿，不知道你说了会怎样。难道他就不能安安稳稳地过日子吗？现在不为你操心了吧，结果又冒出来这么一个不省油的灯。"母亲叹了一口气，但是"现在不为你操心了"那一句让我听得格外刺耳。

相比于我，弟弟才是一个真正意义上的探险家，而且他的征途跟我完全不在一个线路上。倒是他"想去很远很远的地方看看"的怪心思可能是因我而起的。记得他很小的时候就说过这样的话。我也跟他说过想去攀登阿尔卑斯山的秘密。我的妹妹倒是一路走得很平稳，她现在在呼和浩特当了音乐老师，给学生教外祖母唱过的那些歌呢。

"妈妈，我想唱一首歌。"

虽然嗓子有些发干，眼睛也湿润了，但是我觉得是时候为妈妈唱一首歌了。我尽量控制着情绪，可调儿还是忽高忽低，颤颤悠悠的。母亲静静地坐在那里，听着听着，又钻进了厨房里。女儿揪着我的外套劝我："妈妈，你别唱了，姥姥都哭了！"

"你姥姥没哭，她去厨房端好吃的去了。"

女儿歪着小脸说："我知道！你也在厨房哭过。"

母亲告诉了我接生婆婆去世的消息。

"当年要不是她……"说了半句话，母亲慌忙地咽了一口茶。

听到不幸消息的瞬间，婆婆的音容笑貌都浮现在了眼前。我多么希望能再次看到她的笑脸，听到那句"哟，我的黄毛丫头来啦！"还有，我还想让她老人家再看穿我一次。

"爸爸，那天晚上您怎么睡在外头了？"

爸爸闪烁其词地说："你说哪年的事情了？我记不起来了。"

母亲不无责备地看了爸爸一眼，说："去参加苏木那达慕的那次。你忘了？看见别人的孩子跳舞，心里就不舒服了。"母亲接着说，"你爸呀，总觉得自己的姑娘不能跟别的孩子一样跳舞。那天晚上喝了不少马奶酒，醉醺醺地就回来了。不过呀，我倒觉得有歌才有舞，没有歌哪儿来的舞啊？我姑娘可是唱歌的！"我知道母亲在帮着父亲转移话题。

"今年你们俩要不要去呼和浩特过年？我们杂志社一到年底就很忙。你们要是能去还能给我女儿做伴儿。"

"你们不在的时候你爸老是叨叨着要去。现在女儿邀请了，他倒拿捏起来了！"

我打开了老舅的书柜。自从他离世之后，我再没有勇气打开那个红柜子。书柜上落了一层厚厚的尘土，翻开盖子的瞬间一股旧书的味道冲鼻而来。小海蒂、克拉拉向我招着手。我在《海蒂》的扉页上看到了儿时的泪痕。那几日，我把当初不知道的书名一一都写在了残破的书上。

睡前女儿跟我说："妈妈，姥姥教我唱歌啦！你们俩的嗓音太像了。"说着咯咯地笑起来。

"妈妈的姥姥可比你的姥姥唱得好着呢！"

"不对！我姥姥唱得最好。"女儿的小嘴噘得有一拃长了。

我把女儿哄睡之后走到了外面。环顾四周，内心五味杂陈。我是为了回家才漂泊了这么多年吗？今天，难道是为了证明地球是圆的，所以才回到了原点吗？夜空中布满了星斗，儿时的熟人们却已不见踪影。如果，时间也能回到原点，那这一晚将会多么完美。仰头望去，故乡上空的星斗远比在大青山、天山以及太平洋边上看到的大了很多，也亮了很多。我猜不出繁多的星星里哪一颗是属于外祖母的，哪一颗又是接生婆的。如果接生婆的那颗星在看我，是不是依然能看穿我的一切？

我忽然想听母亲唱歌了。

"妈妈，您睡了吗？"

"没。小小黄毛睡着了吗？"

我钻进了母亲的被窝里。

> 阿爸的毡房虽然已破旧了
> 天上的月亮还是明净如初
> 银色的月光，照亮了毡包
> 唤醒了我天真无邪的忧愁……

听着母亲的歌，眼睛里慢慢填满了太平洋的湛蓝海水，手心里阿尔卑斯山上的洁白雪花也滴滴地融化了……

我独自一人徜徉在阿尔卑斯山脚下。

盖住了靴靿的雪让我步履蹒跚，可是我异常兴奋！没有风，很寂静，只是耳朵和脸冻得发木。我的脸通红，大概和小海蒂苹果一样的脸相差无几了。阿尔卑斯山上的雪覆盖了我的心田，而且我自己也不知道已经有多少年了。因此，踏上厚厚的积雪，无异于踏在自己的心坎上。我无比期待着幼年时已经烙在心里的那一次相见。

世界是雪白的。远处，一个小黑点影影绰绰，由远及近时它一分为二，神奇地变成了两个活人。是海蒂和克拉拉，她们也认出了我，冲我招手，从远处喊着我的名字向我跑来。我们握紧了彼此的手。海蒂还是那么活泼开朗，和我握手都能让我紧张不已。她伸出了左手，但又马上缩回去递来了右手，还勉为其难地露出舌尖，笑了一下。许是海蒂已经读过我的《纳日地河畔的蝴蝶》了，我到底会伸出哪一只手，令她颇为迟疑。倒是克拉拉的眼睛与我设想的无异，还是海的深蓝色。

"要不要爬梦里的阿尔卑斯山？"

"当然。这一天我已经期待很多年了！能在雪山底下遇见你们，即便在我的梦里都是一种奢望。"

克拉拉跟我说："我们收到你的海蒂号了。"

"真的吗？我以为沉入大海了呢。"

"你不信问问海蒂。"

海蒂微笑着冲我点头。

"那次你没能在八点半时来，你迟到了。"

"对不起！克拉拉。不过，我知道一定能再见到你。"

克拉拉和我拥抱了很久。海蒂向后退了几步，有些羞涩地站在原地静静地看着我们。

我们大声地笑着、喊着，然后争先恐后地向阿尔卑斯山顶跑去。

"你们笑的声音小点儿！小心雪崩。"

警告我们的是长了一双蓝色眼睛的克拉拉。

"啊？外面真的下雪了。你看，这是今年的首场雪。"

"妈妈，乡下的雪景真美。不过，你这个大睡猫没看到！"

下篇 蝶状斑痣

一

深邃湛蓝的太平洋好像神的眼眸一般安详

澎湃迸溅的海浪花冲刷着一切是是非非

我很喜欢去海边。蓝色的海水一浪赶着一浪，将螺、贝等软
体动物推到岸上，使我想起小时候在河边捡贝壳玩儿的情景。我
想不明白海潮为何把贝类推到沙滩上，又遗弃在那里，反而能
将异乡人的万千思绪都给卷走呢？海面有时很温和，对所有来访
者也敞开着怀抱。不过，像我这样一个在纳日地河边长大的小
姑娘，无论对大海怎样心驰神往，压根儿也得不到它的关注。好
在，纳日地河很了解我。

我们家乡的水边有很多螺和蛳。蛳，家乡人称其为"鄂木
根·毫木斯"，喻义是"老太婆的指甲"。单看这称呼，是不是颇
具史诗神话的色彩？想想挺有趣，本应生活在海里的动物，怎么

就游移到我遥远的家乡了呢？难道，多少万年前我们家乡也是一片汪洋吗？而我们，莫非是一颗颗生命被海潮推到陆地上之后的延续吗？

与人类一样，山川河流和动植物都有它们的历史。而我的左手的历史，且不说与它们相比，即便和小螺小蛳对比，亦是不值得大书特书的。思谋那些软体生物对大海的眷恋，不由得心生悲凉。若是把数万年前的远古时期游移到我们家乡的生物叫作"鄂木根·毫木斯"，那么，如今才被海潮送到沙滩上感受风吹日晒的小生物们是否应该称其为"尼拉哈·毫木斯"，即"婴儿的指甲"呢？我认为，那些微小生物在大海中经过长距离漂移之后迷失了方向，才来到了我的家乡。而我，也是四处游走时迷了路才来到鄂木根·毫木斯的家乡吧。假想一个有趣的情景：我与鄂木根·毫木斯相见，然后叙旧甚欢。不论怎样，因为这种臆想，我很愿意记住鄂木根·毫木斯的生息之地。

每个鄂木根·毫木斯都有它的故事，且喜欢把故事藏起来。

很久以前，长了十五颗脑袋的黑蟒古斯①在我们家乡作乱，引发了干旱、瘟疫等灾难，叫人畜不能安生。正当百姓深陷困厄之际，英雄格萨尔以其慧眼观察到了蟒古斯猖獗而造成的惨象。他随即跨上枣骝骏马，征讨蟒古斯而来。谁知长了十五颗脑袋的黑蟒古斯也不是一个等闲之辈，它的射术比起英雄格萨尔不遑多让。一番激战之后，格萨尔因为始终破解不了蟒古斯的神奇射术而陷入险境。

一日，喜鹊们坐在一棵老树上偷听到了蟒古斯说的话。

---

① 蟒古斯：魔鬼。

蟒古斯狂妄地说："只要还有鄂木根·毫木斯，那格萨尔就拿我们没有办法！"

花喜鹊听了蟒古斯说的话，旋即从老树上起飞给格萨尔报信去了。蟒古斯发现喜鹊之后，马上放出一支箭，将喜鹊的尾巴射了一个八叉。不过，喜鹊最终还是把消息报给了格萨尔。据说，因为传递情报有功，喜鹊被允许在房梁上筑巢。得知其中奥秘后，格萨尔将蟒古斯的鄂木根·毫木斯一一射断，凯旋。从此，人们又可以安居乐业了。

家乡的大小山川都以英雄格萨尔冠名。因此，我未曾质疑过外祖母讲的故事：纳日地河、大小山头、外祖母的歌，乃至螺蛳、蝴蝶，都有各自的传说……

人们常常从海边拾螺、拾贝，当然，这里的人是不知道格萨尔的，也没有听过那骇人听闻的故事，更不会晓得打小听着"鄂木根·毫木斯"故事长大的我。有时我就想这一切或许都是错乱的时间概念造成的，所以时常感觉到自己是在寻访"鄂木根·毫木斯尚未变成'长了十五颗脑袋的蟒古斯'手上的利爪"之前的那个幼年时期，即"浩瀚无际的大海还只是一洼死水，高耸入云的峻峰还只是低矮土包"的年代。

清晨时分，人们迎着初升的太阳出现在海边，捡拾大海馈赠的螺、蛳、贝。这情景似乎叫我愈加确定了置身于那个年代的体会，犹如经历了数百个世纪风雨的岩画，亦幻亦真。我从中不可避免地看到那原生态的、流传千年的幻影，如我采着野韭、山丁子和桑果长大的经历。我很喜欢像一个游客似的从旁欣赏这岩画般的生活。

有时，站在深蓝色的海边，眼前却能出现另一番景象。

野外的风吹得青草碧浪翻滚，小女孩儿独自一人在浪里跌跌撞撞地跑着。她在这里迷路了，吓坏了，捂着小脸哭泣。女孩儿的泪水滑入嘴角，味道与海水一样咸。小丘的另一边，穿了蓝布长袍的老奶奶心急如焚，跌跌跄跄地找寻着小姑娘。

正期待着祖孙二人相聚的时候，海面上升腾的蓝色雾气，把这一切景象给吞没了。奔腾的海浪，击打岩石后的巨响，像硕大的闹铃一样将我从蜃影中叫醒。真不知道多少个游子的梦想和惦念，统统沉到了海底深处！

大海终究看穿了我，如同当年接生婆婆看穿了我一样。所以，我面对大海向来敞开心扉，从不保留。哗哗的潮水，我把它当成大海给予我的回应、慰藉和鼓励。站在海边，我隐约看到了那个在翻起的巨浪中勇往直前的金黄色蝴蝶和七岁的小姑娘。不知道它飞越了几次纳日地河，也不知道它对她说了些什么，而今天，她有没有看到站在海边的我呢？

"再来一首吧！您唱得太好听了！"

掌声和欢呼声把我拽回了眼前的实景当中。海滩上的伙伴们站成一个圈，将我围在中央。那一刻，我真像一个小丑，或是一个穿帮的演员，站在原地不敢挪步。我自己都想不起来刚才唱了什么。天啊，是谁给了我开口唱歌的勇气？应该不是我自己。

"对不起，我从来不唱歌的。"

大伙儿不相信自己耳朵似的，发出一阵笑声和嘘声。我慌不择路地逃出了包围圈，任凭他们在后面叫着、喊着……那一瞬间，他们或许没把我当成歌者，而是看成了一个起码是患上某种疾病的人。无论如何，我被自己突然开唱的举动震撼了，心跳得异常剧烈。整个人好像被一种无形的恐惧笼罩着，腿脚都变成了别人的。过了许久，我才一步一步地走了回去。

离开海滩返回住处的路上，我频频偷笑，还轻轻地哼起了外祖母当年唱过的那首歌。

二

2006 年 11 月 10 日，我乘坐京都的地铁去上班。路上，戴在左手上的玉镯子嘭地崩开了一道裂痕。镯子是外祖母给的，而且在我左手上戴了十几年。据说，那还是外祖母的嫁妆。去日本留学的夏天，外祖母把戴了一辈子的镯子摘下来送给了我。镯子上面带着外祖母的体温和汗渍。当时，她丝毫没有犹豫，从自己手上撸下来就套在我左手上了。我虽然有些磨不开，但是看着外祖母坚决的眼神，没敢推三阻四。我寻思着，我和玉镯子一定都是外祖母的心头肉。然而，后来我却戴着玉镯子远渡东洋了。我和玉镯子都不在身边的时候，外祖母是怎么熬过一天又一天的呢？我不敢想。外祖母的玉镯子、舅舅的牛角刀，我一直带在身上，一刻也没有分开过。

我看着崩裂的镯子，心口生疼，浑身冒汗。地铁到站后，我匆忙下了车，并打电话跟单位请了假。

京都，是一个既传统又现代的大都市，在鳞次栉比的高楼大厦间随处可见古老质朴的寺庙建筑。古香古色的街道和房屋，不仅传递着历史的温度，也向现代人弹奏着悠远的旋律，让身在其中的人们不由得心生敬畏。不过，我不曾去这里的寺庙祭拜，因为心底里总有一丝顾虑：祭拜这里的神像会不会被家乡的神灵觉察到？在这座极具宗教色彩的现代都市，外祖母给我的玉镯子毫无征兆地裂开了。这委实让我惊惶不安。

雨季到来后，细雨绵绵不断，不给人片刻喘息的机会。

我忘记打开雨伞，径自在小巷子里狂奔。跑到街口，总算找到了一家公用电话亭。但是，大脑被一种说不出来的不祥征兆支配着，甚至让我回忆起了昨晚的梦境。在异国他乡，我几乎每晚都会做梦，而且都是怪诞的梦，可是这一刻，仿佛觉得昨晚并没有出现梦境。难道忘记做过什么梦吗？无论我如何冥思苦想，记忆就好像被清空了一样。电话亭里没有其他人让我松了一口气，刚才还觉得在细雨不断的世界里只有我一个在外面流窜呢。我盯着座机上的按键，不敢下手，反复尝试了几次也没有下定决心，只好从电话亭出来，进了旁边的便利店。售货员小姐迎面送来了笑脸，我却并没有回应。我买了一盒烟，点着一支，回到了电话亭。因为几年没有吸烟了，所以猛地一抽，呛得我咳喘不止。而过去，烟总能帮我平复心情，提振勇气。我连续抽了三支，然后才拿起听筒，一个一个地按下了号码。

嘟，嘟，嘟……

每次往家里打电话，我都愿意相信：电话线穿过深蓝色的海水接到了家乡的木桩上。而等待接通的时刻，就是时针拉近遥远距离的行程。此时，我想海里的鱼儿定会聚集在电话线周围，静静地听着我的话语。今天有些奇怪，嘟了好久也没人接听。难道是因为离得太远吗？无论怎样，今天的电话声音有些刺耳，听着像拉响的防空警报，预示着要发生什么灾祸。

"喂！妈妈，是我。"

"哦，是丫头啊！"

听筒那边又不作声了。仔细一听，妈妈跟爸爸说着什么。

"是丫头打来的电话……"的确是妈妈的声音。我想象得到妈妈侧着脸轻声说话的样子。这一刻，我越发肯定了自己的预感，泪水顺着鼻子淌下来，让我成了一个泪人儿。

"啊，丫头，你最近怎么样？工作、学习都还好吧？"

"外祖母怎么了？别跟我藏着掖着。"

"谁跟你说什么了吗？昨天……"

我没再说什么，挂了电话跑到了大街上。

雨还在下，根本不照顾我的心情。我的心像被人一刀一刀地划着，疼痛难忍。

在完全陌生的街道上，我多想毫无顾忌地狂奔一会儿，就像小时候被外祖母骂了之后逃向荒野深处一样。那时，我是一个倔强的黄毛丫头，受到一丁点儿的委屈都要跑出去。然后，一个人躲进草的深处，望着蓝天躺一会儿。我会看着连成一片的乌云发愣，还常常渴望跟它们一样，飘到很远的地方去。甚至能冒出"希望长了十五颗脑袋的蟒古斯死灰复燃把我抓到很远的地方去"的荒诞想法。想想那时，我真是一个脾气恶劣的黄毛丫头。我想象着大人们四处寻不到我而着急的样子：他们一定是捶胸顿足，以泪洗面呢。

"我的黄毛躲到哪儿去了呢？合作社里的糖块儿可是只剩两颗了啊！你要是再不出来，可就要喂小鸡崽儿了啊……"

"小鸡崽儿哪会吃糖？"

"有吃鼻涕的丫头，怎么就没有吃糖的鸡崽儿啊？"外祖母笑呵呵地逗我开心。那一刻，本已下定决心永远都不出来的小人儿，禁不住两颗糖的诱惑，就跟大人们和好如初了。

在陌生的街道上狂奔时，打心眼里希望有一个人能抚慰一下我悲痛的心情。"外祖母！我不要糖了，只要你回到我身边。"站在陌生的街上，我好想对着顶着伞的、陌生的人们，哭诉一下外祖母的故事。爱我至深的人们，将我扔在雨中，扔在这个陌生的街道上弃我远去了。老舅、外祖母，还有克拉拉……

我对外祖母的身体状况还是有些心理准备的，也知道诀别的时刻可能不久矣。我不停地自问："她是从北窗户走的吗？"要知道，我们俩可是上天恩赐的"彼此的幸福和福祉"啊！没有我的日子，她的生活显然是无法想象的，但是，在她生命的最后时刻，我却并不在她身边。留学日本之前，我去看望了外祖母。要走的时候，她老人家不顾劝阻，拖着老寒腿把我送到了纳日地河边。路上，她给我唱了自己爱唱的那首歌。

"丫头啊，去了那儿人生地不熟，要照顾好自己。要是想我了，就看看那镯子，从那里能看到姥姥的脸呢。我不能陪你去，就让镯子替我给你做伴儿吧！"

"姥姥，那儿就是日出的方向。"

"你种的花儿都开了，满院子都是。屯子里的媳妇们每天缠着我要花的种子。丫头啊，那些花儿要是开得好好儿的，姥姥就知道我的黄毛丫头肯定过得很好。现在你也长大了，从你变成我的小跟屁虫那年算起，已经过去二十年了。那时你才七岁呀！你去了日本记得给你妈妈打电话。儿行千里母担忧，最舍不得你的还是你妈妈。也许当初真不该把你带过来跟我过，孩子跟自己的父母疏远了，终归不是好事儿。怪就怪你的那颗痣吧，让我不舍得放你走！"

"姥姥，您一定要好好保管舅舅的红书柜，谁也不能动它！"

"嗯。你以后想家了，就唱一唱家乡的歌吧！我们家族的人都会唱歌，你也应该能唱。记得你那个七岁天折的姨娘，总问我大海在哪里。今天，我的黄毛丫头要去看大海了。"

那天，外祖母有说不完的话。我沉浸在与亲人分别的情绪中，并没有细听外祖母说的每一句话。倒想跟她提及我梦里"发誓"的事情，但又担心惹她不安，话到嘴边，又咽回去了。此后的一切遭遇，坚定了我为誓言而飞奔的决心。是的，我一定要去大洋的彼岸。虽然大家都觉得这一刻许是最后一面了，但是没有人触碰这个令人神伤的话题。我回头看着外祖母的背影，站了良久。最终，怕她也回头看见了我，只好向前赶路。外祖母的背影，渐渐远去了，我无法揣摩她的心里是什么滋味，也不敢去揣摩。

三

在外祖母的认知世界里，"艾力"（村庄）就等于地球。因为，她的一辈子都在那个村子里度过。在苏木的学校上学时，她穿着粗布长袍去看过我。同伴们看见满头白发的外祖母，跑过来低声说："你的姥姥是不是故事里的那个很久很久以前的婆婆啊？"果真如此，外祖母就是我见过的最后一位"很久很久以前的婆婆"。不过，我为自己是"很久很久以前的婆婆"的外孙女而感到自豪。

外祖母认定太阳每天都从六个阳坡的中央升起，然后傍晚时分再落入"达澜查汗"沙漠里。也许，她老人家还认为"太阳升起来是为了照耀我们屯子的"。然而，与我外祖母同时代的西方人早已用上了电器，四轮汽车也成为他们日常的代步工具了。可是，我们有什么理由指摘外祖母的孤陋寡闻呢？她几乎没听说过地球之外还有其他星球，而"从家乡的天上飞过大铁鸟"的奇闻也都是后来的事情了。何况，连我这个见过世面的青年对非洲大陆和西方世界的认知也不过是从文字上得来的嘛。这好比西方世界的人们读了《马可·波罗游记》之后向往"遥远的东方，那个可以淘金的地方"并无二致吧。

小时候，我以为出了家门往东走，一直走，就能到天边了。不过，老舅跟我说尽头有大海。

"你朝东一直走，路就会被大海阻断。那海，没有渡口，也没有边际。故事里说的无边无际的大海就是那里。海的深处有漂亮的城堡，城堡里住着美丽的公主……"

"我喜欢那个城堡里的公主。"

"你会成为公主的！"

一个常常被屯子里的小伙伴们取笑逗乐的"灰姑娘"怎能不去梦想自己有朝一日也能变成美丽的公主呢？我知道那个公主是天底下最美丽、最聪明的公主。不过，我又觉得这个话题比较无聊，不想再继续说了。

老舅总说向东走下去，路会被大海阻断。那笃定的口气就像是他自己去过尽头再回来一样。我也不知道他是怎么知道大海的，不会是在梦里见到的吧？

"纳日地河最后就流到大海里！"

"是吗？能流到那么远吗？"

"当然啦。纳日地河奔向远方，最终流入大海。它见过的世面可比我们广着呢。舅舅下辈子一定要去海的那头儿。将来你也要像纳日地河一样，去远方看世界哦！"

那天晚上我们做了一只木船，取名为"海蒂号"。我还动手做了许愿卡，插在木筏上，最后放入了纳日地河的水流中。我不知道海蒂号木船最后抵达了哪里。后来，等我长大，之后又到了太平洋彼岸，便再也不曾提及那只木船。

舅舅勾勒的画面成了我童年梦里的地球仪。虽然上学之后在地理课上见到了真正的地球仪，但是，我还是更愿意相信梦里的那个地球仪。再后来，我在日本的东海岸，看到太阳从太平洋的水面升起来，倍感意外。虽说这是一个可笑透顶的认知误差，奈何我在心里默默地设想：既然已经到了梦里的地球仪的最东端了，太阳是应该从西边升起吧？

每天清晨，外祖母都会守望着日出东方。她不仅比太阳起得早，还会观察日出时的天象，预测这一天的天气。有趣的是，她的预测十之八九很灵验。自从到了"最东端"，便渴望着跟外祖母从东、西两边一起观看日出。我从心底里把它当成了我与外祖母的约定，即每日一面的机会。谁能否认那么多互相心心念念的人们，都是抬头看着同一个太阳或月亮，千里相望呢？

求学之路虽然漫长，但始终未能到了太阳的东面。到了太平洋的另一个岸上，我回忆起了幼时的旧梦。

我变成了蝴蝶，和纳日地河边迎我的那只金黄色蝴蝶一模一样，随后从舅舅家的北窗户飞了出去。窗台上放着半根红蜡烛、蜡台和火柴盒。墙根儿有几头牛躺着乘凉，听它们粗放的气息声，直叫人耳膜发痒。那些牛并没有理睬我。当然，它们也不可能猜出来，那只蝴蝶就是我变的。恼人的是，哪怕一阵微风吹来都能影响我的飞行。而那些令我讨厌的屎壳郎从我身边走过时，活像一架战斗机呼啸而过。它们还回头嘲笑我："瞅着点儿方向，被撞了活该啊！"各种动物的叫声扰乱我飞行时的心情，我尽量心无旁骛地在花草中间穿梭。色彩鲜艳、倾吐芬芳的花儿冲我招手，它们已然是把我当成了蝴蝶。当我飞抵纳日地河边，那只黄色的蝴蝶迎了我，然后，我们并肩飞向河的中央。

"我第一眼就知道了你会变成我。那个誓言只有你能实现！"

其他的蝴蝶投来惊诧的目光。它们显然是认出了我们。

"这俩姑娘要飞到哪里去啊？"

"纳日地河。"

"那为什么要变成我们的模样？"

"因为她们的誓言。她们外祖母的祖母，曾经跟鄂日博嘿婆婆（蝴蝶婆婆）求过歌。她们家族为了回馈鄂日博嘿婆婆赠歌的恩情，立下了那个誓言。"

"那她这次能飞过纳日地河吗？"

"她的左翼没有劲儿，所以永远飞不过去。倒是等她羽翼丰满之后或许能渡过海洋，去很远的地方也说不准。"

"那什么时候算是履行了誓言呢？"

"嗯，要么她们家族里的一个女儿变成蝴蝶飞过纳日地河；要么渡过太平洋，实现纳日地河的愿望。总之，她们需要完成其中之一。否则，再过七代，鄂日博嘿婆婆会拿回当初赠给她们的歌。那时，她们家族将与唱歌绝缘，子孙后代里也不会再出现会唱歌的人。"

它们的对话和笑声被我听得一清二楚。我徐徐地飞到了河边，而我的同伴——黄色的蝴蝶却停在了我的身后。"这次一定要飞渡纳日地河，别无选择了。"纳日地河浑浊的水流异常湍急，恨不得把沿途的一切都吞没。我使出了浑身的力气，可是羽翼沾上冰冷的河水之后越来越沉重，无论如何也不能飞起来了。我又一次遭遇了失败。

我从梦中惊醒时浑身是冷汗。每次做了这样的梦，第二天定会感冒，好像真的变成了蝴蝶之后禁不起风雨吹打而生病一样。外祖母拧了热毛巾放在我的脑门儿上。我怕她担心，从来没说过梦里的事情。每回用热毛巾贴敷都会让我敞亮许多，所以，有时即便没有不舒服，我也会装作不能起身，让外祖母给我敷上热毛巾。

真是应了蝴蝶的咒语似的，我从未能飞过纳日地河。不过，我喜欢那个梦，因为在那个世界里我能插上翅膀飞翔。而且，即便飞不过去，也能跟各种动物交谈。假如，我要是在梦里渡过了纳日地河，那我的明天会是什么样子呢？时间的种种征兆，谁能说得清啊？要是真的飞过去了，我可能已经在另一个世界里了也难说。只是谁也不知道，外祖母的祖母跟鄂日博嘿婆婆求歌的时候立下了什么誓言。

四

外祖母出生在一个世家。她打小不愁吃不愁穿，随心所欲地长大。据说，当时在家里有不少长工和丫鬟，牛羊也很多。她虽不及电影里书香门第的小姐，整日与琴棋书画为伴，但是也像一只小百灵一样自由地穿梭在沙葱野韭和争奇斗艳的花丛中，从来没有为什么事发愁过。她天生爱唱歌，所以大雁们听了她的歌会流连忘返，花儿听了她的歌也会忘记了摇曳。遗憾的是，自打我记事以后几乎没听到过她的歌声。我曾经央求她给我唱一首，但是她以岁数大了来搪塞，她说："不好在野外随便唱了。何况，外祖母许多年不唱歌，都不记得歌词了。不过，等我的小黄毛出嫁时我一定会好好唱一首！"只是，外祖母没有等到我出嫁的一天，就永远地离开了。

外祖母十七岁的时候，她的姐姐丢下嗷嗷待哺的两个孩子撒手人寰了。姐姐的遭遇对外祖母的触动很大，甚至改变了她的一生。外祖母的父母心疼两个年幼的外孙子，就将刚满十七岁的姑娘许配给了大她十三岁的姐夫。草原格格的命运发生了不可逆转的改变，看着与草原上随着季节更替而绽放、枯萎的花朵并无差别。生活没有给她想象的权利，哪怕一丁点儿也没有。正值花样年华的格格，如同被海潮遗弃在海边的螺蛳一样，迎来了生活的一切困苦与磨难。只是，她自己并没有对此发表过任何的牢骚和怨言。

外祖母对命运的安排不以为然，也闭口不谈。当然，命运也不曾给过她选择的余地。那时我还小，实难对她的人生经历产生什么兴趣。今天，我追忆外祖父和外祖母的那段历史，显而易见的是他们的故事与爱情毫不相干，而我们这些后辈，像结在一棵苦树上的果子，也未曾有过选择的余地。外祖母被许给外祖父后共生育了七个孩子，但是三个不幸夭折了。据说，母亲本来还有两个姐姐才对，只是一个在襁褓里夭折，一个长至七岁病故了。大人们说，外祖母对七岁的女儿舐犊情深，简直是放在掌心怕掉了，含在嘴里怕化了。女儿殇夭之后外祖母更加少言寡语了。生我的时候母亲难产，被折磨了整整三日。长辈们说，外祖母烧香拜佛，三天三宿没合眼。最终，她的虔心祈祷感动了神灵，救活了我的生命。

我的脖子上有一个胎记。每次外祖母给我梳头发的时候看见那个胎记都会盯着发愣一会儿。我懂事之后，她给我讲了一个秘密。

"你那个七岁时夭折的姨娘也跟你一样，脖子上有个胎记。我想，她把自己送回到我身边了。"说着，外祖母亲了一下我的脑门儿。

脖子上的胎记成了外祖母心灵的慰藉。我也因此而感到很欣慰，甚至觉得多亏了这个胎记才让外祖母这么怜爱我。我来到这个世界上之后，没有为她做过什么，全凭这个胎记孝敬她老人家了。

我并不介意成为转世投胎的孩子。不过，我当然不能恢复姨娘七岁之前的记忆了。偶尔，将化成蝴蝶也没能飞过纳日地河的梦当成是姨娘的梦。我没有看到外祖母屋里的北窗户打开过，说是在我降生以前就已经封了。第一次梦到蝴蝶的第二天，我向外祖母打听过那个窗户的事情。

"谁跟你说过窗户的事儿？"外祖母的声音颤抖了，脸色刷白。

"是我自己梦见了窗户。在梦里，我成了一只蝴蝶，从窗户飞出去，直奔纳日地河。但是，我没能飞过河。"

"阿弥陀佛！"外祖母听了我说的梦，两眼瞪得很大，眼皮子快翻到额头上去了。她双手合十，点燃了一炷香。第二天，她带着我去了庙里。见喇嘛，磕了头，迎回一道符纸，贴在了北窗户的窗棱上。后来，母亲跟我讲过北窗户的故事。原来，七岁夭折的姨娘喜欢趴在那个窗户上看纳日地河。孩子没了之后，请一位格根①喇嘛诵经作法。

---

① 格根：活佛。

最后，喇嘛解惑道："你姑娘是从这个窗户溜出去的，到了纳日地河之后迷失了。"许是请来的符纸显灵了，我在梦中多次变成蝴蝶飞出了窗外，但是终究没有能够飞过纳日地河。

外祖母的右手上有一个蝶状斑痣，两片羽翼的线条都很显著，看着与萦绕在花丛中的蝴蝶并无两样。这个蝶状斑痣似乎冥冥之中昭示了小格格的人生命运。然而，命运并没有给她蝶飞若舞一般自由自在的人生。外祖母很喜欢绣蝴蝶，在我上小学时，衣服、枕巾和书包上无一例外的都是蝴蝶。可是，这成了小伙伴们取笑我的一个由头儿，还给我起了一个绰号——蝴蝶姑娘。奇怪的是，我一点儿都不喜欢这个叫法，常常找外祖母哭鼻子。

每当我哭丧着脸的时候，外祖母都会抿着嘴笑。她说："丫头，蝴蝶什么时候都能找到自己心仪的花朵，这世上没有比它更美丽更聪明的动物了。"

外祖母有时会套上牛车带着我去看她姐姐的坟。那坟在纳日地河的北岸。外祖母把牛车停得远远的，然后一步一步地走过去。她拿出烟杆子，点着一锅烟，坐在坟头儿尽情地唱许久都没有唱过的歌。这时，我会细细地打量一番外祖母的脸。那时的她真的很美，脸上还挂着一丝幸福的微笑。也是在那个时候，我对她曾经是草原上的格格深信不疑了。在她美妙的歌声里，草儿们不由自主地点头哈腰，纳日地河的水流也收起了浪花，安安静静地流向远方。我想，外祖母的姐姐一定能听到妹妹唱的歌。在姐姐的坟前，外祖母浑然没有时间概念，如果我不去提醒，她肯定能坐上一整天。

"姥姥，现在回去吗?"我说。

她突然回过神来似的，"哦，我的小黄毛，我们回吧!"说着，摸一摸我的头发，起身往家走。

回家的路上外祖母很安静，不怎么说话。有时我觉得时间的巨轮好像玩儿了一回变戏法，一瞬间把一个天真烂漫的小格格变成了乡下的老太婆。很多年之后妈妈告诉我，姨娘七岁夭折之后遗骨被投入了纳日地河。

外祖母去世的时候我没有在她身边。在一道黄纸的阻力下，我确实没能从北窗户溜出去，不过，我从正门走出去，沿着求学之路跑到了海的彼岸。外祖母还是没能躲过独守空巢的命运，当然，她也没想过躲避。若是真的有天堂，外祖母或许早已与她的姐姐，还有她的心头肉——七岁的姑娘见到面了。

五

在日本生下女儿后，看见她柔软的右臂上有一块蝶状红斑，我不由得放声哭了一场。我盯着那只小蝴蝶发愣，太平洋的水仿佛慢慢浸满了我的眼眶……

"阿弥陀佛，她又来到我的身边了！"

夺眶而出的热泪糊住了双眼。我也跟当日的外祖母一样双手合十，祈祷了一句"阿弥陀佛！"

看着聪明伶俐且有些急性子的女儿，我便不由自主地想起了在草原上与花儿们一起长大的格格。女儿的书包上也有蝴蝶，她每天背着它去学校时总是很开心。她没见过我的外祖母，也不太记得自己胳膊上有过蝴蝶。我也没跟她提及过蝶状斑痣的故事。

即便，谁也不跟女儿提及那些往事，等她长大后自然就明白了。

第二次回故乡，我带着女儿去到了纳日地河边。故乡的四季，容貌各异。上一次叫女儿见识了故乡的雪，而这一回，我倒默默地希望她能淋一次故乡的雨。河水很静，依稀记得河水听到外祖母的歌声后变得更加静谧、清幽。我曾经亲眼见到浩淼的大海，不过，纳日地河的水一直流淌于心中未曾停歇，身在他乡时念起它的涟漪，即可荡涤我的情志！今天，纳日地河的水面很平静，平静得甚至不想被我猜中它已经认出我了。水流好像比我儿时更为温和了。我突发异想：若是能让纳日地河的水倒着流，时间当然也可以回流了。那么，是不是就能重现很久以前的婆婆牵着她丫头的手走在河边说话的情景呢？那时，我的海蒂号木船会不会返港，给我讲大海的故事？

　　女儿叫我："妈妈，你看这蝴蝶多漂亮！"

　　金黄色的蝴蝶绕着女儿飞舞。它，看起来是那么纯粹，为了自己向往的事物执着地扑打着翅膀。女儿和蝴蝶穿过花丛，在纳日地河边追逐。那一刻，我又看到草原上那个可爱的格格，和她乖巧的七岁姑娘了。是啊！这一切都是被金锁链连结着的生活。日子，还会继续……

　　"妈妈，它丢下我飞走了。"女儿伤心地哭了。

　　"丫头，那蝴蝶不会离开纳日地河，一定飞不远。"

　　蝴蝶从河面上飞了过去。我从后面一直盯着它看，直到它飞过河水，变成了一个黄色的斑点。我也尝试着让自己变成一只橘黄的蝴蝶，飞渡纳日地河。但是，上天安排好的生活谁也无法预测。假如我飞过了纳日地河，兴许就遇见了跟鄂日博嘿婆婆学歌的外祖母的祖母，然后听她讲当初立下誓言的故事。

　　未来的最美之处就在于看不见的深邃和神秘。人们都奔向看不见的明天。而回头看的时候，一切都会变成清晰的回忆，即便有朝一日人们抵达了看得见的尽头，依然会生活在那清晰的回忆里。

我的左手，比起右手更有力地牵着我，走向那清晰的回忆和光鲜亮丽的明天。

遵照外祖母的临终愿望，家人将她埋在她姐姐身边。我带着女儿去到了外祖母的坟头。当时，我真的希望时间走得慢一点，甚至比很慢还慢，好让我一直坐在那里，唱一唱外祖母唱过的歌。

外祖母没有厌倦过生活里的平淡与晦暗，没有抱怨过生命里的残忍与冷酷，更没有像我似的逃之夭夭。她只是来这里轻声地倾吐与谁都没有分享过的话语。

　　　　西海子的水啊
　　　　是那么地清澈
　　　　等到千姿百态的莲花
　　　　绽放盛开的时候
　　　　回来吧，孩子，回来吧

　　　　东海子的水啊
　　　　是那么地清亮
　　　　待到五颜六色的花儿
　　　　朵朵开放的时候
　　　　回来吧，孩子，回来吧

　　　　西海子的水啊

是那么地清澈

想起那

生我养我的故乡

回去呀，阿妈，回去呀

东海子的水啊

是那么地清亮

想起那

魂牵梦绕的家乡

回去呀，阿妈，回去呀……

"妈妈，教我唱这首歌呗！"

"你的姥姥经常唱这个歌。你妈妈的妈妈，还有我妈妈的妈妈，都特别会唱歌，我们家有草原歌者的基因。我相信我的女儿将来也是一个好歌者。到那时，在你的歌声里大雁会忘了起飞，花儿会忘了摇曳……"

"妈妈，您唱的这首歌我好像在哪儿听过。"

"一定的。这首歌是我们家族的传奇啊！"

我和女儿回来的时候，母亲站在纳日地河边等我们。我们三个顺着小丘上的土路往回走，舅舅家就在小丘的东北角。女儿哼着曲子，拽着姥姥问这问那。生活，如果没了歌唱，那会是什么光景？真是难以想象。外祖母的祖母从鄂日博嘿婆婆那里求来的歌，我们要代代传下去，唱下去。

有一瞬间，我似乎看到了那个小姑娘，而"她"也躲在山脚下的枯草丛里瞄着我们。虽然看不清楚，我还是感觉到"她"能把我看得一清二楚。怎么也忘不了的是马车渐行渐远，而"她"一动不动地站在那里。路过"她"经常隐藏的枯草丛时，我的眼睛浸满了泪水。"她"躲在草丛里，并不是为了瞭望未来的时日，而是偷偷地看着妈妈，用手遮着阳光慢慢远去的妈妈。今天，我和妈妈，还有女儿并肩走在土路上，难道，这也是上天安排好的吗？若不是，谁又能质疑呢？

"妈妈你看，黄色的蝴蝶在送我！"

女儿的一声喊叫打断了我的思绪。黄色的蝴蝶跟着马车飞了过来，"我没有食言啊！"它轻声地说着。

"妈妈第一次来这里时，正是这只蝴蝶迎我的。"

"妈妈，蝴蝶们真像空中飞舞的花朵，真好看！妈妈，您一定要给我再绣蝴蝶，直到我长得很高很高，嘻嘻……"

女儿愉快地向蝴蝶们招手，好像又和它们私语了什么。

我回忆起了巴黎的一位诗人留下的《三只蝴蝶的传说》。

"第一只看了佛灯一眼之后回来说灯没灭；第二只飞得太近了，回来说烤得不行；第三只扑进灯里再没回来，谁也不知道它体会到了什么。"

我横渡过太平洋，却没能飞过纳日地河。不过，我了解那只蝴蝶到底是第几只。

再见了，小姑娘！

原载《花的原野》2019 年第 5 期

译于 2021 年

塔纳图夏营地

脑·孟和陶格套 著

道·斯琴巴雅尔 译

脑·孟和陶格套

笔名查胡尔。1961 年夏生于内蒙古自治区巴林右旗查干诺尔苏木。1980 年开始创作，自 1984 年至今在杂志报纸电视收音机等媒体发表多篇作品，并多次获得各种奖项。现为赤峰市作家协会会员，内蒙古作家协会会员，内蒙古评论协会会员。

斯琴巴雅尔

笔名道·斯琴巴雅尔，1963 年生，内蒙古翻译家协会理事、锡林郭勒盟翻译家协会常务副主席。曾出版作品集多部，先后获得内蒙古自治区"五个一工程"奖、内蒙古自治区文学创作"索龙嘎"奖、《民族文学》杂志年度奖等三十余项奖。

一

从高处俯视，细长的塔纳图洼地飘浮在浅蓝色的雾霭中，齐膝盖深的湿漉漉的芨芨草在轻轻荡漾，正午的炽阳下，在开阔的塔纳图芨芨滩，长得比靴勒还高的湿答答的碱葱散发着浓浓的味道。源于塔纳图洼地上缘的那泓喷涌奔流的泉水，从南边绕过芨芨滩，一路向西蜿蜒流淌，直到流入被绿茵茵的草地包围住的银碗般的小湖。无论谁看此美景，都会不禁感叹：家乡的福泽滋润家乡的神土。

塔纳图洼地北边有一座兔子脊背般的山丘，当地人称它为"乌干道布"，在山丘上面坐落着两顶蒙古包，是富豪惠拉德尔和羊倌却德尔两户人家。东边的蒙古包因多年未更换围毡而被炊烟熏黄，一位四十多岁的男子在这座蒙古包上首横放的钢丝床上倚着叠放的被子，不停地眨巴着棕黄色大眼，不时地往地板上抖着烟灰。他的名字叫却德尔。他看着在蒙古包门前水车阴影里舒展身子安然熟睡的黑狗和红狗，喃喃自语道："在塔纳图夏营地没啥烦恼的就数你俩了!"他端起放在前面的茶碗,咕嘟咕嘟喝了几大口。天刚开始热,却德尔就把羊群赶到黑崖阴凉地,拄着拐杖徒步走五华里路回到家里时,已经汗流浃背,那件肥大的草色上衣早已紧紧贴在他身上。他口渴得像咽下了木屑,走进毡包幸好发现那里放着一壶用嚼口①兑好的浓浓的温奶茶。他一口气喝下三碗奶茶,用扇子般的手掌擦了擦已有几根白胡须的厚嘴唇,嘀咕了一句:"这世间胡须和眉毛永远合不到一块儿,你说咋整?一辈子喝热茶的命运属于惠拉德尔,不属于我,这又怎么解释?只能认命喽!"他深深地吸了一口只剩下烟头的香烟,却没有吐出烟雾,两只大眼直勾勾地盯着地板,脸色变得阴沉,不难看出他正为某一件事情心烦意乱。

昨日天刚刚亮,惠拉德尔牵着神速枣红马去赶苏木那达慕大会。临走前他跟却德尔说:"扎,却德尔,我去苏木那达慕大会,也许在那达慕前后多走几天,注意下冷雨就可以,你很谨慎,是个有经验的牧羊人,我没啥担心的,其实即使我在家也帮不了什么忙,我只能嘱咐你们把家看好……"惠拉德尔那张薄皮黄脸奇怪地抽搐了几下,看不出是笑还是哭。却德尔点燃了惠拉德尔给他的香烟,凝视着地板,仔细想想,这生活也是真苦!惠拉德尔的疑心没有解除之日,虽然我俩被网围栏牢牢地困住了,但是无法否认在灰烬下面还有永不熄灭的炽炭,没法走近也没法离开,就这样走到了知天命之年,你说这命运多奇怪呀!

却德尔和惠拉德尔同岁,是同喝一口井的水、一起长大的哥们儿。惠拉德尔在家的日子有数,无论啥时候,有那达慕他就像

---

① 嚼口:蒙古语,指稀奶油。

一阵风一样疾驰而去，一走便是十天半个月，甚至更长时间。每次回来，都整箱整箱地带来却德尔最喜欢的"草原白"酒或"大青山"牌香烟，有时还买来穿起来舒适、轻快的鞋子，还给南斯勒带来袍子料、衬衫、丝头巾等礼品。"人家的一片好心啊！"却德尔、南斯勒二人高兴得脚底生风，为报答这份善意，一心一意地干好饲养牲畜等室外活儿，做得比自己的事还认真细致。

"萨日盖呀，我说却德尔这个人，不怕硬就怕软，这么多年生活在一个山旮旯里，我怎么会不知晓他的十根脚指头在靴子里往哪儿动呢？我对他来软的，是为了长期留住他。很难找到像他这样责任心强、经验丰富，而且乖乖听话的羊倌了。说他是羊倌，还不如说是尽心尽力地包揽咱家所有活计的傻瓜。另外，他也是为了讨好你。听说古代有一种策略叫羁縻，我这么多年能把却德尔拴在门前，其实就是用了这办法！"惠拉德尔奸诈地笑了笑，从端到薄唇边的大酒杯上面瞥了一眼萨日盖，想听她说什么。

"嗨，你刚才说啥来着？俗话说'恶劣的天气会变好，奸恶之人不会变好'，原来指的就是你这种人啊！这么多年，却德尔夫妇俩日出而作、日落而息，为我们家里里外外的活儿付出了所有精力和时间。要是没有他俩，你这只会饭来张口、好吃懒做的家伙，能成暴发户吗？"萨日盖说着挺起胸膛，性感的乳房随之微微颤动了一下。"自己靠却德尔的勤劳过着日子，还张嘴就说人家坏话，吹嘘自己，把垃圾倒在别人头上，真是可恶！却德尔怎么就坏啦？用卑鄙下流的手段勾引他人老婆了吗？欺骗乡亲们霸占别人草场了吗？像你一样无法清除心灵的污垢，五脏六腑都发霉了吗？"萨日盖想说这些，但她心里清楚此时不能火上浇油，便把到嘴边的话咽了下去。

夏日火辣辣的阳光从套脑①上方直射下来，却德尔想躺下休息一会儿，但是由于早晨喝了几口茶就忙着把羊群赶往草场，现在肚子咕咕叫，胃里烧得厉害。他在碗架子上找了半天，没找到吃的，垂头丧气地回到床上坐了下来。这时，萨日盖端着满盘子热腾腾的包子走进蒙古包，说："却德尔，还没吃午饭吧？肯定饿坏了，趁热吃吧！我知道你会渴得厉害，就烧了一壶奶茶放凉了。"说着，从碗架上拿出碗筷放在却德尔面前。

萨日盖身穿红色短袖、白色健美裤、厚底白运动鞋，刚洗过的长发柔顺地披散在肩膀上，她动作轻快敏捷，不像上了四十岁的女人。长长的睫毛随着萨日盖的微笑忽闪忽闪的，她一说起话来就会露出洁白的牙齿。近几年，萨日盖发福长胖，虽然做活儿没有以前麻利，但看起来也不觉得笨拙，反而变得成熟稳重。从哈那缝钻进蒙古包里的夏风把萨日盖身上散发的香水味轻轻吹进却德尔心里。

却德尔边吃沙葱羊肉包子边说："这包子味道真好！谢谢你！其实我一直感激你，像我们这样生活条件差的人，去哪儿给谁打工都一样，可是在你身边，给你做事，我就心满意足了……一个家庭，要是没有男人就像没了套脑，没有女人就像没了围毡，这几天我才明白这个道理！"却德尔说着又夹了一个包子。萨日盖笑着说："你妻子走了有几天了吧，是不是该回来啦？她肯定

---

① 套脑：蒙古包的天窗，呈圆形，扣于蒙古包顶部。

也是牵肠挂肚，想早点儿回来呢！嗨，老人的身体好些了吗？"

却德尔嘴里嚼着包子，"噢，我丈母娘那病不是一时半会儿就能治好的，多年老病根儿，而且是个上了岁数的人。南斯勒刚刚来电话说多陪她几天，现在羊羔牛犊都不用喂了，她在这里也只是一天做三顿饭。我跟她说不要急着回来，我自己能做饭！"

盘子里的包子，一多半让却德尔给"消灭"了。但他没有躺下来，往前挪了一下说："'秃子需要戴顶帽子，羊倌需要填饱肚子'这话不假，你看我这吃得，就像往麻袋里装东西似的！"他伸手去收拾碗盘，可萨日盖连忙把这些拿起来放到碗柜上，又转过身来拿却德尔的筷子。

心爱的人说的每一句话都有力量，心爱的人做的饭也特可口。但是却德尔的脑海里时时闪过妻子南斯勒的形象。这么多年与他同甘共苦、为他传宗接代的忠诚的妻子南斯勒，在他心里占据着大山般的地位。南斯勒身材、容貌等远不如萨日盖，但是很贤惠，能干活儿，心地善良，这些一点儿都不比萨日盖差。从年轻时候到鬓角斑白的五十岁，日子一直和和睦睦的，可却德尔内心深处总有一种不满足，不过除了自己没人知晓他这种感觉。却德尔收回思绪，跟萨日盖说："扎，萨日盖，好吃好喝的全享受了，吃饱喝足了，我稍睡片刻就放羊去，你也回去休息吧！"说着倚着叠放的被子侧卧休息。萨日盖的脸上泛起落日余晖般的红晕，欲言又止地在原地转了几下，向包门走去。在门口又回过头来眯着眼看了看却德尔，停住脚步，嘴唇动了几下，还是什么也没说，走出毡包。

仲夏的落日缓缓沉入薄雾背后，天色越来越暗，不知从哪儿汇集而来的低沉的蓝黑色云团，直接压了过来，东边的阿布达尔罕山顶上开始电闪雷鸣，刮起凉飕飕的风。感觉有可能下冷雨甚至下冰雹，得把羊群圈在暖棚里，然后把门窗都打开。以前惠拉德尔认为夏营地不需要建暖棚，但由于在一次冷雨中冻死了七十多只羊，在却德尔苦苦相劝之下，几年前才盖了暖棚。却德尔在微信上看过把几百只羊关在不透风的棚圈里闷死的视频，所以把暖棚的门窗都给打开了。

看来暴雨就要开始下了，风吹得更加猛烈，关好的幪毡被吹得哗哗作响，从门缝吹进来的凉风带来了满屋子的雨水气息。

"扎，今晚吃点儿什么呢？"却德尔刚想起晚饭的事，便听到萨日盖急促地敲门，"却德尔，开门！"

"哎，这萨日盖冒着这么大的风雨……"却德尔嘴里嘀咕着起身去开门，萨日盖进来从铝锅里盛出一碗奶油片儿汤给却德尔，挨着他坐了下来。

"萨日盖，请回吧！看样子这雨要下一整夜！"却德尔说完看了一眼门口。

"那我就住你这儿了，我最怕打雷下暴雨，而且会吓得魂飞魄散，你忘了吗？"萨日盖说着靠向他。"不能这样，这是什么话呀，萨日盖！"却德尔被奶油片儿汤噎住了，急忙喝下几口凉茶。

"塔纳图夏营地就我们两家，即使不在一起睡，人们也会认为我俩在一起睡了！与其那样受冤枉，还不如索性睡在一起！"萨日盖说着，声音发抖了。

"万万不可，萨日盖呀，我俩不能对不起惠拉德尔、南斯勒，还有我们自己的人品！我理解你的心，这么些年你在想什么，期望什么，心中有什么无法诉说的痛苦，你不说，我也知道。我也跟你一样，经历了心灵上的痛苦，但是我表面笑暗地里哭，挺过来了！那又怎么样，老天爷没赐予我们那么好的福祉，还能怎么办？再说了，我们成年人不能往无法痊愈的旧伤疤上撒盐！只要你身心健康，我就心满意足了，萨日盖，回去睡吧，要下雨了……"却德尔说着鼻子一酸，心都碎了。他紧紧抱住萨日盖的肩膀，将她推出门外，从里头插住了门闩。

闪电飞光，雷声震耳欲聋，暴雨猛力击打着包顶。却德尔的心跳加快，心焦如焚，再也没心思吃油滋滋的奶油片儿汤了。他点了一支烟，想让自己平静下来。他觉得把萨日盖推出毡包外是错误的，又想，倘若萨日盖再来，给不给她开门呢？可是仔细思量后又觉得这样做是对的，便熄了灯，和衣而卧。大雨倾盆而下，电光闪闪，雷声隆隆，连成一片。却德尔用力把烟头往地上弹的那一瞬间，在闪电的照耀下透过门上的小玻璃窗看到了还站在外面的萨日盖。

"啊呀，萨日盖呀！"却德尔再次心碎，身不由己地打开包门冲了出去。狂风在呼啸，大雨在倾泻，萨日盖抓着蒙古包围绳和幪毡绳头，被风雨打得瑟瑟发抖。却德尔一个箭步跑过去，把她抱在怀里。已冻坏的萨日盖一时喘不过气来，只是全身发抖，不停啜泣，风雨无情地用千万条鞭子抽打着他俩。

劈开黑暗的闪电把大地照得通亮，萨日盖的圆脸犹如汉白玉般美丽，却德尔在电闪雷鸣中贪婪地吮吸萨日盖柔软的嘴唇。雨水和泪水融合在一起，却德尔感觉到一股酸涩的味道。他恍然明白这样继续下去的话，内心的防线将会决堤，便立刻将萨日盖推进她家毡包里，从外面把门插住。大雨下得更加猛烈了，雷声就在头顶上轰鸣，大地被震得颤抖，仿佛天快要塌下来了。指甲大的冰雹打得却德尔全身疼痛，脸上火辣辣的。

被推进蒙古包的萨日盖摸索着打开了灯，捂住脸放声大哭起来。她在心里品味着苦与甜，自己这些年的微笑和泪水，此刻全都浮现在眼前。

西边的蒙古包里萨日盖泪流满面，而东边毡房里的却德尔也流下热泪。像被漆黑的夜晚吞噬般死气沉沉的塔纳图夏营地，在霎时照亮大地的闪电中显现出来，刹那间又被黑暗吞没，仿佛所有生灵都被掐断了脖子一般，只有狂风暴雨、雷声、冰雹霸占了一切。整个塔纳图夏营地被雨水和泪水淹没了。

二

呼舒查干沙丘的西边是却德尔家，东边是萨日盖家。从南边的浩日古山顶放眼望去，呼舒查干沙丘酷似一匹白马，却德尔和萨日盖的家如同下垂在两边的马镫，呼舒查干沙梁上的那一块沙蓬草恰似白马背上的绿色马鞍，沙蓬丛中向东西方向蜿蜒开来的小径有如马鞍上的一条银线，很是明显。

却德尔每天早晚抽出时间沿着这条小路往萨日盖家跑。不知什么原因，却德尔时不时被横在小径上的沙蓬草绊住脚，有时险些被绊倒。

"该死的岗巴拉的儿子又往这里跑呢，哼，等着吧！我会在你来的小径上放猎夹，夹断你的腿！有空就往这里跑，黄鼠狼给鸡拜年，能有好事吗？看他那走路的姿势、言行举止，都跟他爹一模一样，上梁不正下梁歪，二哈的狗崽怎么能成为抓野狼的猎狗呢？摇尾乞怜、偷袭主人是他们的本性……"从外面走进来的毛虎尔老头儿转动着眼珠，黑脸霎时间变得阴沉沉的。

"都是二十多岁的年轻人，自己知道怎么做，不必让我们这些老古董来教他们！再说了，现在是什么时代啦？父母做主孩子的终身大事，那都是老皇历了。在这世界上，揪住过去的事情不放，记仇记恨，那是在作践自己。为难别人的傻子恐怕只剩你自己啦！"坐在炕上纳靴底的黄脸老太太米德格也阴沉着脸，反驳道。

"哦，照你这么说我要把姑娘嫁给仇人的儿子，为仇家传宗接代吗？只要老子还活着，不会把姑娘嫁给岗巴拉的儿子，别做梦！若是让我独生女儿嫁到岗巴拉家，我就改名换姓！"毛虎尔老头儿说着嗖地拔出叼在嘴里的烟袋，往炕沿上使劲磕，顿时火灰四溅，因用力太猛，老旧的烟袋锅被敲断，滚进柜子底下。毛虎尔老头儿气得怒火中烧，铜锅般的圆脸不停地抽搐，赤铜线似的红胡须都竖起来了。人们见了面尊称他为"毛虎尔哥"或"毛虎尔阿爸"，但在远处看到他便会说："嘿，毛虎尔扎撒克①来了！"他是那种不达目的决不罢休的性格，所以有了"毛虎尔扎撒克"这个绰号。

说起来，那是很早以前的事情。毛虎尔的父亲被卷入一桩冤案，在大队马棚里吊死了。据说却德尔的爷爷与此事脱不了干系。而现在几乎没人知晓其中的真相，幸存的那几个人只是安分守己，互不相谋，对弄清当年事情的真相不当回事儿。因此，毛虎尔把仇恨压抑在心灵深处，随着时间的推移，变成了不可痊愈的伤痕。却德尔曾听萨日盖说毛虎尔老头儿坚决反对他俩来

---

① 扎撒克：蒙古语，指蛮不讲理，不达目的不罢休的坏脾气。

往，所以他坐在炕沿上低声问："萨日盖不在家吗？"毛虎尔老头儿挺起胸膛，"人家的姑娘在不在家关你啥事？你想再吊死一个吗？休想！不是那个时代了！你们家族个个都是杀人不眨眼的恶魔，你要再敢来，小心你的狗腿！"说着他的眼里闪出冰冷的光，嘴角冒出了白沫。米德格老太太不知如何是好，说："你叔叔又喝那猫尿了，一大早就抱起了酒瓶。这人就这个臭脾气，人太直也就成傻瓜了，说一大堆疯话。扎，孩子你渴了吧，喝茶！"说着从铜茶壶里盛一碗温茶递给却德尔，毛虎尔老头儿一巴掌把茶碗打飞了，恶狠狠地骂道："别让坏人的孩子弄脏了我家的碗！"

"这个毛虎尔扎撒克不倒台，萨日盖我俩的事不能成啊！可惜呀，这么多年真心相爱的初恋啊，该怎么办？"却德尔在回家的路上跌跌撞撞地走着。萨日盖说过的话、甜蜜的笑声萦绕在他耳边，他安慰自己："只要萨日盖还爱我，她阿爸的脾气会慢慢变好的！"他和萨日盖在风景优美的呼舒查干沙丘的两侧长大成人，却德尔曾经千万次祈祷，希望今生今世能跟美若天仙的萨日盖姑娘成为夫妻，白头偕老。

这年秋天，萨日盖的额吉老毛病犯了，她阿爸陪她额吉去住院，萨日盖一人留在家里，里里外外的事情，一个人着实忙不过来。

虽说呼舒查干不像过去那样，在忙碌的季节要投入大量人手和时间，不过还得赶在草枯黄之前打完储草，运回来储存在草圈里。这也需要跟时间赛跑。这几天却德尔提前检查拖拉机、打草机、搂草机等设备，忙得不可开交。这个秋天他要为两家打草、运草，工作量一下子增加了一倍，所以他的压力也很大。

在呼舒查干向东北蜿蜒的乡间小路上，却德尔开着三十马力的拖拉机来回奔跑，嗒嗒嗒的马达声响彻呼舒查干草原。萨日盖坐在右轮挡泥板上，面朝却德尔，左手抓着驾驶座的靠背。萨日盖头戴黄色草帽，穿着深蓝色绸衬衫，脖子上系着红色纱巾。同龄人从身边走过去的时候开玩笑说："今年秋天乌龙图草场上每根草都会讲起爱情故事，将会留下令人难忘的美好回忆啊！却德尔这小子，跟我们比起来太有福气了！跟天生丽质的萨日盖姑娘搞对象那可是前世修来的福报啊！作为男人，哪怕在萨日盖姑娘的身影里稍坐片刻也知足了……"还有个小伙子却恼羞成怒，狠狠地甩了一句："走着瞧，看是云吞掉彩虹，还是彩虹吞下云呢？咱走着瞧，穷光蛋却德尔凭什么在人面前显摆？你也配？"说着从呼舒查干沙丘的柳条阴凉里噌地站起来，抖抖屁股上的沙土，悻悻而去。这人正是与却德尔同岁的惠拉德尔。

其实在二十多年前，萨日盖还是个少女的时候，方圆百里认识和不认识的小伙子都像尝到加碱饲料甜头的二岁牛般，争先恐后奔涌而来，向萨日盖求爱，可是萨日盖却一个都不理睬，只是对却德尔有着深厚的感情。这与无意中发生的一件突发事件有关。

那是却德尔、萨日盖两人二十岁那年仲夏发生的事。呼舒查干北边的沙丘下有个小湖，叫诺干淖尔，据说它是龙眼，是无底神湖。传说从前有一位牧马人来到湖边，用套马杆戳游来游去的鱼，结果失足坠入无底深渊而死。湖边有一棵孤独的柳树，放牧人经常在树下乘凉。那天，萨日盖坐在柳树下面眺望羊群，却德尔想向她打听一下他那带有三匹白色母马的黑色种马是否来过湖边饮水。萨日盖看见他，正想跟他说话，站起来时放在膝盖上的纱巾被一阵微风吹入湖里。萨日盖直接跳进湖里想捞头巾，却德尔见状心惊胆战，急忙喊道："嗨，萨日盖，不要……"刹那间，萨日盖沉入水里，她的长发在漂浮着淡黄色水藻的湖水里漂了一下就不见了。却德尔看情况不妙，催马向前，紧握着套马杆冲到湖边。幸好，这时萨日盖再次浮出水面，说时迟那时快，却德尔用套马杆套住了萨日盖的腰部。却德尔将喝了很多湖水失去知觉的萨日盖俯卧在他的膝盖上，萨日盖的嘴和鼻子里流出发黄的浊水。却德尔吓得心脏快要跳出来了，但是人命关天的非常时刻，他什么都来不及想，来回翻动着她的身体，终于让她吐出一肚子的湖水。看着脸色苍白、毫无知觉地瘫倒在地的萨日盖，却德尔心里火烧火燎。他将萨日盖放平，用劲捏住她的鼻子，嘴对嘴做起了人工呼吸，接着他把扇子般的两个手掌叠放在一起，反复按压萨日盖的胸脯。

虽然从小一起玩耍长大，但他按压的是一个成年女人的胸部，还是让他很为难。在人命关天的危急时刻，却德尔顾不上那么多，只是反复地做人工呼吸，重复着按压动作。不知持续了多久，萨日盖开始发出呻吟，有了微弱的呼吸。看到自己的努力有了成效，却德尔立刻振奋起来，娴熟地捏着萨日盖的小鼻子，用大嘴对住她薄薄的嘴唇，使劲给她吹气。过了许久才发现萨日盖的双眼正滴溜溜地盯着自己。救了萨日盖，他兴奋极了，情不自禁地俯身吻萨日盖的嘴唇。萨日盖也逐渐清醒过来，回吻他。对这两个年轻人来说，这看似偶然，实际上是必然的结果，因为爱的种子早就在他俩的心里生根发芽，只等待着开花结果的时机。从那以后一根看不见剪不断的红线连接着却德尔和萨日盖的心，除了飘过的风、诺干淖尔、老柳树之外，谁也没发现。从那以后，萨日盖暗暗下定决心，要终生报答他的救命之恩。可是却德尔却没把那件事放在心上，他仍旧爱着萨日盖，而且他的爱与日俱增，爱情之花在他心中傲然怒放。

诺干淖尔那件事情之后，却德尔、萨日盖二人再也抑制不住相互思念的心情，渴望见到彼此。对于他俩的事情，刚开始从毛虎尔扎撒克到乡里乡亲没人发觉，但是两人在容貌、体态、智慧各个方面都犹如上天所赐般相配，慢慢地人们就从他俩的一些小细节看出破绽来。

呼舒查干沙丘两侧，一日三餐的炊烟依旧袅袅升腾，生活仍在喜怒哀乐中继续着。人活着的时候无法知晓在命运的尽头有什么东西等待着，因而只能在心中祈求美好的未来，被美丽的心愿所牵引的却德尔、萨日盖二人为幸福美满的新生活而努力着。

秋天的乌龙图洼地犹如幸福的海洋，草场上荡起金色的波浪，每一根草尖都吹响喜悦，草原辽阔无边，格外丰美。

在乌龙图一个小丘上，却德尔、萨日盖二人坐在拖拉机拖车阴影里喝着午茶。在距他俩约五步的地方堆起的三块青石上的生铁小锅里，正午的太阳犹如掉进茶里融化的一块黄油般漂浮着。萨日盖用小铜勺舀着浓浓的奶茶向阿布达尔罕山献德吉①后，在画有龙的陶瓷碗里盛满奶茶，双手递给盘腿坐在拖车阴影里的却德尔，开玩笑说："扎，你是一家之主白发老头儿，我是主妇瘪嘴老太太！请用茶！"她那双细细的柳叶眉下面，笑成一条线的眼睛正适合她那嫩白的脸庞，连左脸上那颗米粒大的小粉刺都显

---

① 德吉：尚未品尝过的饮食之精华，指物之第一件，如茶之第一碗、酒之第一杯等，献给主人或客人以示尊敬。

得很可爱。

"是呀，萨日盖，我俩就这样在一起玩着长大的，现在我更加相信这些心愿都会成为现实。你掉进水里，恰好遇上我经过那里，这些不是前辈们说的姻缘吗？这就是天意！"

"却德尔，我也是那么想的，诺干淖尔的无底深渊，传说中的龙眼，曾经听说过去有人溺水死亡，除了鱼、蛤蟆、大雁，其他动物也不曾下水，这些都听了多少回了，可是那时候怎么就全忘掉了呢？险些成了龙女了，要是你没救我……"萨日盖拿起一块奶豆腐放入却德尔的碗里，又添满奶茶。虽然秋季的烈日在暴晒，但在拖车的影子里不那么闷热，萨日盖黑色的头发和系在脖子上的红色纱巾随着微风轻轻飘荡。在却德尔的眼里、心里，萨日盖是美的天使，他被她深深地吸引住了。她像歌中唱的那样，让人看不够，他发着呆，眼睛直勾勾地看着她，她也微笑着与他对视。

"萨日盖，你爸见我就不高兴，这到底是为了什么？就像见到前世仇人似的，要是这样下去，以后的事情谁也不敢保证……"却德尔低头看着碗里的茶，心事重重地说。萨日盖笑着说："我爸是个怪脾气老头，死犟死犟的，平时乡亲们都离他远远的，我想就是因为他这脾气。阿爸好说，只要额吉站在我这边，我怕啥呀！少数服从多数！最近惠拉德尔一直在套近乎，他替阿爸还了一大笔债务，额吉住院时还给了不少钱。所以阿爸好像遇到了大救星一样，只差烧香磕头了，张嘴就夸惠拉德尔。"说着，她脸上的笑容消失了，很生气地掐断草尖。一片乌云飘过来，笼罩着晌午阳光下泛黄的乌龙图洼地，令人不由得感到压抑。

十余年前，毛虎尔老头儿被牲畜贩子蒙骗，做担保以五天为期把住在周边的亲戚朋友的三十一头牛赊给牲畜贩子，结果那些牲畜贩子一去无影踪，毛虎尔想发一笔横财的美梦彻底泡汤，一下子坠入了债务的深渊。但他那犟脾气一点儿也没有改变，反而变得更加倔强，挨家挨户打白条，还信誓旦旦地承诺："只要我活着，还这一点儿小钱算不了什么！是我毛虎尔的拜把子兄弟赊的账，我替他还债是天经地义的事情！"他虽然这样打包票，那些上当受骗的人们岂能罢休，时不时地来找他嚷嚷："我那三岁母牛要是在的话，这些年不得下十来个牛犊啊……""算算利息也能买好几头牛了……"毛虎尔再犟也是有血有肉的人，总觉得自己已经无依无靠走投无路，独自一人时不止一次流下眼泪。还好，多数人不是亲戚就是好友，所以没有把他告上法庭。如果吃了官司后果就不堪设想了。每当想到有可能把这一辈子还不清的债务留给独生女儿萨日盖的时候，他便开始百般诅骂那个和他结拜的兄弟，那个用五百元诱骗他的大肚秃头的胖子。但这丝毫于事无补。在这种情况下，惠拉德尔替他填平了债务大坑，等于是把他从地狱里解救出来，让他再次获得了宝贵的尊严。所以在毛虎尔扎撒克的心里，却德尔的地位变得比芝麻粒还小，惠拉德尔的地位变得比大青山还大。再说，惠拉德尔不仅出了米德格老太太旧病复发住院治疗的全部费用，还跑前跑后，端屎倒尿，照料老太太十多天。毛虎尔平时天天唠叨："黄鼠狼给鸡拜年没什么好事！"可此时他脑子里进水了，谁的话都听不进去的犟老头儿见到惠拉德尔就低三下四，而且坚定支持萨日盖的米德格老太太也彻底动摇了，她见人就说："能有个惠拉德尔这样的好女婿，我俩就能安享晚年了……"

秋季打草工作已进入尾声，一个月的时间像一阵风似的，从却德尔和萨日盖的身边飘过去。他俩把最后一车装得满满的，有说有笑地奔驰在草原沙石路上。突然，左侧车轮被尖石扎破，发出一阵奇怪的声响后，车往一边斜了。坐在却德尔旁边哼着歌的萨日盖吓得紧紧搂住了却德尔的脖子。轮胎爆了，拖车斜了，可却德尔却想：天天爆胎，天天让萨日盖搂住脖子该多好！他补好了轮胎，重新把草装好，把拖拉机开到了萨日盖家的草圈旁。

遥远的天边飘浮着淡黄色的云，天空灰蒙蒙的，沙漠、旷野、小山丘都变得苍白无力，大雁和鸟群早已远离故乡，湖里空荡荡的，预示着寒冷的冬天快要到了。

三

一个风和日丽的春日，惠拉德尔开着闪闪发亮的新车，毫不在乎坑坑洼洼，疾驰到却德尔家门外，绕过他家破旧的榆树马桩时撞断了却德尔刚刚拉牛粪回来的毛驴车左边车辕，但他什么事也没发生似的泰然自若地下了车。人有了钱如同马长了膘，言行举止都会变得好看。以前走三步往上提一下裤子的干瘪瘪的惠拉德尔，现在肚子胖得像有五六个月的身孕似的。他走进却德尔家，在原地转了几圈，然后用抓在手里的白色手套轻轻地掸了掸炕沿上那张破旧的炕毯，像坐在棘刺上一样屁股搭在炕边，从衣兜里掏出香烟递给却德尔。看到惠拉德尔七十块钱一盒的香烟，却德尔红着脸接了一支，没敢把自己两块五一盒的香烟递给这位客人。不知为什么，此时却德尔的手抖得很厉害。

惠拉德尔把半截烟扔在地上，领着却德尔走到车前，原来他带来了两袋白面、一袋大米、一只白条羊、两箱子马奶酒作为礼物。却德尔不知道他为何带来这么多礼品，一下子傻了眼。回屋后，惠拉德尔把却德尔给他盛的那一碗淡淡的青茶端到嘴边，装出喝一口的样子，然后放回炕桌，黄脸上露出微笑，说道：

　　"最近一直想过来看望你，可是抽不出时间，今天好不容易抽出点儿时间来。除了放牧，里里外外的事情比牛毛还多，忙不过来。你不忙吧？说实在的，你也没什么可忙的，说起来也是有福之人，不像我们，天天马不停蹄地跑。我今天来是想跟你商量个事，承包草场已经这么多年了，生活富裕的牧户都拉网围栏把草场封起来了。你那点儿草场还没围起来，别人的牲畜随便去吃，浪费了。还不如我先出资给你建网围栏，我的草场不够用的时候我也放一放我的牲畜，反正你的牲畜也不多。你放心，租金我不会少你的！刚查毛都北边的钢德嘎尔、满格尔图洼地的明安巴雅尔、乌尼格图的乌宁其等人已经把草场长期租给我了，这样对谁都有好处，也算是先进帮后进嘛！"惠拉德尔说着又掏出一支香烟，硬让却德尔点燃，自己也叼着一根，奸笑道，"还有一件事，南斯勒你俩现在也没啥事，要不放我的羊吧，可以不？咱就这样相依为命过日子呗！你们家孩子还小，这样待着能行吗？"惠拉德尔说完仰起头看着屋顶。如果让自己的四百来亩草场流入别人掌心，以后会成什么样呢？却德尔一时拿不定主意，但他清楚地知道仅靠三十来只小畜和一头毛驴，供应一家四口的吃穿，那肯定不够。所以他不知如何才好，只是大口大口地吸着烟。

　　在坎坷而无情的生活道路上，却德尔多次经受命运的严峻考验，担起家庭的重担拼命前行，但是生活和命运几乎没给他好脸色。每当受到挫折，却德尔没有被打垮，也没有绝望，反而更加下定决心，继续勇往直前。可是他所想的、所做的，一直毫无进展。开小卖部不到三年关门大吉；从事鸡兔养殖业，感染瘟病一夜间一窝一窝地死掉；养七十来头猪正准备出售时，猪肉价格大跌，不但没收入还亏了本；想发展畜牧业，可就那点儿草场；他还曾在草场上的湿地洼地种植过一百亩树苗，谁知遇到连续三年的旱灾全都没活成。却德尔到哪儿做什么都处处碰壁，惨遭失败，自己绞尽脑汁也想不明白原因到底何在。由于连遭失败，他亏光了那点儿积蓄，逐渐从小康家庭滑落到贫困户行列。

春天的天气时好时坏。刚刚还晴朗的天空中飘起一朵朵淡淡的白云，阳光变得暗淡，估计很快就要刮冷风了。看到天空变得阴沉沉的，却德尔心里也忐忑不安起来。"拒绝惠拉德尔的提议吧，他说得很在理，像我这样的人还能怎么过？打工挣不了几个钱，可是找个固定工作也不容易啊，再说了，南斯勒我俩能干接羔、放羊、饲养老弱牲畜这些活儿，作为男子汉大丈夫，心爱的萨日盖让他抢去了，现在还有什么好患得患失的！萨日盖呀，我要是成为惠拉德尔的雇工，见到你的机会就多了！"却德尔突然想到。但这只不过是他的幻想，骗骗自己而已。因为萨日盖和他的姻缘早已成为洒在沙漠里的两碗水，连痕迹都没留下，只有忠厚老实且很稳重的南斯勒用爱之火温暖着他的心。却德尔打心眼儿里感激她的这份爱，因而鼓足了勇气，打算从头开始。

"应该可以吧！不过我得跟家里商量商量。"却德尔摆出让步的姿态。惠拉德尔是个得寸进尺的人，吃着碗里的看着锅里的是他的本性。近年来，他的生活水平飞速上升，别说是在呼舒查干，就是在方圆百里他也是首富，没人敢比。他前后雇佣过好几个放牧人，但最后他发现周围没有比却德尔、南斯勒更可靠的老实人了，所以他瞄准了却德尔一家，不仅长期廉价租赁他家草场，还要雇佣却德尔夫妇。

"嗨，商量个啥呀。咱们几个都是从穿开裆裤一起长大的好朋友，跟亲兄弟一样，对谁都有好处就行了。我也不是抢你的草场，过几年你的牲畜多了，可以把草场收回去，再说我给合适的租价，你们搬到我那里去住，那样我们都省事儿，当然要把合同订好，不过这是以后的事情！"惠拉德尔说着，喉头蠕动了几下。对牲畜多的惠拉德尔来说，却德尔夫妇一年的工钱只是九牛一毛而已。

春天的太阳像沙漠深处载着沉重货物的老骆驼般慢慢地走着，落到西边沙丘后面，累得抬不起两脚的南斯勒扛着铁锹回到家里来。刚开春，她独自一人揽下了给乌斯图浩特的乌干巴亚尔家踩羊粪砖的活儿，日出而作日落而息，干得精疲力竭。她在门外脱下外衣，挂在晾衣架上抖了抖尘土，进屋洗了头发，仔细化起妆来。平日话很少的南斯勒听到惠拉德尔来过，气得把茶碗啪的一声放在桌角上，想把憋在心里的话都倒出来。

"俗话说老实骆驼毛好拔，这简直是欺人太甚！在呼舒查干惠拉德尔把却德尔欺负到家了！要害我们无处放牧、无家可归才会善罢甘休吗？惠拉德尔是个永远吃不饱的饿鬼啊！把他那些礼品都给我扔出去！"她想痛痛快快发泄一下，可是没能喊出来，只好咬着牙，拿起抹布转身向柜子走去。她怎么能忘记几年前孩子发高烧没钱住院，到处借钱也没人愿意借给她的那段苦日子呢。别说什么财产，连个固定的活儿都没有，只靠那几只小畜，挨家挨户打零工也不是办法，还不如暂时抓住惠拉德尔伸过来的橄榄枝。艰难的日子，让却德尔、南斯勒二人投靠了惠拉德尔。惠拉德尔像用叉子把干牛粪扔进背筐那样，把他们夫妇的命运抛进了早已设计好的圈套里。

"人的命运着实难测！最后落魄到在惠拉德尔的屋檐下，端人饭碗受人管的程度，这些年我一直躲避萨日盖，可现在却鞍前马后跑腿，天天见面。可真不是滋味。而且小肚鸡肠的惠拉德尔肯定会心生怀疑。无论怎样，我已成了两个孩子的父亲，南斯勒虽然不漂亮，但论人品、智慧，哪样也不比别人差，我也该满足了！还有……"却德尔辗转反侧，彻底失眠了。整天干粗活儿的南斯勒躺下就打起呼噜，还不时发出梦呓声。

四

今年呼舒查干的秋天来得早，而且来得很突然。

二十来天没见到萨日盖，而且她手机一直关机，却德尔觉得不对劲，便心事重重地沿着呼舒查干沙丘的小径向萨日盖家走去。他虽然清楚地知道毛虎尔扎撒克和惠拉德尔是横在萨日盖他俩爱情道路上的两座大山，但是怎么也搞不清毛虎尔为啥那么恨他，他百思不得其解。心乱如麻的却德尔走进萨日盖家时，毛虎尔老头正坐在炕上喝酒，惠拉德尔在帮米德格老太太包饺子。却德尔心里不由得咯噔一下，站在原地发愣。米德格老太太瞥了一眼却德尔，爱搭不理地说了一声："坐吧！"用下巴指了指炕边。

"别没事儿到处瞎转悠，小心点儿，孩子！这条狗可是恶狗的崽子，看起来很老实，还会摇尾巴谄媚，但它会乘人不备咬断你的脚筋，就这本性，遗传的……"毛虎尔老头儿从牙缝里挤出一句话，惠拉德尔狐狸般眯着眼睛，扫了却德尔一眼，"不是说江山易改，本性难移吗！"却德尔发现他们是在指桑骂槐，而且端茶倒水的阿姨脸色也跟外面的天空一样布满了阴云，便预感不会有好结果了。萨日盖曾经很有把握地说过"只要额吉站在我这边"，可现在事情已发生了大变化。

没办法，现在惠拉德尔是毛虎尔老两口的救命恩人，马上就要成为将来为他俩养老送终的佳婿了。

却德尔的心里像烧着一大堆羊粪砖，在滚滚冒烟，眼看浓烟快要从鼻子里冒出来了，他尽力克制着自己，没有立刻走。满锅的饺子浮上水面，米德格老太太捞出一大盘子水饺，把三双筷子、三个碗放在桌子上。米德格拿起毛虎尔身边的痒痒挠狠狠抽了一下盯着水饺绕炕桌转的花猫，厉声道："饿鬼附身的畜生，没你的份儿，你还想吃？"却德尔站起身来，从衣架上拿起风衣便走。老头儿从窗口"呸"的一声，狠狠吐了一口唾沫。米德格老太太提着一大桶污水出来，朝着却德尔背后哗啦一声泼洒在地上，他还听到老太太嘴里念念有词地嘟哝着什么。

却德尔沿着呼舒查干的小路往家走。再也没机会走这条小道了，他想着，感觉到撕心裂肺的痛。唉，我呀，连萨日盖去哪儿了都不敢问，她会知道这些事情吗？她能承受得了这么大的打击吗？以后我在这块土地上还怎么生活下去呢？他想到这些更是痛苦不已。希望和命运像眉毛和胡须一样合不到一起，做事若冲动，痛苦会翻倍。无论怎么样，得跟萨日盖见一面才行啊，却德尔想。

好像为了证明"就算人之恶习难除，天气也会自然变好"这句话，次日天空晴朗，万里无云，天气一下子变好了。可是花草已被雪霜打蔫，再也没法复活了。却德尔想起最近毛虎尔老头儿整天抱着酒瓶，每天早晨只见萨日盖把羊群赶到草场。于是他在萨日盖的必经之路等她赶羊群过来。蹒跚在羊群后面的萨日盖，刚走上小沙丘便碰上等待她的却德尔。

"萨日盖！"却德尔不知说什么才好，愣住了。萨日盖啥也没说，低头看着地面，突然放声哭了起来。她那双笑起来眯成一条线的清澈的眼睛哭肿了，并且脸色蜡黄，整个人都憔悴不堪。

"萨日盖，好久没见了，你的手机老关机，打不通！"却德尔说道。萨日盖更是泣不成声。

"昨天我去了你们家，大概的情况我都知道了，萨日盖呀，我不会再给你增加痛苦了，咱俩还是分手吧！"

"却德尔，我没想到你如此没志气，只要下定决心，事情可以往好的方向改变，你为何这样退缩呢？那我俩这么多年的感情怎么办？我俩除了分手别无选择了吗？"萨日盖不哭了，两眼亮莹莹地看着他。

"萨日盖，说是那样说，但是事情没有我俩想的那么简单。他们的力量足够搬动大山，可咱俩的力量却薄弱到移不动石臼。所以嘛，我越和你纠缠就会越给你增加痛苦！"

"噢，那你退出我就幸福了吗？你忍心眼睁睁地看着我成为惠拉德尔的女人吗？"萨日盖又放声大哭起来。也许女人能用泪水冲走痛苦吧。此时，羊群跑进别人家的网围栏里了，萨日盖无奈地擦了擦眼泪去追羊群。一只大雁不知怎么落单了，顶着阿布达尔罕山顶上的风雪孤独地飞着，还不停地发出嘎嘎的哀鸣，可怜得着实令人心碎。

却德尔看着向羊群跑去的萨日盖的小细腰，还有跑起来一晃一晃的两根辫子，看了很久。

薄雾笼罩的初冬，天空飘来厚厚的乌云，遮住了苍白的太阳，被雪霜覆盖的呼舒查干草原霎时变得点点斑斑的。

五

季节轮转，塔纳图夏营地照常泛绿，生活仍在继续。

今年雨水充足，湖泊、小溪的水都涨满了，草长得很好，却德尔放牧的羊群天天吃营养充足的碱葱长足了水膘。夏秋两季，让羊群好好吃碱葱，能预防羊群感染鼻炎，也无须喷牲畜鼻炎预防药。在水草肥美的开阔地放羊，不那么费心，所以却德尔不太累。趁着早晚的凉爽让羊群在草场上吃草，到正午开始闷热的时候赶回来饮水，然后赶到黑崖下乘凉，其他大多数时间在家里喝着萨日盖给他熬的浓浓的奶茶。眨眼间，半个月过去了。因为母亲的身体恢复得不错，南斯勒回到了塔纳图夏营地。为夺得赛马冠军而转遍了所有那达慕大会的惠拉德尔也好像突然想起自己有个家，回来了。在各自的家里凑合着度过这半个月的却德尔、萨日盖两人，家人回来后脸上都流露出喜悦的笑容。

"却德尔，今年夏天多美呀，在我们蒙古包周围开满了山丹花，看来家乡的山水都高兴了！你呢，让你的萨日盖殷勤款待，天天吃香的喝辣的，享福了呗？"南斯勒拿出给却德尔带来的礼物，娇憨地笑了笑。

"可不能那么说，不过确实天天吃萨日盖做的饭菜，这不假。自己没生火做饭，回想起来觉得很不好意思哩！咱是给他们放牧，也不是为他们而活着！"却德尔吸了一口烟。

"雨水多，而且正是夏季最炎热的时候，我怕我没把门关好，被苍蝇吃了！不过能剩下一多半也就够我用了。"南斯勒摆出一副担心的样子。

却德尔却生气地说："南斯勒，你到底想说什么呀？可不能乱猜疑好人哟！各过各的日子，住在一个居住点，低头不见抬头见，这不挺好吗？再说了，渴望没有缘分之人、寻找路上不遇之物，是最愚蠢的行为！"

"怎么啦？逗你玩呢，你发什么神经呀？萨日盖你俩是什么样的人，难道我还不清楚吗？这么多年，你对我没有二心，所以我从不担心你去找旧情人，这样跟邻居和睦相处，生活才舒心。萨日盖我俩一直像亲姐妹一样来往，从来没有相互猜疑啊！"南斯勒笑着，从铜壶里盛一碗温茶给却德尔。

从西边沙丘那边飘来毛驴鞍垫大的一朵云，一直徘徊在塔纳图夏营地上空，看来一时半会儿不会走开。

惠拉德尔因连续多日饮酒而浮肿的黄脸，像装满血的盲肠一样下垂，他转动着小眯眼，喝下一大口冒着泡沫的马奶酒，像第一次见面似的把萨日盖从上到下仔细打量了一番，说："怎么啦？像被秋霜打的灰菜一样蔫儿，丢了魂啦还是折福啦？却德尔欺负你了，还是你讨好他了？南斯勒也不在家，你俩中间也没什么障碍，尽情享乐了呗？"萨日盖早已料到惠拉德尔会这样说，尽力控制自己，一本正经地说：

"据说贼才会喊抓贼，这么多年你一直这样质疑我。却德尔若是那么想，我俩早成了塔纳图夏营地的主人，像你这种东西该孤零零地挨家挨户去乞讨了！记住，伤害别人的善心是最大的罪孽，没有比自知之明更高明的！"她毫不留情地反驳。

"嘿，臭娘儿们，你能耐了啊！竟然想这些，还敢说出来？你那么好，怎么不跟你的却德尔过呀？是你父母心甘情愿把你嫁给了我，并不是我一个人的主意，你们家困难的时候是谁帮了你们？是却德尔吗？那么大笔债务，即使你们三个下地狱也还不清，却德尔能把你娘从死神手里夺回来吗？我养活却德尔夫妇这么多年，你说说是谁忘恩负义了？是我吗？"惠拉德尔挺着胸喊道。

"惠拉德尔，你要点儿脸好不好！竟敢理直气壮地说你养活了却德尔夫妇这么多年？准确地说，是却德尔、南斯勒用辛勤的劳动养活了我们这么多年！你在烈日下暴晒过吗？你在风雪里受冻挨饿过吗？你下夜接羔了吗？踩过羊粪砖没？你的脸皮咋那么厚呀！总是看不到别人的好，还往别人脸上抹黑，啥意思啊你？你说话小点儿声！要是他俩听见了咋整？我们还继续在一起生活不了？你若能找到比他俩还有责任心的牧羊人，他俩早走了，你以为他俩只有靠你才能活下去吗？他俩可不是傻瓜！"萨日盖把声音压低说道。

惠拉德尔的态度软了许多，把整瓶马奶酒咕嘟咕嘟一口气喝下去，脸抽动了几下，诡异地笑道："那么你俩那事是千真万确的好事喽！"

萨日盖怒不可遏，大声喊道："你要是娘生的，去问却德尔，却德尔还活着，苍天在上！"

"嗨，嗨，邻居家又吵起来了！"南斯勒睁大眼睛看却德尔。

却德尔却满不在乎地说："别人家的事情咱怎么能知道？好像又吵了。啥时候都叫嚷着，其实萨日盖挺可怜！"却德尔发现自己失言，有些紧张，急忙端起茶碗，低着头喝起来。

"嗨，说你的名字呢，你莫非……"南斯勒一脸惊讶和猜疑。

却德尔笑着说："你老公可不是那种人，肚子没毛病，不怕喝凉水！"

"嗨，说是那么说，但是咱俩不能这样过一辈子呀，一直寄人篱下可不是好办法。现在呼舒查干的贫困户就我们几家了，大多数牧户都有自己的牲畜，也有钱了。再说，那点儿补贴也解决不了大问题。跟过去收税的年代相比，党和政府的关怀像阳光一样让我们感受到了温暖。但是我们也不能给政府增加负担啊！"

"原来你是个有想法的人啊。虽然你说得很对，但是咱俩能做啥，能办成什么事啊？手里也没有本钱，草场也包给惠拉德尔了，除了一条羊鞭一无所有，还有啥能耐呀！也没让孩子好好上学读书，能抬起铁锹就开始劳动了，等过几年长大了，让他们去内地打工呗。在这里除了给惠拉德尔放羊，还能干什么呢？"却德尔一口接一口地抽着香烟，陷入沉思。

经过这几天的毛毛雨，塔纳图夏营地北边的开阔地上长出了一片片白蘑菇。萨日盖捡了满满一筐蘑菇走上小丘歇息。"远在天边的阿拉泰沙漠，泪流满面的我阿爸；薄雾缭绕的玛南图丘陵，泪下沾襟的我额吉！"她情不自禁地哼唱两句，失声痛哭起来。没办法啊，这世界上只有父母双亲才是活菩萨，可他俩已经永远回不来了。当初为尽孝心，为他俩着想，萨日盖成了惠拉德尔的人。

之前她连做梦都没想到生活是这般冷酷无情。跟惠拉德尔结婚这么多年还没要孩子，是因为惠拉德尔没有生育能力，没有做父亲的福分。因为膝下没有子女，萨日盖经常觉得自己成了孤苦伶仃的一个人，但每当她想到在这世界上，在呼舒查干，在她身边，还有她心爱的却德尔时，就感到有大山般的依靠，心里舒畅许多。用永远留在心里的美好回忆，来填补心灵的空缺与无奈，是她唯一的安慰。

"唉，红颜薄命啊！女人啊，嫁鸡随鸡，嫁狗随狗。跟自己最不喜欢的人成为一家，还要假装爱他，共枕同眠，这是哪辈子造的孽啊！却德尔和我就像相互眺望的两座山，走不近，也离不开，一晃快到五十岁了！"萨日盖自言自语，又放声大哭。

远处薄雾飘浮的乌龙图洼地，夏天过去秋风就会袭来，到秋天就开始打草。但是这辈子再也没有机会跟却德尔一起打草了。在乌龙图洼地打储草的那个秋天，仿佛就是昨日，在记忆中依然那么清晰……远处的小丘上落着一只孤鹤，像石化了一般一动不动地站在那里，微风轻拂，为她擦干了眼泪。

六

东方泛白，传来清脆悦耳的鸟叫声，呼舒查干又迎来了新的一天。虽然月亮已落下，但是野外天已大亮，远处的风景渐渐清晰了。因有急事要去苏木所在地的却德尔为了抓戴马绊的坐骑，匆匆忙忙向诺干淖尔走去。他清楚地知道，坐骑习惯每夜都到诺干淖尔草坪上吃鲜嫩的草。却德尔每次去那里便不由自主地想起那年萨日盖掉进诺干淖尔初次与她接吻的情景，心里乱糟糟的。他徒步翻过一道沙梁，经过长满马莲的凹地时，听到了五环马绊的咔嚓声和马不时打喷嚏的声音。可怜的马啊，像拴在这里似的原地打圈！却德尔想着跑下斜坡走到诺干淖尔湖畔的驼背柳树旁，失声喊了一声："天哪！"他发现有一个人正吊在驼背柳树的枝杈上，四肢挣扎着，仔细一看，这个穿红衬衫、白裤子的人正是萨日盖。却德尔一个箭步冲到树下，抱住了萨日盖的双脚。他曾听说过，不能让上吊的人猛然恢复呼吸，那样会死人。所以他把萨日盖渐渐往上托，让她慢慢呼吸，再把她从绳套中解下。过了许久，萨日盖的喉咙咕噜噜响了几下，微弱地呼吸起来。却德尔的心脏快要蹦出来了，全身抖得很厉害。他把萨日盖抱住，抬起她的头。萨日盖一身浓浓的酒味，全身瘫软像泡在黑茶里的皮条一样。原来萨日盖用的是毛绳，它不像鬃毛绳或纤维绳那样光滑，所以没有一下丢了性命。看着萨日盖毫无血色的脸，却德尔再也无法控制自己，号啕大哭起来。此时，从驼背柳树树枝上嗖地飞起一只猫头鹰，它发出像惠拉德尔一样的呵呵笑声，飞向远方。那笑声让人头发竖起，不寒而栗。

过了良久，萨日盖慢慢苏醒，坐起来问："你是谁呀？为啥不让我死？让我死，让我死吧！"她哭喊着挣扎。

"萨日盖，你醒醒，是我，我是你的却德尔！"

"你、你怎么在这里？为啥不让我死？我现在生不如死了，让我去死，求你了！"萨日盖放声大哭。

"萨日盖，你清醒一点儿，你要是有个三长两短，你父母怎么办？他们承受不起这么大的痛苦啊，你最起码为他俩想想！"

"不，就当作他俩没有这么一个姑娘吧！他们太绝情了，我只能这样！"萨日盖企图挣开却德尔的手，跳入诺干淖尔湖里。

从横挂的黑纱般的乌云背后，一轮朝阳慢腾腾地露出来。呼舒查干的大自然清楚地记载着人们千丝万缕的关系。今天它又默默记下了却德尔救萨日盖的这一页故事。除了却德尔和萨日盖，无人知晓的两次生死相遇，都发生在诺干淖尔湖畔。只有诺干淖尔的湖水、老柳树亲眼目睹了这一切。

呼舒查干的日子仍在继续。几天后萨日盖才慢慢缓过神来。她为喝了半瓶酒后盲目轻生的行为深感后悔，心想："如果我死了父母怎么办？却德尔怎么办？"她反复思量着却德尔说的"会死的不是聪明人，也不是英雄，能战胜困难的人才是真正的英雄"这些话。就这样，萨日盖在无法摆脱的痛苦面前，渐渐相信了长辈们常讲的命运。蹦蹦跳跳、元气满满的萨日盖变得痴痴呆呆。毛虎尔、米德格二人却见人便说："终于给独生女儿找了个好女婿，人品好，长得也帅，我俩现在死而无憾了！"把人扶上墙抽梯子的惠拉德尔却暗自好笑，尽力隐藏着自己幸灾乐祸的心情。命运多舛的却德尔、萨日盖二人除了控制眼泪，去接受心灵的痛苦，别无出路。就这样，他俩开始在呼舒查干这块土地上，在四季变换中，经历着充满痛苦但值得回忆的日子。

乌金西坠，玉兔东升。随着时间的推移，却德尔、萨日盖二人的命运走上各自的轨道，萨日盖出嫁，成了一辈子为惠拉德尔倒灶灰的女人。

从呼舒查干发出的结婚请柬雪片般飘向四方，乡亲们喧嚣着，穿上最漂亮的衣服蜂拥而至。

"啊呀，真不简单，钱这东西魅力可大着呢，穷光蛋却德尔眼睁睁地看着大款惠拉德尔把萨日盖抢进怀里了，要是我绝不会放过他！却德尔这个窝囊废，低头看着自己的裤裆，把天使般的媳妇让人家抢走了，没尿性的家伙！"一个叫阿拉塔的胖子见人便说，他是呼舒查干最能耍嘴皮子的人。

却德尔看在左邻右舍的面子上，也作为同龄人，前来参加惠拉德尔的婚礼。婚礼总管让他担任两桌的"主陪","主陪"多数为手脚勤快的年轻人，主要任务是活跃气氛，招待好参加婚礼的客人。富人家的婚礼，美酒佳肴，丰盛至极。却德尔在坐了二十多人的雅间里正忙活着给客人们倒酒，臭嘴阿拉塔莽莽撞撞地跑进来，咧着大嘴巴，伸出舌头舔了舔薄薄的嘴唇，说：

"别忘了把绳子啥的都藏起来啊！某些人闻到酒味就醉，醉了以后也许会做傻事，要不派人看守驼背树还是咋办？"

坐在主位的长辈责备他："在人家大婚之日，你怎么说些不吉利的话呢？"阿拉塔轻轻地拍了一下却德尔的肩膀，说："我是说某些人！"他诡异地笑着，走出雅间。人们继续歌舞，兴致高涨。却德尔给客人们递烟倒酒，忙得连擦汗的空闲都没有。就在这时，惠拉德尔突然大步走过来，使劲拽住他的衣袖，阴沉着脸说：

"却德尔，你啥意思呀？你还像个男人吗？看看你干的好事！在今天这个时候你这样做，你想怎么样？不管你怎么诅咒，你的萨日盖明天就是我的了，你怎么不自量力呢，啊？"他拽着却德尔的手，拉他进色彩鲜艳、华丽的洞房。只见新人的床头上放着一大块干牛粪，上面插着一朵用红布折叠的火红的玫瑰花。

"没想到你这么狠毒啊，谁是干牛粪，谁是玫瑰花呀？你要是有那个能耐，今天结婚的不是我，而是你！你能做到吗？这一辈子你也做不到！"惠拉德尔气得脸色发青。

"我在做分给我的事情，忙都忙不过来，哪有时间搞这些把戏呢？不知是谁放的！"却德尔想澄清，惠拉德尔却不由分说拿起那干牛粪蛋，砸在他的脸上。原来，是早对却德尔怀恨在心的臭嘴阿拉塔趁机干的这桩事，他还找惠拉德尔进谗言，说是他亲眼看到却德尔在干牛粪上插了玫瑰花。那年在乌龙图打草时，臭嘴阿拉塔追求萨日盖，献殷勤说要免费给她家打草，可是萨日盖不但没理会他，还跟却德尔奔到了乌龙图洼地。这件事，勾起了阿拉塔的嫉妒之火。

毛虎尔扎撒克人缘极差，平时与左邻右舍合不来，萨日盖的送亲队伍就来了寥寥可数的几个人。男方的两个嫂子铺起白色毡子，扶萨日盖下车，向毡包走去。此时，萨日盖的脸上布满了愁云，以往温柔的眼神正投射出锋利的目光。她向站在迎亲团队后面的却德尔微微点了点头，深情地看了他一眼，却德尔深深地晓得这代表着她的千言万语。对于宾客们，萨日盖的未来不关他们什么事，他们可以尽管大杯喝酒、大口吃肉，享受完后各自回家。

惠拉德尔结婚后像守住老鼠洞口的饿猫，大门不出二门不迈，守着家。可是还不到一年，他那拈花惹草的老毛病又犯了，跑到外面"采野花"，眼看事情不对劲，萨日盖真诚地奉劝，甚至有时苦苦哀求，却没想到成了火上浇油，惠拉德尔揪住她的头发，扇她耳光，恶狠狠地骂道：

"该死的臭娘儿们，没人阻拦你和却德尔结婚！没有福报的娘儿们，连孩子都生不了，我怎么传宗接代呢？"

父母别说动手打，连骂都没骂过萨日盖一句，可她却被惠拉德尔打得几次逃回娘家。苏木嘎查的领导几度对惠拉德尔进行批评教育，可他屡教不改，过几天便会旧戏重演，变本加厉。

平凡的日子一个接着一个，过得飞快。在呼舒查干的萨日盖觉得生活没啥意义，但她反复回想却德尔说的"在生活中战胜困难需要勇气"，努力面对一切困难。每当看到却德尔忙碌的身影，萨日盖便心痛欲绝，恨不能跑过去栽入他的怀中，贴在他的胸膛上哭个够。

一晃萨日盖出嫁快要两年了，却德尔的青春年华也在逐渐消逝。他的老母亲天天唠叨："南斯勒是个好姑娘啊，做我儿媳该多好！独木不成林啊！你妈身体不好，而且已经这把年纪了，能看到我家独苗娶妻生子，也就没啥遗憾了！"萨日盖也曾跟却德尔说，不想看到他一辈子陷在失败的爱情泥潭里，成为别人的笑柄。却德尔觉得自己应该在呼舒查干升腾起属于自己的袅袅炊烟。于是，他娶了南斯勒。她填满了却德尔母子俩的心，他把给萨日盖的爱的十分之九给了南斯勒，因此，南斯勒也心满意足了。幸福的笑声透过套脑，回响在天空中，但过去的事情依然清晰地浮现在却德尔的脑海里，难以忘怀。

呼舒查干的人们忙忙碌碌地过着每一天。却德尔、萨日盖、惠拉德尔等人的故事，渐渐被人们忘得差不多了。在萨日盖的不懈努力下，一缕阳光照进了惠拉德尔的心里。去年冬天，刮暴风雪的一个傍晚，酩酊大醉的惠拉德尔在野外下车撒尿后瘫倒在地不省人事，是却德尔找到他，救了他一命。从那以后，惠拉德尔的态度突然发生了大转变，言行举止也发生了不可思议的变化。

七

夏天的雨渐渐远去，原野上开满各种各样的鲜花，洼地里灰灰的冷蒿随风摇曳，小丘上到处都是蓝色的翠雀花。

却德尔、惠拉德尔二人费好大劲才把犹如二岁牛的大羯羊扑倒，却德尔边开膛边说："我们这里宰羊杀牛时让它的头朝着西北方向，是因为我们的祖籍在阿尔泰与兴安之间，我们祖先是多么怀念家乡啊！"他甩了甩沾在手上的血，真心祝福道："祝愿草原上遍地都是你的羊！"惠拉德尔真诚地笑着说："羊吃草，人吃羊。累得精疲力竭了，该吃！"萨日盖、南斯勒二人正忙着准备清洗羊肠子、灌肠子所用的器皿。今日天气晴朗，凉爽的秋季已悄悄到来，蚊子苍蝇也不多了，天气让人感觉很舒适。

快到中午了。西边那顶蒙古包门前的大生铁锅里，飘来煮肥羊肉的香味。萨日盖、南斯勒二人拌好几道凉菜，却德尔、惠拉德尔二人念念有词地用肉的德吉献祭山水之神、祖先神灵后，才把肉摆放在大盘子里抬进蒙古包。满桌的美酒佳肴，四边放着盛满马奶酒的大酒杯，马奶酒好似也抑制不住激动，冒出了气泡。

"扎，扎，大家坐，坐！"惠拉德尔双手前伸，请却德尔、南斯勒坐上首。却德尔夫妇觉得不好意思，示意坐在碗柜前面就可以，可是惠拉德尔硬让他俩坐到主位，自己坐在西侧，让萨日盖坐在东侧。惠拉德尔端起满杯马奶酒，"扎，为我们大家顺顺利利、和和美美，把第一杯干了！"说着站了起来。

"扎，第一杯大家都要喝！"他把马奶酒一饮而尽，给他们三个看空杯底。平时不喝酒的萨日盖和南斯勒也闭着眼睛喝了一杯。

"第二杯酒敬却德尔、南斯勒！"惠拉德尔再次端起酒杯站起来。

"没啥可隐瞒的，这么多年真是辛苦你俩了，酬劳也没给多少。我的生活能有今天这水平，除了党和政府的关怀外，也离不开你俩的辛劳付出。我的养牧业以及其他所有活儿，都浸透着你俩的汗水，我的日子才一天比一天好起来的。可是因为我的愚昧，却德尔受了不少委屈。他一直一如既往地做着自己分内的事，他才是真正的男子汉大丈夫，真正的好人。生活是老师。可是我愚笨，几乎每次都交白卷。却德尔奋不顾身地救我，让我思考了很多。无论怎么样，希望你俩能够原谅我、包容我！"惠拉德尔给却德尔、南斯勒深深鞠了一躬。

"嗨，惠拉德尔，提那些过去的事干吗呀？过去的就让它过去吧！我们依旧是我们，还不是过得挺好吗？原谅和宽容更是生活中最珍贵的东西！我们从小一起长大，一起到了中年，人生不足百年，何必留下千年的怨恨呢！"却德尔被感动了，他为惠拉德尔悟到这些道理而激动，苦闷、憋屈、怨恨等压在心头的阴霾一下子烟消云散。此刻，他想大哭一场。惠拉德尔再次斟满酒，"扎，这杯酒我得敬我的萨日盖。这些年我太不懂事了，经常嫉妒、伤害我冰清玉洁的妻子，辜负了你的爱，并无情地折磨你！这都是我的过错！我已下定决心今后活出个人样，我想为时不晚，还来得及！"他弯下腰给萨日盖鞠了一躬。

在萨日盖眼眶里打转的泪水，潸然而下。

"把牲畜和草场承包给牧户，走上了市场经济这条路后，有一部分人先富起来，家业日益发达，可是还有不少牧户的生活依然困难，没能跟上时代。脱贫致富不能只靠国家的扶持，必须自己动手做起来才行。我想成立一家养殖乌珠穆沁大尾羊的合作社，方案已经报上去了。当然这不是一两家就能做起来的事情，要让更多的人参与，带动大家去竞争，牧民的牲畜产品才能创出效益来。却德尔也可以加入合作社。那样不仅有了固定工作，而且能获得相当可观的劳务收入。这是其一。还有，你们两个儿子都在外地打工，让他们马上回来！远在他乡，端人饭碗，寄人篱下，容易吗？打工只能挣点儿小钱，不是长久之计。没有自己的草场、自己的事业、自己的生活怎么行呢？俗话说好人之子可教，好马之驹能跑。萨日盖我俩都知道，他们是头脑聪明、安分守己的孩子，你儿子登布日勒的婚事我俩给办，这是萨日盖的意思。她从小疼爱他们跟自己的孩子没啥区别，所以我俩商量好征求你俩的意见！"

却德尔和南斯勒连声回答："行，行！"

惠拉德尔、萨日盖二人从紫檀木箱里拿出哈达、银碗，在银碗里斟满醇香的马奶，鞠躬行礼，敬却德尔和南斯勒。却德尔和南斯勒饱经风霜的脸上那一道道皱纹，被初秋滴油的阳光抹平了。

在塔纳图夏营地，云散天晴，微风徐徐，午后的太阳把光芒和热量毫不吝啬地洒在它所能照耀的万物生灵上。羊群从黑崖的阴凉处，三三两两地走出来，慢慢地整个羊群都从沟里出来，形成一条长队延伸到草场上。

原载《花的原野》2021 年第 10 期

译于 2022 年

天空色的房子

包如甘 著

萨日娜 译

伊秀兰

笔名包如甘，女，蒙古族，内蒙古自治区通辽市科左后旗人。中国作家协会会员，中国少数民族作家学会会员，内蒙古作家协会会员，内蒙古翻译家协会新文艺群体委员会委员。内蒙古第九期文研班学员，鲁迅文学院第三十四期文学创作班学员。第五届"敖德斯尔"文学奖获得者，内蒙古首届新文艺群体领军人才。曾获"花的原野"文学那达慕小说类一等奖，全国蒙古语散文大赛一等奖等。著有小说集《细雨蒙蒙》，长篇小说《当年十八岁》等。

萨日娜

蒙古族，硕士研究生。1986年生于内蒙古自治区赤峰市翁牛特旗。内蒙古文艺评论家协会副秘书长、《金钥匙（汉文、蒙古文）》期刊编辑部主任，二级文艺评论。出版有译著《萨都剌诗歌选译与赏析》；编辑出版《批评与价值：内蒙古优秀文艺评论选》（副主编）。发表文艺评论文章、文学作品及翻译作品四十余篇。

一

　　近几日霍恩其木格①为研究自己的名字耗费了不少时间。想想觉得生而为人来到这个世界，只是为了点缀他人那也有点太轻贱了，但仔细想想倒也不是。对于霍恩其木格而言，名字不是用来细致探究的事情，只要成为生活支柱的牛羊群能够平安肥壮、越来越多，把她叫作青牛又有何不可。

　　但是阿拉坦索纳格不这么认为。他是个认真仔细的人，喜欢将所有事物都赋予一定的寓意，虽不像公式或定律那样必须要遵循特定规则，但他认为名字是按超前智慧的法则命名的。他没觉得霍恩其木格的名字有什么不好，可也没觉得好听。人就是人，其木格就是其木格，把不同的两个概念混合在一起命名是文化水平低的人们随意而为的行为。但是霍恩其木格不认同这说法，反问道："那你的名字有什么意义？像金子一样闪烁？"对方挠着

---

① 霍恩其木格：蒙文音译，"霍恩"意为"人"，"其木格"意为"点缀""装饰"。

后脑勺笑着说："我的名字里能蹦出金子。从黎明一直袅袅升起金粉，金灿灿地飘落在咱们牛羊圈、田垄庄稼上，变成我妻子胸前的项链、耳饰、手指般粗的金手镯。"

如果没有提金手镯，霍恩其木格哪有空研究这些？往几排铁槽里放草料、给几头牛喂草饮水、赶到向阳的地方晒太阳等饲养活儿都落在她一人身上。儿子在旗里上学，奶奶给孙子做饭当陪读，阿拉坦索纳格谁知道又被哪户人家请过去给牛做冻精配种忙着呢。一百多只羊的放养、牛犊等的分圈、喂小羊羔等所有活儿都是霍恩其木格一人承担。

草场里也种了点庄稼。以玉米、黄豆为主，不是为了增加收入，除了弄点口粮外更多的是想给棚圈里的牛羊当饲料，这是霍恩其木格勤俭持家的智慧体现。当稍晚种植的玉米开始吐穗，秸秆、叶子还未老化，鲜嫩有水分时收割、切碎放进窖里发酵后称之为青贮。青贮营养价值高，是能让畜群安稳度过冬春两季的美食。但是喂养需求量大的牧户只压青贮还不够，还需要穿插喂养一些黄贮。秋收后那些成熟发黄的秸秆、叶子、黄豆皮、豆萁等是黄贮的原材料。这两种草料的质量有差别，所以牛羊都贪青贮，但为了度过寒冬和初春时的严寒，即使不喜欢也会吃上几口黄贮。没办法，作为牛羊的命运也就这样。

所有时间不是花在孩子身上，也不是花在丈夫身上，而是都献给棚圈里的牛羊的这位牧民妇女，那已皲裂的手上戴着的金手镯是阿拉坦索纳格有一次进城买回来的。少女时很喜爱饰品的霍恩其木格此时心里却暗暗觉得戴着这个碍事，还不如换两头三岁母牛，这样明年或许能变成四头呢。

去年仲秋时他们为了压青贮可是忙活了一阵儿，和切碎机的主人谈论价钱时后面还有十来户人排队等着呢。切碎机主人还交代得多找几个劳动力。霍恩其木格把能干活儿的邻居青照日格、阿穆隆叫过来了，但户主阿拉坦索纳格却忙于冻精配种的工作还没来得及回来。所以没办法，她只能自己撸起袖子将滴汁的玉米秸秆一捆一捆地送上了切碎机。机器轰鸣近一小时后，已经压好两窖的青贮，开始收尾了。

将青贮封闭好后和邻居家的两个壮汉一同挥动铁锹往青贮窖扔泥土时，瞄了一眼手腕，金手镯不见了。撸着袖子都摸到胳膊肘了，还是没有，老公送的金手镯不翼而飞了。刚才抱玉米秸秆的时候，或往窖里扔切碎的草料时脱落了？还是刚刚扔泥土时一起扔出去了？嘎查达青照日格发现她不安地在找东西，拿着铁锹走过来问她找什么。

说起来东边的邻居阿穆隆是以交换劳动力为条件，像求亲一样求才请过来的。而西边的邻居青照日格，她只用一个眼神就请过来了。早晨，青照日格看着大路上轰鸣着开过来的切碎机，估摸一下就知道了今天是哪一户要压青贮。他从牛圈踮脚往外看时，正好对上邻居家女主人霍恩其木格从牛圈外往里看的目光，就领会到今天他们压青贮需要帮忙。

青照日格回屋喝茶时，和妻子苏丹聊着自己的计划。青照日格说虽然牛羊不多，但今年不压青贮不行，草场的草有发黑烂掉的，与以往不同。如能安然度过冬天，早春时想再买几头牛犊。苏丹不怎么喜欢牛羊，也不喜欢种地，很早就想着要去城里生活，但碍于嘎查达的严厉，只能怨自己命不好，在淳朴的农村拖着慢腾腾的步子度日子。正因如此，她对打麻将上瘾，偶尔在牌桌上得到些许满足和安慰。可青照日格是个勤快人，不会让妻子这样为所欲为。

不过，他还是很支持妻子去跳村里组织的广场舞，每次都催促着说"去吧，去吧"。如果认为他是因为自己是嘎查达而让妻子做榜样，那还真错了。他是觉得："比起在牌桌上浪费时间，活动活动筋骨出出汗更好。女人除了把家里里外外收拾得妥妥当当外，展现自己温柔贤惠的性格才美呢。"就这样哄着妻子去跳舞。傍晚每每看到妻子跳完舞，脸红扑扑地唱着歌回来时，他都投出欣赏的目光，甚至冲动到想问邻居霍恩其木格有没有去跳广场舞。妻子带进来的清新凉风、雪花膏的馨香及月亮的清辉都激发了他很多想象，这样的想象总是能把劳作一天后的疲惫，统统驱赶得无影无踪，让心情愉悦起来。

把黑长发编成三股麻花辫，戴着青蓝色头巾，总把衣服拉锁拉到领口的朴素整洁的女人，自十几年前作为新娘嫁到邻居家当媳妇以来，他始终以欣赏的眼光看着她。有一次，在闷热的夏天看见她站在院里的大树下，仔细地洗完黑长发后，戴上手套，将手套扎得紧紧的，去捡湿牛粪。他感到十分惊奇。通常情况下，一些勤劳的妇女们会等湿牛粪稍微变干的时候，用粪叉把牛粪放到棚圈旁边或垒到墙上，但是像她这样，像揉面似的整理牛粪，在村里还是头一次看到，村民取笑她说勤劳过头了的人也不少。可新娘无声地微微一笑，跟某一位笑着说："从牛的屁眼里掉出来时，它有自己的形状。现在不以牛的意志，而是以我的想法去改变它的形状。"到了严寒的冬季，那揉得像面团的牛粪不亚于煤块，很耐烧，比起春天的青牛粪和秋天的黄牛粪发热量高很多。村里人们也是长时间观察了这位灵巧的新娘才明白，她如此努力勤奋，并不是为了讨好谁，人们也开始谈论寡妇乌日娜真有福，给独生子阿拉坦索纳格娶了这么勤劳拔尖的好媳妇。

当年阿拉坦索纳格穷困潦倒的门前连一头牛都没有，才过了几年时间现在已有了满圈的牛羊，这都归功于霍恩其木格的智慧。结婚后让具备兽医技术的丈夫去邻居家、隔壁村甚至去自己娘家做宣传，给牛羊打疫苗、阉割小羊羔等等活儿统统都接上，一点不推托尽力去做。作为酬劳人们给钱他也不要，饭也不吃，但如果给那些瘦小、孤弱的羔羊，哪怕是一个，也从来不嫌弃地抱回家，这是他妻子教给他的生存智慧。她婆婆也是惊奇，那些拉稀的羔羊，拉得屁股尾巴都分不清了的小东西们，只要在霍恩其木格手里被喂上几天米汤，就能恢复过来。一个寒冷的早晨，有很多牛羊的阿穆隆家那头灰色老母牛，下了一个红牛犊，冻得就吊着一口气儿。阿拉坦索纳格用很多种方法医治了，但那牛犊还是没见好，暴脾气的阿穆隆直接把那小牛犊拖出圈外扔了。阿拉坦索纳格看着那好看的花色连连叹息。这时，阿穆隆开玩笑地说："爱吃牛犊肉，你就抱回去吧。"阿拉坦索纳格有些不好意思，看到阿穆隆妻子乌兰娜后脸红得也没工夫想其他，说："你要是把它赶出牛群了，那我就拿走了啊！"说着就要抱出去。阿穆隆大声说："就算它现在立马能活蹦乱跳地哞叫了，这牛犊也是你的。"

多少年以后，也就是阿拉坦索纳格家的牛羊变得比阿穆隆家还多的时候，阿穆隆开始逢人就乱侃，阿拉坦索纳格就是靠当年他家那头快死的牛犊发家的。阿拉坦索纳格每次听到也不当回事。想当年，霍恩其木格从门外接过阿拉坦索纳格抱回来的牛犊，放到院里向阳的干燥地方，给已抽筋的牛犊按摩脖颈，缓解僵硬，同时提醒丈夫拿一下棉被。可丈夫不肯动弹，还建议不如挪到屋里暖一暖，妻子用惊奇又犀利的眼神扫了他一眼说："兽医先生，如果想当个好兽医，会不知道把冻僵了的牛羊放到暖烘烘的屋里会怎样……"丈夫也不服，笑了笑说："那么简单的道理谁不知道？反正已经无力回天，活不成了，折腾有什么用？"

可霍恩其木格不仅要救活它，还要让它站起来呢。看丈夫不情愿的样子，她自己跑回屋，把烧火做饭穿的棉褂子拿过来，给可怜的小牛犊披上了，再按揉腰身、肚子、脖子、颈椎等。用柔布清理它满是唾沫的嘴，试图用奶嘴给小牛犊喂些温奶。如此折腾了近一小时，小牛犊冷冰冰的软皮开始抖动了。虚弱的温热气息透过鼻腔，把生的吉祥征兆带给太阳、清风，甚至对着寒冬冰冷的空气低声耳语。这把兽医丈夫惊呆了，婆婆也惊讶得要发疯咾。把将要逝去的生命，又引向迎生之途的霍恩其木格高兴地挪动着僵住的腿脚，把披着苫盖的小牛犊抱回屋里让它暖和暖和，又一路小跑去东边邻居家。本来想把小牛犊起死回生的喜讯告诉他们，再用老灰牛的初乳让小牛犊恢复体力，可老得力气都衰退的老灰牛，四仰八叉地躺在牛圈角落里已经死了。

二

霍恩其木格一点都不怀疑，金手镯就是丢在青贮窖里了。除了青照日格没人知道，而且干活儿时人那么多，她绝不会说出把丈夫送的金手镯弄丢的事情，引起人们的骚动，这不是她的性格。霍恩其木格悄悄地寻找时，青照日格也悄悄地走过来，帮她一起找。知道在找手镯，但也没问是什么手镯，对他而言找什么不是主要的，怎么帮她才是最重要的。俩人正找着呢，阿穆隆也好奇地过来问干什么呢，她摇摇头说，没什么。还真像是什么事都没有似的，这件事就这么结束了。

　　每次参加宴会或进城时，丈夫都要求霍恩其木格戴首饰，打扮打扮。有一次她丈夫问："你那金手镯呢？挺长时间都没见你戴了。"她也没说原委，就那么搪塞过去了。阿拉坦索纳格作为兽医，总是有忙不完的活儿，有时回来看妻子在牛羊圈里忙碌，过两天再回来又见她在烧火做饭，为屋里屋外那堆做不完的家务忙活着，交流的频次都少了。此时他惊觉，做不完的活儿剥夺了她年轻美丽的容颜，无奈摇了摇头。他不是对妻子厌倦了，而是一想到无法与妻子交心就感到遗憾。他一直追问妻子，把那么贵重的礼物放哪儿了。妻子说："收起来了。"他为搞明白到底放在了哪儿，翻箱倒柜找了一遍也没找到，甚至怀疑妻子是不是转手送给他人了。这么一想就把怀疑的矛头指向西边邻居青照日格了。西边邻居对他的妻子很好，他妻子也把西边邻居当佛一样崇拜，总说"青照日格说了应该……"听到这样的话，阿拉坦索纳格内心的愤怒沸腾，感觉都要爆了。从去年开始青照日格两口子也热衷于圈养肥红牛了。他是在怀疑是不是因为青照日格他们缺钱，他那傻媳妇充好人，把金手镯变现送给他们了呀？阿拉坦索纳格心里很疑惑，在妻子独自开车去市里的这三天时间里，他的身体、灵魂都被这种怀疑缠绕着，后来因一件偶然的事情才醒悟过来。当然这些都是后面的故事了。

　　一年四季都忙于牲畜的治疗、冻精配种等事情，这让阿拉坦索纳格的兽医技术越来越精进。这种工作累是累，但收入也很可观，还受人尊敬，所以内心是很满足的。碰到哪家的年轻妇女，对他比对自己丈夫还要亲切，用柔软的双手倒上热腾腾的奶茶端过来时，咱们这位男兽医的心脏就会怦怦乱跳。从别人妻子那儿寻找妻子没能给到的爱和尊重，他这样头脑发热是在报复妻子。那个因为贫穷失去初恋的懦弱小子，那个把病弱羊羔和牛犊往自家棚圈抱的可怜男人，已经随着时间的推移，变成了有派头、有自信的中年男子。现在他的生活蒸蒸日上，不论跟谁说话都很硬气，甚至有一次还找到了他的初恋乌兰娜，让乌兰娜准备饭菜和阿穆隆一起喝酒，喝得都有些醉了，说："如果当年能有现在这般头脑，生活有这般好，美丽的乌兰娜只能当我的妻子，而不会和你这一米六的阿穆隆一起生活。"喝醉的阿穆隆也挖苦道："如果当年没赐你那头红牛犊，你能有这满圈的红花牛吗？"阿拉坦索纳格虽然愤怒，但没有那牛犊，他也不可能拥有满圈的优良品种红花牛，这是事实。

这到底是红花牛的功劳，还是勤劳媳妇霍恩其木格的功劳？阿拉坦索纳格回来后懒得细想，走到单独圈养红花老牤牛的棚圈前，生气地说："你这坏家伙，自己圈里的牛群还没收拢够，就贪婪地追赶左邻右舍的母牛，现在如何？他们那些红花牛不都是你做慈善的结果吗？我还没说我大方地让他们用我的老牤牛呢，他们倒好，还反过来跟我讨债。你说，我能忍吗？啊？"

当年那红花牛犊颤颤巍巍地站起来后，霍恩其木格一直细心照料，用黄油、温牛奶喂养长大。阿拉坦索纳格还跟阿穆隆说了几次，要给钱，算是买过来的。但阿穆隆总是说，自己是个说话算话的人，送了就是送了，不收钱。乌兰娜也从不在乎这些小事，"都是邻居，谁跟谁呀！"说着意味深长地看了一眼旧情人，仿佛在透露自己高傲的想法，"没办法，谁让我嫁了有钱人。"这也表明她是在用物质弥补自己愧疚的心。总之到了次年夏天，红花牛犊已长成很健壮的二岁子牤牛。阿拉坦索纳格准备骟了它。可是妻子不同意，说要留它当牤牛，想接几个红花牛犊。丈夫听了瞪大眼睛说："它虽然看起来四肢强壮有劲，但也是改良品种，不适合我们的本地牛。""不，那咱们邻居的母牛，不都和国外的牤牛恋爱了？"霍恩其木格毫不退让。阿拉坦索纳格笑得站都站不稳了，他解释说："我的傻子呀，那是把国外牛的优质冻精以人工配种的方式，配种给咱们本地牛的，这叫冻精配种。"

"那又怎样？我们以前也不种水稻，可现在不都在种植吗？这红牛犊花色好，腰条也好，说明品种优良。我们村都没有这种花色的牛，我想养这种好牛。所以要把红花牛当牤牛用……"霍恩其木格一连串的反驳把阿拉坦索纳格气得鼻孔冒烟。

从那时起阿拉坦索纳格毅然决然地投入到冻精配种工作中。他有兽医资格证，到苏木畜牧站注册后，成了名正言顺的兽医。这让平静的生活有了转机，他开始变得从吃食到穿戴都非常讲究，眼神也时不时地游走于那些妇女身上。可是如果没有霍恩其木格，自己会拥有这越来越好的生活、聪明的儿子和安享晚年的母亲吗？想到这些他又勒停贪欲的缰绳，回归忠诚丈夫的角色。

不知为什么，阿拉坦索纳格就是不喜欢花色牛，想尽力保留本地牛的品种。奈何配种工作有特定的规定、秩序和责任，所以只能按照畜牧站的指示忙于配种工作。可是他觉得虽然本地牛按自然规律受孕生的牛犊瘦小、个儿矮、短脖子，但这才是真正意义上的繁殖，也是保有本土特色的事情。

牧场上那些本地母牛的奶食品味道确实更好一些，但是母牛受孕间隔太长，偶尔还会空怀，有的还奶着二岁子牛。相比之下，西门塔尔品种的奶量多，能保证每年下牛犊，靠合理饲料喂养，会长得又肥又壮，在市场上也能卖出好价钱。效益对比如此明显，所以大家都开始养殖改良品种的牛，在禁牧政策下，以饲料喂养为主，给牛养膘进军肉品行业。这方面霍恩其木格是引领者。

霍恩其木格在十几年前把红花牛犊留下来当种牛以来，靠租赁出借、拴领牛等方式增加了收入。当然她自己牛圈里的红花牛也逐渐多起来了，牛群增速繁殖。日子久了，阿拉坦索纳格家不得不扩大牛圈棚舍，饲料槽子排列得多了，霍恩其木格把着方向盘用电动三轮车忙着拉草料。那些瘦弱的羔羊、牛犊，想从主人手里得到吃食，挡在前面，揪舔衣角，霍恩其木格像是在跟孩子聊天一样，跟它们聊着，偶尔训斥、大笑的声音一直传到邻居院里。

青照日格爱听这声音。"嗨！你这臭小羊羔，吮我手指啊！"听着那清澈的声音，干活儿的时候不由自主地想笑。甚至想，如果自己是那只臭小羊羔，该多好。他着了魔似的喜欢这位邻家女主人，一喜欢就是十年。从她嫁到邻居家当媳妇起，在她初为人母抱着孩子时，他都喜欢着她。当她在牛羊棚圈里劳作，不慎导致二胎流产时他都心疼难过。这女人到底哪儿好，他自己也不知道，也从没亲近过。但是，好不一定是能直接指出来的，而是留在心底的，不管笑，还是哭，无论怎样，都觉得好看，那么爱情就来了。

青照日格在去年换届选举时，当上了嘎查达。村民们以不容置疑的真诚和信任把他推举到了领导台上。这样做，不仅仅是因为他知识水平高，而且他乐于助人，讲道理，讲实话，有责任心，能把棘手的事情都处理得很妥当。服兵役那几年，改变了他的精气神儿、观点立场等。刚退伍回乡后为了学习水稻种植技术，他带领几个年轻人去南方待了一个多月。他还从外地买来松树种子，在自己田地里培育树苗，等树苗长成再移栽到沙化地带，治沙绿化草地。这些事情都赢得了人们的信任。

他的妻子苏丹是个漂亮的姑娘，当初无可自拔地看上了精神小伙青照日格，为了他，放弃进城生活的所有机会，慢慢地俘获他的心，嫁了过来。但是后来苏丹变得懒惰又固执，脾气变糟，逐渐对牧区生活失去了兴趣。那是因为在城里陪儿子读书的那段时间，对城市冬暖夏凉的舒适而富足的生活，产生了眷恋。

他总在心里对比，作为同龄人苏丹为何会这样，而霍恩其木格却那样。这样一比较，霍恩其木格的朴素，在妻子那梳妆打扮的靓丽面前，就像乌云密布的天空中一缕阳光那般耀眼。虽然自己很渴望那阳光，但那光太晃眼，只能放在心里，在内心世界里才能归为己有，才能想着念着。有时也对外出游荡的阿拉坦索纳格生出一丝愤恨。阿拉坦索纳格把全部家务撂给妻子，让她独自支撑着，做所有累活儿重活儿，而自己却打扮得油光锃亮地外出晃悠，他这种放肆行为，很让他费解。霍恩其木格的二胎是在怀孕六个月时流产的，当时青照日格第一个赶到。他把霍恩其木格放到车上，让她在后座上躺平，急忙朝旗医院飞驰，路上还时不时地用急切眼神看一看她，似乎在安慰她说："再坚持一下，很快就能见到医生了。"妻子失去孩子伤心难过，作为丈夫的阿拉坦索纳格很晚才赶到医院，还埋怨妻子："为什么不小心点？知道自己怀着孕呢，还哪儿都少不了你似的……"旁观的青照日格气得想扇他一耳刮子，强忍怒火说："说话能不能像个爷们儿啊，你这头驴！"

从那之后霍恩其木格就不敢和青照日格对视了，每次眼神碰到一起脸就发烫，赶紧挪开看别处。她对青照日格感激不尽，这感激之情难以用言语和物质来表达，而是用混合着千思万绪的温暖眼神表达的。

世上有那种看一眼就能让人心安释怀的美丽爱情。对青照日格而言，这种爱情是崇高的。自年轻时起的欣赏、心疼到爱慕，感觉都非常有意义。那种内心煎熬的日子慢慢流逝着，突然有一天孩子们都像小雁一样飞走了，飞往求学之路。这十年里，青照日格以眼神诉说，霍恩其木格也以眼神接纳，但谁都没给彼此越界的机会。也许内心的爱和责任约束着不让他们越界吧。青照日格当上嘎查达后，又一次劝说霍恩其木格去跳广场舞，可她却说哪儿有那时间啊，就这么过去了。但是有一天傍晚，广场那儿悠悠传来激动人心的舞蹈音乐时，在院里的霍恩其木格放下手中的活儿，跟着音乐翩翩起舞，刚巧这一幕被青照日格无意中看到了，他心疼地想这么惹人喜爱的活泼女人，究竟是被什么束缚着，竭尽全力地隐藏自己的光芒呢？

她的内心世界是五彩斑斓的花园，那里有红、粉、蓝、黄各种颜色的花在竞相绽放吧？也许陶醉于那曼妙的风景，也许对生活的意义有了不一样的理解，从而牢牢地锁住了内心的驻地了吧？总而言之，邻居家的汉子渴望着让这位独自一人撑起所有生活重压，把辛勤劳作当成生活全部意义的霍恩其木格感知到精神的愉悦。

三

霍恩其木格的弟弟叫散斯尔，比二姐霍恩其木格小两岁。他憧憬的生活是远方、城市，幻想着天上掉馅饼、不劳而获。他早早辍学，进城结婚成家了，可前不久离了婚，又返回村里。他以前积累的经验都是在农村与城市间倒腾些小买卖赚取差价，但现在流行网上购物，城里的买卖，饭馆、服装店等都没了利润，甚至都开始关门歇业，散斯尔才开始苦恼地思索着自己的生活到底该何去何从。

他有三种本事。他认为自己非常能说会道、慧眼识珠、机灵能干，凡事都以得利为目的，还常常说做成事不仅要靠嘴、眼、手，得抓得住机遇，才能赚钱。他虽然鄙夷体力劳动，但很忌讳将它说出来。还认为自己这是够灵活、睿智、聪明，所以看到霍恩其木格不知疲倦地整日劳作，总是心疼地说："唉！我这姐姐呀……"他自认为自己赚钱风光了十几年，实际上赔进去的更多，虽心有不甘地回来了，但看到蒸蒸日上的农村新景象，他时刻做着淘金的准备。他振作起来后认定了，既然在红牛的故乡，那就从红牛开始。

要说红牛，他姐姐霍恩其木格养的红牛可是在十里八乡都响当当的。他盘算着如果靠姐姐做起事业，首先得在村里立住脚。随后找到姐姐商量此事时，姐姐把自己持家的经验又介绍了一遍，建议他以饲养瘦弱的牛羊起步，甚至说如果自己的羊有生双胞胎羔羊的，可以送一个给弟弟饲养。但弟弟摇了摇头说："这样起步耗时太长，我等不起。听说你们东院邻居要把牛羊承包给别人，进城生活了。那他们的房子、棚舍、牛羊怎么办呀？"

霍恩其木格也多多少少听到过人们在谈论这件事，但是从未听阿穆隆和乌兰娜自己说过，所以就认为是谣言，没当回事。近几年阿穆隆开始酗酒，这里里外外的活儿乌兰娜一个人也顾不过来，虽然雇了帮忙的人，但是她老公每每喝醉后就怀疑乌兰娜和雇工之间有事，频繁地追问，这种生活让乌兰娜很是疲惫。当年因为他们家牛羊多、生活富裕嫁了过来，但公公婆婆相继去世后，阿穆隆开始当家，他那懒惰、骄纵的真实面目也跟着暴露出来。棚圈里的牛羊逐年减少，房子、棚舍旧了也不知道修补翻新。因为没有孩子，俩人也没什么可寄托希望的人，日子得过且过，即使积累了财富，也不知道留给谁，这句话成了他们的口头禅、紧箍咒。阿穆隆每次喝醉了就开始喊，说就因为把那年老灰牛生下的红牛犊送给了阿拉坦索纳格，自家的牲畜运势才不好了。这点村里人都知道，偶尔霍恩其木格也觉得，或许真是这样。老灰牛生下红花牛犊后，村里有了红花色牤牛。村里的哪个母牛没被那牤牛踩过呀。虽然后来普遍以西门塔尔冻精配种为主，但牧民们总觉得自然配种更稳妥，所以红花牤牛很有排场地被人们请去。从这个意义上来讲，村里"红牛故乡"等荣誉最初都是阿穆隆的老灰母牛带来的。

但是这个劳苦功高的几乎可以放生的红花色牤牛，如果当初留在阿穆隆家，能不能活下来都是个问题，能不能成牤牛更得另说。这样一想，当初把将死的牛犊饲养好，用改良品种的红牛造福十里八村的霍恩其木格的功劳才是无法估量。当她被评为劳动模范、致富领路人受到旗里表扬时，阿穆隆愤怒了，乌兰娜也嫉妒后悔了。

一个人远离故乡时，我们认为他是飞远了还是逃离呢？霍恩其木格没想明白。她刚从弟弟散斯尔那儿听说邻居要搬到城里去的消息，叹着气，待了一会儿，无论怎样都不忍心看他们搬到城里。平时虽然很少去邻居家串门，但这次专门抽空到阿穆隆家，直接当着他们两口子的面问，为什么要搬到城里去。醉醺醺的阿穆隆说："你是希望你们越来越富裕，我们越来越贫穷吧？"他妻子赶紧把话圆回来，笑着说："这家里家外牛羊牲口这么多活儿，忙不过来了。我有个姐姐在城里，用二十来头牛换了楼房，日子过得很轻松呢。""牛羊每年都能繁殖，那楼房不会再生楼房啊。现在还好，能拿着卖牛的钱过日子，但五年、十年后你俩怎么办呀？"霍恩其木格不厌其烦地继续劝说，"孩子们也往城里跑，我们也跑，那家乡还有谁会留下？"此时阿穆隆愤怒地说："乌兰娜我俩又没有孩子。"霍恩其木格还跟他理论说："孩子也分谁的孩子吗？只要是在这片土地上生长起来的孩子，都是这里的孩子。"这时阿穆隆又说："那我说你们的牛羊都是我的，就真成我的了？等我们老得走不动时，你们的孩子会给我们养老？"她知道跟阿穆隆说下去也无用，无奈地叹了口气，"邻里邻居，命运同体！"说完就走了。

她不支持东院邻居就这样进城，所以当弟弟提议想给他们照料牛羊，暂住他们家时，霍恩其木格坚决不同意。她还很不满地说："路归路，桥归桥。你自己没有故乡吗？到处流浪，不就是懒得收拾长满荒草的旧宅，想住现成的吗？那阿穆隆喝醉了什么话不说？乌兰娜也是一时头脑发热而已。"她用这话来堵弟弟的嘴。但弟弟却心怀不满地想，我这姐姐估计是怕我挨着她，贪图她的钱财吧。就这样他带着两瓶酒，拎着牧区少见的精酿，到了阿穆隆家,和阿穆隆边喝酒,边说定了给他们看护草场和牛羊的事。也表明了跟姐姐划清界限,说:"反正房产证和土地证在你们手里,你们就是我的雇主。你们在城里好好享受,就当在老家有个不用给工钱的牧羊人和看护园舍的打工人了。"这话说得句句在理,听的人心里还舒服,所以两口子也就点头答应了,还敲定了合同内容。

阿穆隆他们是在初春时节搬走的。他们对散斯尔很是信任,还真把他当成不给工钱的工人一样,把家里里里外外都托付给他,还向散斯尔带来的牛贩子卖了几头牛,也是在他的介绍下,通过房屋中介,买了豪华楼房安稳地住下了。在此过程中,散斯尔以中间人的角色,巧妙地获得了不少钱财,心里是相当美。棚舍里留下的几头牛和二百来只羊悉数登记上,说好了原牛羊数不变,但从今往后接的牛犊、羊羔都属于散斯尔。进城的两口子也觉得自己有稳妥的保障,又能离开牧区那些脏活儿累活儿,心满意足。

劝阻阿穆隆一家进城的还有一个人,就是嘎查达青照日格。他多次劝说:"新乡村政策覆盖面多广!常年补助扶持资金不断,哪天劳动力不够了,这不还有邻里邻居嘛。即使有点病灾花费些钱财了,这不还有为人民服务的党的政策吗?按最坏的打算还能以低保户来保证你的生活……"但对方总说"既然决定了还是走吧",青照日格也没什么办法,登记新到人口时见到散斯尔,惊讶于阿穆隆能雇到这么精神的壮小伙,没想通这到底是他姐姐的谋略,还是弟弟的想法。

不过青照日格有几次也看到姐弟俩隔着院子争论。散斯尔以被雇佣者的身份来到阿穆隆家,但现在却把在其他旗县生活的大姐萨仁陶丽和姐夫接过来当苦力使唤。那两口子是喜怒不形于色的软弱之人，是总顺着他人的老实人。散斯尔压根儿就不是能干放羊、喂牛这等苦差事的人，明显只是想不花费半毛钱，用花言巧语把可怜的姐姐、姐夫连同他们那点牛羊一起接过来。所以二姐霍恩其木格不留情面地训斥说，本来人家两口子养这些羊，种着点地安安稳稳地过日子，为何要把他俩鼓捣过来在他乡漂泊。弟弟冷笑着说："我跟我亲姐共同承担得失，有什么不对？可不像你这样远离娘家，在婆家当用人，任人摆布。""任谁摆布了？""你以为阿拉坦索纳格那么老实啊？人们议论得都快炸锅了，只有你装聋作哑……"

阿拉坦索纳格怎么了？想想还真不知道有多久没跟阿拉坦索纳格一起探讨生活了，也想不起来有多久没有以夫妻之礼撒娇邀宠了。总说着忙，这几年连一起吃饭的时间都少了。把劳动成果视作幸福，却与丈夫失去了心灵上的沟通，只认为丈夫是在兽医站忙碌，根本就没想过其他。总认为不能落下活儿，尽可能地独自把事情都解决。上有老母亲需要照顾，下有儿子需要教育，所以到现在她都认为自己不管阿拉坦索纳格的去向是对的。霍思其木格不想再跟弟弟深究下去，等到晚上丈夫回来后再问丈夫，人们在说些什么流言蜚语，不就行了吗。晚上阿拉坦索纳格听到霍恩其木格的提问，脸都变了，反问道："关于我？还是关于你？""关于我说什么呢？""嘎查达青照日格凡事都向着你，要让你当团体舞队长，又要让你任妇联主任。把被困于家务活儿的你解放了，带哪儿去啊？"

本来想审一下丈夫，现在却被反将了一军。霍恩其木格张着嘴不知说什么，过了一会儿突然笑着说："嗨，我俩？也就牛羊关注我俩，其他还有关注我们的人吗？反而你穿戴整齐，精神板正的，或许容易引起别人的关注。"霍恩其木格为了不让自己安稳的生活出现变故，所以扭转话题尽力安抚丈夫，扼杀那些有可能会发生的，抹杀那些已经发生了的事。阿拉坦索纳格未能领会到妻子的心意，只想着如今姐弟俩成邻居了，以家里有帮衬的人为由，更是心安理得地在外瞎晃悠了。

阿拉坦索纳格并不是因为有了点家底儿，就压不住年少轻狂的心，而是因为当初的初恋乌兰娜又一次给他打电话说，阿穆隆因为自己没孩子，愁得开始酗酒了。而且喝醉了有时还会动手打她，家里家外所有生活重担都压在她一人肩上。如此向他诉苦的同时，还悔恨自己当初狠心地把他给甩了，说着说着还哭了起来。这边阿拉坦索纳格听着电话，觉得这些年压在心上的那块大石此刻像是掉下去了一样，内心忽然轻松敞亮了。而此时乌兰娜伤心的哭泣声并未让他觉得很舒心。爱过，也恨过。连老天都帮自己完成了想看乌兰娜出丑的心愿。可内心却为何一丁点都感觉不到喜悦？对此阿拉坦索纳格自己也很奇怪。

去年春天，有一天他给乌兰娜打电话约在餐馆见面。其实这就是违背婚姻忠诚的约会。在餐馆的软椅上，他深深地吸了口烟，坐那儿沉思，打扮俊俏的乌兰娜脸上满是幸福喜悦地走了进来。原来女人幸福的脸庞比那些饰品好看千万倍，不知她丈夫为何要辜负如此可爱的女人，他真的想不通。

就这样阿拉坦索纳格再次和初恋交往，时不时还一起逛街轧马路，人们看见了议论也是正常的。后来乌兰娜下定决心要搬到城里，也是为了躲避那些流言蜚语。

四

　　春风轻拂时，草原上空飘着羔羊的咩咩声，牧民们一直在棚舍里忙着接羔。学校还未开学，所以霍恩其木格和婆婆忙于给那些双胞胎羊羔、没妈妈的羔羊喂奶，给涨奶的母牛热敷、按揉等等没完没了的活儿。正在读初中的儿子乌含图将青贮一筐筐拎过来倒进铁槽里。这孩子随他妈妈，也勤快。每次孩子挎着饲料过来时霍恩其木格不管在哪儿都会跑过来说着"等等，等等"，就把手伸进青贮、黄贮里检查一遍，并且一直盯着，直到孩子把饲料都倒进铁槽里。

　　他们家的饲料窖刚开没几天，不知道丈夫送的金手镯是丢在青贮窖里了，还是丢在黄贮窖里了。所以每筐都要仔细查看一番。原本想着镯子嘛，指不定哪天哐当一下，就从饲料里掉出来了。但是自从听了弟弟说的"流言满天飞……"之后才明白自己有多珍惜与丈夫之间的这份感情。那天睡觉之前在网上让那位认识的算卦人给自己算了一卦，说："我跟我老公之间总感觉在渐行渐远……"对方说："你俩之间有个东西丢失了，孩子？还是物件？或者也有可能是爱情……"这话说得模棱两可，但是霍恩其木格立马想到了那二十克的金手镯，感觉就因为丢了金手镯才使得她和老公之间的感情链逐渐松弛了。年轻时为了忙于生计不停奔波，将棚舍的残垣断瓦用芦苇、破砖等一点点加以修缮时，脑子里还在不断描画着自己美好的未来。每晚两人倾诉，如此互相取暖的生活也让人觉得相当幸福。反观现在牛羊、房屋、资产不比别人差，在村里都可以称为首富了，却反而失去了丈夫的关心、爱护，她绝对不能允许这样下去。虽然娘家姐弟俩相继搬来当了邻居，但和弟弟在思想沟通上总感觉缺了点什么。她为弟弟的瞎跑不肯踏实干活儿而生气，有一次以姐姐的口吻训斥了一通，结果弟弟却笑着说："你家阿拉坦索纳格不也一样吗？"这么一句就让霍恩其木格无话可说了。她不知道阿拉坦索纳格现在是不是也这样，但是她非常清楚他以前不这样。如果真变成了游手好闲无所事事的人，作为他的老婆也有责任。霍恩其木格心里这样想着，自责着。

霍恩其木格孤独地叹了口气，不由自主地望向西院邻居。最初每每与邻居那温和又带点淡淡忧郁的眼神相遇时，总好奇这人到底想说什么，但是当了这么多年邻居也没说什么。而那温和、忧郁的眼神依然如青葱岁月时一样，不曾改变。每每遇到困境或紧迫事情时，他就像先知一样总能跑来相助。即使最艰难的时候，也就是怀二胎，被牛顶流产时，守在她身边的不是她丈夫阿拉坦索纳格，而是青照日格。守着她，并代办了所有手续。痊愈后带上礼品特意去邻居家表示感谢时，青照日格摆着手说："邻里邻居同命运！"这句话让霍恩其木格那迷惑的心和妻子苏丹那怀疑的眼神都释然了。青照日格本就是个精明的汉子，做事干脆利落，让人挑不出一丝毛病。就因他精明能干，做事认真仔细，总把邻里邻居都当成命运共同体，才被大家一致推选为嘎查达。霍恩其木格从学习青照日格说的那句"邻里邻居同命运"开始，还有许多生活技巧都是跟青照日格学的。当年嫁给阿拉坦索纳格，愁得不知如何让这落魄的生活有点起色时，有一次在路上遇见了青照日格，他提醒说："急着致富就养羊，如果没本钱买羊的话，从收养些没有母羊喂奶的遗弃的羔羊试试看。"这对霍恩其木格而言，犹如黑夜中的灯塔，让她有了方向，日子也随之蒸蒸日上。当然她也未把青照日格由衷的指点告诉丈夫，因为深知自己的丈夫小气，一点小事就疑神疑鬼、刨根问底的，所以她深埋心底未说明。日子久了青照日格也察觉到霍恩其木格偶尔的一个眼神仿佛也在询问着什么。但青照日格也没想越界，霍恩其木格也觉得邻居这位精明汉子是自己生活中无法到达的彼岸，既然无法到达，那么尊重是对的。爱情无法分享，年轻时未分享的爱情，人到中年再去分享，对于睿智的霍恩其木格是断然不可以的。

　　说得高级点是灵魂伴侣，通俗点说就是蓝颜知己和红颜知己，敬重地把爱情放在一旁。近来从青照日格接听电话就能感知到他异常忙碌。他们所在的旗县成了将本土牛和西门塔尔牛进行改良的"红牛之乡"，而且他们村成了推广效果最好的典型，还受到旗县嘉奖。青照日格也明白此刻不能干坐拖延，想到"打铁要趁热"的明智老话，便向上级申请将本村规划成红牛基地，也就是建立合作社。

　　在家乡蒸蒸日上的时代，霍恩其木格羞愧于自己像个被生活遗弃的人一样自卑愁闷地过活，她将自家的五十多头红牛也打上烙印计入了合作社的档案。不久妇联换届会议上霍恩其木格因没有竞争对手而成了妇联主任。看到妻子突然的进步，阿拉坦索纳格开始嫉妒了，"我说过吧，明着抬举，暗地里扶持……还想抓我的把柄？"这样想着，往乌兰娜处跑得越发频繁了。

　　在公务和家务之间忙碌奔波的霍恩其木格，偶尔因工作与嘎查达相遇，看到对方的眼里闪烁着喜悦的光芒，想到自己这普普通通的牧民妇女能与他并肩工作，就像创造了惊人的成就一般感到满足。

青照日格继续对邻居妇女嘱咐道："不要断缴人的保险和畜牧保险，要有预防疾病灾害的意识。"霍恩其木格举双手赞成此意见，成为积极参保者的同时还对邻里邻居们宣传保险的益处，但弟弟散斯尔却成了第一个反对者。"缴纳那玩意儿干吗？今年要是无病无灾过去了，那保费岂不是让北风刮跑了？"霍恩其木格生气地说："刚生的小牛犊都近一万元了，万一损失一头大牛的话损失的是多少，你想想。理应给那几头牛上保险吧？"对此散斯尔充耳不闻。

但散斯尔也没闲着。他找到嘎查达说，要给合作社牛肉跑跑路子，找找销售渠道。"你都没入股我们合作社，而且也不是我们村的人，我们只给合作社社员们谋收益。"青照日格以此堵住了他的嘴。散斯尔说："饲养牛羊和销售牛羊是完全不相同的两个路子。你们有那头脑吗？难说啊！即使和收益较好的公司合作，你那些人能知道人家公司的门是朝哪儿开的吗？""当然知道。"青照日格坚定地说。看利诱和激将的策略都不见效，散斯尔开始来软的，恭敬地说道："我姐姐霍恩其木格常常会说起你，说你们是好朋友，说你是好心人，当别人有困难时你总会给予帮助……"青照日格深知散斯尔这个人的心思，了解他将霍恩其木格扯出来是为了什么，缓缓地说了句："好邻居啊！"说时语气里深藏着厌恶。

散斯尔还不气馁，找到二姐霍恩其木格求着让自己参加合作社牛肉销售业务。事情八字还未见一撇呢，弟弟就为谋取利益而走后门，霍恩其木格看着弟弟讲："等合作社手续齐全走上正轨之后我看时机说一说吧，如对合作社有利那自然不在话下。不过你得告诉我一些关于你姐夫的事，为什么最近他都不见人影了？""姐夫往市里跑，往乌兰娜那儿跑呢。现在好事的人多了，有什么不知道的？都能知道。你也不知道像乌兰娜、苏丹她们那样穿衣打扮，整天就知道和牛羊做伴，都忘了自己是女人了吧？男人怎么可能不腻。"听到这不吉利的话，霍恩其木格心都要死了，委屈地说："为了生活我像男人一样撑起了所有，这有错吗？牛羊圈里打扮得再花枝招展，牛羊也不会多出来一头，有那捯饬打扮的时间，多清理牛粪整理棚舍不更好？如果因为这个，那阿拉坦索纳格连牛羊都不如……"她回想了一下，突然想起乌兰娜是她丈夫的初恋，如果他俩已经到了难舍难分的地步，自己可以退出。霍恩其木格委屈又决绝地想。

走到屋外看着无边无际蔚蓝的天空，忽然感觉心里亮堂了。她知道不能向青照日格诉说自己的苦恼忧愁，所以此事不能依赖青照日格，决定要鼓起自己的心气儿、韧劲儿。晚上阿拉坦索纳格好不容易回来一趟，霍恩其木格连看都没看一眼，貌似知道了所有但却未说一句。这让阿拉坦索纳格异常不安，他说："你是不是该向我问点什么？"霍恩其木格明白这是他摊开所有，做出某种决定的宣言，可她依然没有赌气，以坚决维护家庭的女主人态度坚定地说了声："没有。"第二天早晨霍恩其木格和往常一样早早地起来，貌似是要出门。她给牛羊喂好了饲料，晌午的时候交代丈夫记得饮牛羊，收拾好后从丈夫外衣口袋里拿上车钥匙走了。

两年前阿拉坦索纳格刚提回崭新的黑色小轿车时，霍恩其木格还没拿上驾驶证。丈夫有了车子之后，就像没腿的人终于有了腿脚似的，兴奋地到处跑。有一次自己醉得不省人事，让嘎查的小青年把车开了回来。那天夜里霍恩其木格听到呻吟声，跑去另一间屋子看到婆婆指着肋骨在那儿呻吟。霍恩其木格想叫醒熟睡的丈夫，叫了半天也无果，自己又不会开车，实在没办法，只好把婆婆背到自己平时干活时开的三轮车上，往医院驶去，紧赶慢赶地终于赶在最佳治疗时间将患了急性胆结石的婆婆送到医院做手术。对这次的莽撞行为霍恩其木格自己想想都后怕，万一有什么闪失该怎么办，所以她也下定决心一定要考取驾照。

今天的霍恩其木格想什么时候出门就能自己开车出去了，留下阿拉坦索纳格一人守家。

五

霍恩其木格惊奇于自己居然会抛下牛羊、家园、财富跑出来。青照日格时不时提醒她说偶尔去市里看看新事物，了解了解社会时代潮流等话语，此刻在她心里回荡着。她本想给姐姐留句话，但想想姐姐除了哭，也没什么可帮上自己的，何必连累她让她担心呢，所以作罢了。心，钻心地疼，这种疼痛能让阿拉坦索纳格回心转意？想着想着车子开了没多久就看到城市的远景了。她到达后像是什么事都没发生似的问候完婆婆，中午把儿子接回来给祖孙俩叫了香喷喷的肉汤面。

阿拉坦索纳格一个接一个地给她打了无数个电话，她也没急着接。过了些时候接起电话问："饮好牛羊了吗？"对方爱搭不理地说："不饮还能咋呀！""好，下午记得给添草料！"说完就挂断了电话，在房间柔软的大床上舒服地躺在儿子身边。从未有过的休闲心情从内心深处弥漫开来，似乎刚一睡着又惊醒了。看到自己正在城市房间柔软的床上享受，又接着睡了过去。如梦如幻的过往如同插画一样在眼前闪过。梦见刚满二十岁时，邻村的乌日娜老太太托媒人给儿子保媒，身材修长挺拔的小伙子带着礼物来到家里。后来虽然没有盛大的婚礼仪式，但也遵循牧区的习俗热热闹闹地办了婚宴，当时看到棉被上成对的鸳鸯都害羞得不行。结婚当天她就看到了青照日格，这位大眼睛、棕褐色皮肤的年轻人，以哥哥的身份招待亲戚朋友，婚宴上的酒菜等都安排得妥妥当当，此时就已经显现出他的领导能力了。也没忘记后来与青照日格时不时地四目相对。在她看来总感觉亏欠这位她生活的前瞻者、鼓励者。"是情债？人性的债？"霍恩其木格在梦里想到这些，不由脸红了。"阿拉坦索纳格为了初恋背叛了家庭，我也可以背叛吗？如果现在给青照日格打电话把所有遭遇都告诉他，他会如何？"想到这些，觉得自己如风筝般越飞越高，而影子变成乌黑的罩子，罩住了她的家园，她突然惊醒了。

牛的水和饲料都不能给少了，牛粪也得按时清理，瘦弱的牛羊还需要单独饲养，这些活儿她都一一在电话里交代给丈夫，当丈夫想要说什么时她就挂掉电话，如此过了三天。第四天早晨打开手机时，看见丈夫在微信上发来了老牤牛害毛病躺着的照片，又留言说："你那命根子红牤牛，从昨天开始不吃草料，还有几个母牛要下牛犊，我一个人怎么应付得过来。"

能不能应付无所谓，主要是让他尝尝做家务的滋味，她不觉得自己如此扔下所有出来是错的。但是听到红花牤牛的坏消息后无论如何都不能安稳地在城市舒适的房间里待下去了。本想用重劳动惩罚丈夫，让他回心转意，没想到老牤牛会出现不吃草料的问题。霍恩其木格心里一直把老牤牛当成牛群的头领，挨着房子西墙专门隔出一个单间棚舍搭配好水草。最有营养的、最软的饲料都挑出来给它，用温米汤替代水，甚至将自己吃的红萝卜切成小块给放到槽子里。虽然红花老牤牛已经老了，整天迷迷糊糊度日，但是它腰条好，肉膘也很好，不至于扶着才能起来。

霍恩其木格回来时已经过了晌午，短短三天时间，那个没时间打扮而失去油光锃亮形象的阿拉坦索纳格正在忙着往水槽里倒水。原以为他会埋怨一大堆，例如，车子被开走了哪儿也去不了、活儿太多一个人累死了等等，可是他没有抱怨。看到妻子后依然继续干着手里的活儿，抽空还忙着给老牤牛输液。红花牤牛真的不吃草料了，闻一闻就闭眼休息，汤汤水水的倒是能喝一点。看到霍恩其木格后哀怨地哞哞叫了几声，又像牛犊时那样去舔她的衣角、裤腿。她心疼得都流眼泪了。

霍恩其木格不相信一个人三天之内能有多大的改变。但是对阿拉坦索纳格而言，这三天在心理上可经受了不一般的变化。妻子开车扬长而去时，他突然真正意识到自己才是被孤零零抛下的那个人。这些年妻子霍恩其木格不知多少次，也是如此望着他绝尘而去的背影留在家，从来没想过当时她心里浮现过什么样的想法，这些问题突然充斥着大脑。他竭尽全力做着棚舍内的事儿，开着三轮车来回跑几趟就到正午时分，肚子都开始叫了。饿肚子时谁都不会把精力用于打扮捯饬讲究穿着上，甚至不会产生其他任何欲望。吃惯了现成饭的他，把厨房、冰箱都翻遍了也没找到熟食。没办法去小卖部买方便面、火腿肠等，年轻的售货员姑娘好奇地问："哥，你买这些速食真是稀奇，嫂子呢？"村里的狗也都向他吠叫，狗的眼神像是看到了流浪汉那样凶狠警惕地向他狂吠，这让阿拉坦索纳格郁闷到了极点。他突然发现所有东西都近在咫尺，但又像是在离他而去。换句话说就是纯朴的牧区嫌弃他了。他自诩比别人高一头，从没想过内心极其自负的所有东西实际上就如晨露朝霞般稍纵即逝，都不属于他了。

第二天他决定试着做饭。熬了点汤正揪面片时手机响了，急着要点接听键，结果手里的面团子掉锅里，溅起的油烫伤了手。乌兰娜要约他进城，阿拉坦索纳格苦笑着说去不了。明显，他现在不能去见乌兰娜。虽然大姨姐萨仁陶丽看他一个人忙不过来，时不时地抽空过来帮忙，但所有东西都没了秩序，屋里屋外、院子、棚子乱作一团。正好那天有两头母牛下了牛犊，想问问妻子这是今年的第几个牛犊，打电话过去时那边说："如果认得阿拉伯数字的话自己数一数，再给那两个牛犊挂上标识。"为了完成这个任务又忙了两个小时。人工配种的母牛大概285天左右下犊，这几天好像故意要为难阿拉坦索纳格似的，好几个都有了下犊的征兆，有的坐立不安地在棚舍墙上蹭身子，有的卧在角落里一点不动弹，貌似要考验主人的耐心。

当年固执地只要本地牛的阿拉坦索纳格的想法已经变了。他尝到了育肥牛的收益甜头，到现在才明白这些收益是他妻子通过辛勤劳作换回来的。妻子回来后，不一会儿就把家里收拾得妥妥当当，看她频频进出红花老牦牛的棚子偷偷掉眼泪，阿拉坦索纳格也心酸了。下午又接到了乌兰娜的电话，但他还是没动身。霍恩其木格将车钥匙捻在手里转了几圈说："给。"看着妻子转车钥匙时，他的眼神和心也跟着急速打转，这让他清楚地明白自己的生活有两种不同的结局，要么在圈内转，要么在圈外转。最终他说："不要。"霍恩其木格死死地盯着他说："你自己决定。""如果你能原谅我……"阿拉坦索纳格说话时不敢与妻子对视，但最终坚决地说，"即使不原谅，我也哪儿都不去。"

阿拉坦索纳格越是明白妻子给予老牤牛最大照拂的意义，他就越是使出所有的兽医技术治疗老牤牛。对老牤牛如此负责任是在弥补自己这些年对家庭责任的缺失，那些一同饮酒作乐的妇女们温暖的眼神、柔软的手、浮躁无耻的心以及对乌兰娜的恨，或者自我包装出来的肤浅的爱恋，都逐渐被摧毁了。托主人的悉心照料和药物支撑，老牤牛安然度过了春夏，到深秋时虽然还健在，但瘦弱得简直就剩皮包骨了，眼睛还不停地流眼泪。

日子就这样一天天过去，所有东西都在变化，青照日格的眼神也在发生变化。以前那个温和又带点忧郁的眼神也因为合作社、肉店、结算、规划、宣传、引领等数不尽的事务，忙得连眨眼的时间都没了，碰到霍恩其木格也是捎带瞄一眼就忙去了。他在国家税务总局注册了商标，市区繁华的商业街开了品牌肉店，妻子苏丹和另两位妇女负责肉店销售业务。此店开业后，由于经营权归村集体所有，所以青照日格提议让妇联主任霍恩其木格管理肉店经营事务。但是霍恩其木格未接受此提议。她说："我还是在基地待着吧，提供原材料的能力我还是有的。"青照日格生气地望着她说："好吧，早知道你不会听我的。你那自我意识已经越过院墙飞向蓝天了……"

我说了要留在基地棚舍了，怎么就飞向蓝天了？霍恩其木格会后还不解地想。前段时间她向领导提出成立奶食品合作社的建议时，青照日格以利润太低为由打断了她的话。再问可否将肉食、奶食双线经营时，青照日格以人力不足为由又堵住了此话题。主要是市场上肉价高，圈养育肥的牛营养充足，几乎都肥得流油了，所以肉食合作社明显是为追求更多的利润而忽略利润少的奶食。在此事上意见存在差异，青照日格生气也是能理解的。但是霍恩其木格开始表露自己的所思所想，不仅在生活上，也不仅是对自己饲养的畜牧，而是对合作社的畜群也提建议这事惊到了青照日格，她甚至在合作社众人面前几乎都能划定志向、指引道路了，这点让青照日格很焦虑。霍恩其木格真的不是他思想的跟随者了。明知治不好红花老牤牛了，可还要每日输液硬给吊着一口气，她弟弟散斯尔看到后，领来了牛贩子跟姐姐纠缠让她把牛卖了。旁观的青照日格也支持散斯尔的观点说："已经治不好了。不想卖给牛贩子，就卖给合作社吧！虽然老了，但也能出三百斤肉呢，也是不错的收入呀……"听到这样的劝说之词，霍恩其木格疑惑地看着他，青照日格察觉到那眼神里是从未有过的愤怒、鄙视。自此开始他与这位女邻居相处时态度变得生疏、冷淡，更主要的是还带着怨气，这些是从青照日格心里流出来的情绪。

对霍恩其木格而言也一样。青照日格给出宰杀老牤牛的建议让她由心底打冷战。她很爱那头从牛犊时期起就如疼爱孩子般喂养大的牛。虽然喂养牛羊是为了获取收入，但非要宰杀卖掉它们来盈利吗？她开始寻找其他的收益渠道，也就是奶食销售渠道，她早已在内心规划好了：本地牛的奶只够供自己食用，费这么多汗水圈养育肥的改良牛的奶制品不是更符合时代需求吗？其他地区以此致富的案例在网上不是也很多吗？榜样的力量是无穷的。

六

立志想当个睿智公民的霍恩其木格想制作、提炼世界上最优质的奶食品。她丈夫很支持她的做法，嘴里嘟囔着："对牧民而言，以奶食进入市场是最直接的途径！"这话被霍恩其木格听到了，她诧异地笑着说："自打一起生活以来，这是你说过的最精明的话，也是我最爱听的话。"

阿拉坦索纳格在很短的时间内明白了应该如何珍惜生活。就像流浪的人看到村庄会突然加快脚步一样，漂泊不定的心被劳动改造着。他和妻子一起劳作着，又恢复了刚结婚时的那种积极性。他明白了自己对于乌兰娜，特别是对阿穆隆犯下了不可原谅的错误。劳作能让他忘记所有，记录好每头牛的配种日期、牛耳上打印记等事情，配种成功与否、什么时候下犊等，都在专门的记录本上连带牛的花色一起记录得清清楚楚。他还跟青照日格说想无报酬地为合作社提供服务，又吐露了想建立奶食品加工厂的想法。看着丈夫的变化，霍恩其木格的心也逐渐暖和了。

在初冬初二吉祥日，用霍恩其木格的名字注册，拿到经营许可证的农村经济奶食品制作厂正式开门营业了。他们对弃用许久的学校院落进行修缮，将顶棚换成彩钢，破窗、断墙该补的补该换的换，在天气变冷前给房屋整体涂上了蓝色漆，并将此房命名为非常有寓意的"天空色的房子"。变成了天空的颜色，长生天也会保佑吧，以自然界最宽阔的颜色命名也表明他们的精神探索。给天空色的房子铺上干净整洁的地板，边角都包得很细致，别说老鼠，连蚯蚓都钻不进来。屋子里有专门放牛奶的大厅，用于发酵原材料的各式各样的盆和桶陈列着；通风的那间屋里放置着多层架子罩了纱布；每个灶和炉子上都配有铁锅。谈好了工资待遇的几名妇女穿着制服在忙碌。

如此一来，红牛之乡有了肉业和奶食两个生产点，而且效益都摆在大家眼前，所以周边乡邻都被这个潮流带动起来了。就像南方人把山林河湖里长的竹子、芦苇等编织成精致的手工艺品或者用带有香味的树制造饰品等进入市场一样，北方的农牧民也用庄稼育肥了牛羊，以牛羊得利，高兴得额头、眉毛都舒展开了。霍恩其木格不仅联系几户外出打工的人叫他们回来，也给乌兰娜打电话邀请她来奶食品厂工作。但是乌兰娜未接受邀请，一来与阿拉坦索纳格的种种让她那颗受伤的心隐隐作痛，还未痊愈；二来又放不下在城里生活的愿望。散斯尔知道这件事情之后嘲讽姐姐说："我三年的合约可还没到呢，要是来了让乌兰娜去你家住？"乌兰娜也在微信上发来语音说："如果在市里开奶食品专营店，没人给看管的话我可以考虑一下。"她虽然这么说，霍恩其木格也不相信她会来。虽然她无法拿丈夫与乌兰娜的关系来和自己与青照日格之间的关系做比较，但是也不知如何解释自己与这位男邻居之间的眼神交流，以及一直以来接受他的帮扶、支持等。因此，她感觉无法用道德评判他俩的关系，或许只有原谅才是治愈这一切的良药。

　　蓝颜知己、生活的领路人青照日格，现在已不像从前。他不曾忘记是自己指引着这只生活在家庭小圈子和牛羊圈里忧伤劳作的小鸟，让她领略到草原清新的空气和理想能到达的地方。作为回报虽然没想过其他，但是每每都宽慰于这种心理上的满足，有可能是因为自己在内心里把她构筑成了完美女人的形象来看待吧。可是那个勤劳可爱的小鸟现在如何了呢？早就飞离了他内心的空间，去构建属于自己的新领地了。站在高兴和埋怨岔路口的青照日格，作为带领着二百多户人家的领导者，也不能忽略了为奶食品厂急先锋阿拉坦索纳格夫妇俩提供便利条件。如果以前是出于私心帮助这位女邻居，那么现在是为了村集体利益，也就是说他明白为了村里的繁荣发展理应支持这夫妇俩。他惊奇地看着位于东南边那天空色的房子，欣赏着那高耸的烟囱冒着青烟，袅袅地升上天空徐徐地飘散，看着看着不由得笑了。

想入股奶食品厂，换句话说就是想入股二姐建立的公司的散斯尔，巴结姐姐，又给姐夫送了些礼品，但都没成。知道弟弟是那种还没付出就想着要得利的人，所以霍恩其木格提醒他先留意一下销售渠道，研究一下市场情况。阿拉坦索纳格也认为散斯尔够精明，同意他只要不动歪脑筋，销往市场的成品都可以给他拿一些提成。散斯尔虽然埋怨亲姐把他当外人，但也怪自己没能取得姐姐足够的信任。他为了改掉自己这不安定、不沉稳的性格，又一次奔向城市，将市里的奶食店都一一清点记录好，研究他们的货源，想尽一切办法做宣传，甚至逛遍街道上的批发点、超市、居民小区，还向大家分发如果不吃奶食，身体会像柳条般弱不禁风的传单。

散斯尔的努力没白费。刚开始是少量的订单，不久就变成大订单，随着买卖日益红火，散斯尔把承包的牛羊等都委托给姐夫，像是车主般开着天空色的房子新买的货车在城市与乡村间奔波。村里的奶食一时声名鹊起，作为纯粹、天然产品被大家所知晓。霍恩其木格和青照日格讨论关于用营业执照及无公害绿色认证去工商局办理专利的事宜时，青照日格笑着说："我再不努力就要落后于你喽。正好趁此机会，给我们合作社牛肉也申请专利……"青照日格知道牛肉干的利润也是很高的，所以他想为合作社增加一项新项目，就是初步完成制作自然风干牛肉的计划，开拓销售渠道的重任也委托给了散斯尔，因为他看出来散斯尔已经用自己的特长奔向了更广阔的领域。对于他们姐弟俩，感觉自己欠他们似的，心里总想引导、支持他们，也许是自己目标高的原因，或者是他们身上有异于他人的吸引力，总之青照日格用信任的眼光看向散斯尔。

七

初冬时节，天空时不时阴沉着，天气骤变。在寂静的大自然中生存的人们，在大自然的威力面前除了叹气束手无策。天气预报也满是雪霜的消息，政府提倡各界做好抗雪灾准备时还真的就静静飘起了雪花。绵柔的白雪纷纷扬扬飘了半天，森林、楼宇、房屋、荒野都变成了白色的童话世界。即使这样，飘洒着的雪花依然没有停下来的意思，下了整整两天两夜。人们都窝在房里，学校也在网上发布了放假的消息。

青照日格虽然在群里频繁提醒社员们，多多观察牛羊棚舍，及时清理牛羊棚圈里的积雪，但是积雪已经没过膝盖，连走路都困难了，房门打不开了，家畜被困在窝里，不断有牛羊棚圈坍塌的消息传来。下雪的第二天，他为了和会计一起整理账目去了合作社办公点后被困在办公室了。刚开始还想着在等雪停的这段时间里努力把账目都整理清楚，一直奋斗到了半夜，外面已经成了冰雪世界，都分不清哪边是回家的路。他拿起铲子、扫把想开出一条路，但终究没成功，只好退回了办公室。天亮时外面的光亮已经无法从窗户透进来，因为积雪已经把窗户给盖住了。青照日格给手机充电的同时还一直在微信群里发消息号召大家抗击雪灾。据说十来户牧民的牛羊棚都坍塌了。这时阿拉坦索纳格给他来电，急急忙忙地说自己的东院邻居，也就是阿穆隆家的棚也塌了，把羊群都压住了，他和霍恩其木格正在全力除雪施救呢。青照日格拿着快要耗尽电量的手机给旗委相关单位打电话，请求紧急救援后又想方设法地琢磨怎么从办公室出去。

散斯尔本在市里跑市场，刚好被困在那儿了。在奶食品厂的萨仁陶丽想要赶在大雪前回家帮丈夫，可现在却失去了联系。姐姐、姐夫的手机昨晚还能通电话，而且霍恩其木格还一再提醒他们清理棚舍的积雪。但是姐姐轻声说："我回来时他已经喝醉了……"说完叹了口气。问起为何老是喝醉，"应该是想家了所以才会这样吧。"说完姐姐又叹了口气。到了早晨两人的电话都打不通，能看到坍塌的棚舍趴在那儿。积雪都到脖颈了，除了在积雪中挖通道爬过去外没有其他办法。霍恩其木格拿着铁锹从家门口开始挖，挖出了一条能过一人的窄道，挖到姐姐大门口时已花了整整两个小时。在那儿他们看到坍塌的棚舍、被树干石头之类砸倒的牛、手里拿着奶嘴一动不动坐在那儿的萨仁陶丽，还在她旁边挖出了被顶梁柱子压到腰身躺在那儿的萨仁陶丽的丈夫。

到了第四天雪停了，救灾队陆续赶到。将近一周时间不知藏到宇宙哪个角落的太阳，洒下万丈光芒，照耀着白玉般的世界，温暖了大地。抗灾队员们统计灾害中死伤的家畜，上过家畜保险的报给村委，青照日格又立即报给旗县。没上保险抱有侥幸心理想省下那点保险费的牧户此刻后悔不已，也明白了不跟着政策走连享福的机会都没有。散斯尔更是像丢了魂一样和二姐一起忙着照顾大姐和大姐夫。阿穆隆家的二十来头牛羊被压死这件事，让散斯尔犯难了。

把二姐的提醒当耳旁风没上家畜保险的散斯尔，现在落到需赔偿巨额损失，心里发怵。大姐腿残了，大姐夫脊椎受伤，终生只能在轮椅上度过。这让他对生活失去了信心，在医院走廊里揪着头发坐了半天，又去如同冰雪世界般的树林里走了一会儿。一直踩着沙沙作响的雪走到树林尽头时，突然愣住不知道往哪儿走了。想到走出这片林子该怎么办时，心脏突突跳着，脑子里突然闪过就这样逃离再也不回来的想法。正好在此时嘎查达青照日格来电话说："我们合作社的社员们商讨了一番，决定给予你一些帮助……"

散斯尔羞愧于自己刚刚还有逃离的想法，蹲下来掩面哭了。他这些年一直不顺，但想想那些关心自己的淳朴牧民们他就感到欣慰。踩着沙沙作响的雪把自己凡事都想要获利，却实际总是在亏损的过往全都审视了一遍。是的，一直在亏损，要说获利唯独就这次，淳朴牧民们的善意，是他这次获得的巨大收获！

霍恩其木格也回忆着这一切，无声地担起照顾姐姐、姐夫的责任，还将弟弟走到如今这般困境的责任归到了自己身上。一直以来她向某人学着如何提点、规劝和引领他人走向光明生活的智慧，如何以极小的可能博出大收获的智慧，既然自己学会了就要传递下去。就因为是亲弟弟，所以以指责为主，忽略了用智慧引人，任由弟弟困顿地在这社会激流中沉浮。爱可以解决一切，有力地将每一股小流汇成道德大海。当青照日格向她弟弟伸出援手时她领悟到了这道理。充当她生活导师的那个人，表面上好像有些疏离她了，但实际上还在继续教导她。

现在道路通畅了，把姐姐、姐夫交给弟弟回趟家也很方便。每家每户都在清除院里的积雪，村前的矮坡上都形成雪山冰峰了。人们都预言着开春时这里土地湿润，来年庄稼定能丰收。霍恩其木格到家时，阿拉坦索纳格正在紧挨着房子的老牤牛圈里忙活。老牤牛已经冻僵了。霍恩其木格此生都不会忘记，老牤牛几乎整年都靠着输液吊着一口气儿，这都是丈夫的功劳。她非常伤心但很平静地看着老牤牛，突然，她看见冻牛粪里有个东西闪着金光。

正是那个曾经吹牛要把妻子镀一层金的丈夫给买的金手镯，是懊悔还不如用来交换个怀有牛犊的母牛的金手镯，是对上丈夫怀疑的眼神也无法保证说掉到青贮圈里了的那个金手镯。阿拉坦索纳格也疑惑地看向妻子，用眼神询问，霍恩其木格摇摇头难过地嘟囔着："早春也就去市里住三天的空当，这家伙就吞金子了。可是怎么能在你的胃里储存这么长时间呀？"他们把老牤牛拉到前坡，将头朝着太阳升起的方向埋了，让它结束了作为牛的一生。

人们和自然灾害对抗着，接受各方驰援的同时以各自的方式感恩着生活，为了美好的未来他们更具信心地奋斗着。天空色的房子飘出乳香，原野、山坡、期盼春风的树木，连突然堆起来的雪堆也都沉醉于这洁净的饮食，就像叙述古老的历史似的沉稳伫立着。村里肉食奶食基地都要向天空色的房子靠拢的消息流传着，而且人们还谈论要开全社社员大会了。

霍恩其木格再次整理心情望过去，天空色的房子烟囱里冒出的青烟看起来像宏伟的云图一般腾起，或许这是在隐喻那随着云和空气飘散开的炊烟奔向了长生天。

原载《花的原野》2022 年第 2 期

译于 2022 年

阿妈的秘方

浩尼沁 · 巴雅斯呼楞　著

特木热　译

巴雅斯呼楞

笔名浩尼沁·巴雅斯呼楞，蒙古族，七〇后，内蒙古自治区鄂尔多斯市杭锦旗人，现任杭锦旗文联副主席。发表小说、散文、儿童文学等一百多篇，著有纪实文集《牧民的生活》《家乡人》，儿童童话集《月亮妈妈》《聪明的小白兔》《城市老鼠、乡村老鼠、博士老鼠》等。获得各类奖项二十多项。

敖福全

笔名特木热，1964年12月出生于内蒙古自治区呼伦贝尔盟新巴尔虎右旗。中国手风琴家协会会员，内蒙古翻译家协会理事，呼伦贝尔市翻译家协会主席。先后在《民族文学》《骏马》等文学期刊发表短篇小说、散文等，译著有《蒙古国当代优秀短篇小说选》。

明天去上学

朝北面走着的羊群，没有翻越大洼地北边的阳面大坡，转过头停留在坡面上吃牧草。我和阿妈也顺势坐在两棵大树的树荫下。正午的太阳从头顶上炙烤着，令人难耐。这片树荫很小，小得像一件没有系扣子的敞着怀的短上衣，可如果没有这片树荫，那可就待不住了。没有被阴影覆盖的地方就像锅底蒸发着热气一般。天空中一片云朵也没有，山梁上呈现着黄绿相间的色彩，在黄绿相间的色彩中游动的羊群，就像阿妈酿制的嗜酸奶油一样泛着白光。

"秋天来得早啊！"阿妈说完抚摸着我的头。

我心如刀绞，眼含泪水枕着阿妈的膝盖躺着，将目光移向远处。阿妈没有再说什么，这反而像在伤口上撒盐。也许是近日来心情不好的原因，什么东西都想多看一眼，看什么都那么令人留恋、那么美好，拿什么都舍不得放下。这会儿，从眼角流出的泪水要滴在阿妈的膝盖上了，我赶紧擦干泪水，不想让阿妈看到我的眼泪。

阿妈还在抚摸我的头，然后用干瘦的中指轻轻拍着我的身子，嘴里还在哼着什么。我静静地听了一会儿，原来唱的是民歌《登吉图陶海》。这真让人生气，也真让人伤心，我明天就要走了，阿妈却在哼着歌。

"怎么了？孩子？"阿妈问道。还能怎么样呢，你儿子是在哭泣呀。

一条小蜥蜴朝我爬来，我把脚伸了过去，这臭家伙竟然低着头爬了上来，我用木棍把它的头挑向另一边。这家伙，不把它的头朝向另一面，它是不会走的。

"孩子！过来。来，阿妈看看。"

阿妈在叫我。我想站在原地不动，可又不能这样，只好低着头走了过去。

"哎，儿子！"阿妈说着，把我搂在怀里，这会儿我就像等待着这一时刻似的情不自禁地放声大哭起来。我的泪水浸湿了阿妈的衣襟，阿妈就这样怜爱着我，我也一直在哭泣。

阿妈从来不训斥我，每当这样的时候她总是哄着我，不多说话，默默地抚摸我的头，还不时地叹气。我安静下来后，她就会说几句话。那几句话，我早已铭记于心。

"儿子啊，你不去学校怎么能行啊？像阿妈这样不识字，当个睁眼瞎好吗？阿妈知道，你是因为想家才不愿去学校的，而不是因为不爱学习呀。可是，不去学校又怎么能学文化呢？阿妈又不是会教书的人。以后没有文化的人是难以生存的。等你长大了就会理解阿妈的用心了，也许现在跟在阿妈身边感到幸福美好，可是，以后会埋怨阿妈的。阿妈为了不想把这个埋怨和遗憾留给儿子，这才让你去学校读书。学问高了，别人不说自己也会知道的。我儿子要多读书，阿妈听到你的好消息，或者看到你的成绩后会高兴的。你不愿意让阿妈高兴吗？我的儿子，如果你爱听阿妈的话，就好好学习。因为阿妈太爱儿子了，所以才努力着让你去学习成才。你跟阿爸说的那句话是对的，阿妈理解，就因为理解才让你爷爷、奶奶跟你一起去陪读，想来这样能减轻你想家的心理负担哪。现在要升入三年级，然后就进入初中、高中、大学。不知不觉中，儿子就会长大，阿妈要亲吻你的额头都够不着了，你要弯腰阿妈踮起脚才能亲吻你的额头。到那个时候，我儿子还能让阿妈亲吻吗？"

我点点头。到那时阿妈一定会更加疼爱我，她会说："可怜的孩子，会让我亲吻的。我儿子就是长出络腮胡子，那在阿妈的眼里还是个孩子啊。"她会眼含泪水，紧紧拥抱着我，摇晃着，就像我还在摇篮里似的。这会儿，我流着泪，没有力气回答阿妈的问话。

几天前，我不想离开家哭泣的时候，阿爸在旁边看着，批评道："快要走了还哭哭啼啼，这样的孩子以后会有什么出息呢。"奶奶在旁边说："去，能这样说孩子吗？这么大了还不会说话。"她向阿爸使了个眼色，接着说，"来，可怜的孙子，奶奶看看，过来。孙子在家是这样，到了学校很快就会信心百倍的，对吧。"在奶奶的眼里"不会说话"的阿爸这时知道自己错了，不知再说什么好，我抢先说道："想念阿爸、阿妈而哭泣的孩子有什么不对呢？"阿爸不知所措，只好出去了。

在从大洼地北面向南伸出的乌兰奴日山顶上，我在阿妈的怀里哭了好久，阿妈也把要说的话都说了。不知道为什么，我无法跟阿妈开口说"我不想去学校"这句话。哭鼻子是有原因的，想家也是个借口。耳边和脸颊能感受到阿妈的呼吸，我抬头看着阿妈。阿妈久久地望着牧群，深深地吸了口气。我在课堂上想家要流泪的时候就是这样的，阿妈是在流眼泪吗？

"阿妈！"

"怎么了，儿子！"

阿妈没有看我，目光仍然停留在远处吃草的羊群那里。我看不到她的眼睛，可是她的右手还在抚摸着我的头，左手抱着我的后背，好像怕失去了我似的。接着她把我从自己的怀抱中推开，双手抓着我的肩膀，我奇怪地看着她，我俩的目光对视在一起，阿妈的眼圈红了。

"孩子！"

"嗯？"

阿妈深深吸了口气，说："看一看我儿子是怎么想阿妈的，行吗？"她歪着头，用一双大眼睛审视着我。

我吸了吸鼻涕，说："我在学校，阿妈在家，阿妈怎么能知道我想家呢？"

"这个容易啊，你读书吧，只要你想阿妈了就读书，阿妈可以通过你读的书的数量来了解你有多么想念阿妈。"阿妈说着拿出了一个棕色的小笔记本。我在哪儿见过这个笔记本来着？忘记了。阿妈接着说道："把阅读过的书的书名写在这个笔记本上，把我儿子有多么想念阿妈，还有阿妈多么想念儿子的情况，都记在这个笔记本里。"

我的泪眼陡然明亮起来。

"阿妈能读书了吗？"

"不能，阿妈会用别的方法记录多么想念儿子。"

这个办法能行吗？如果我记录了，又要汇报我有多么想念阿妈的事儿，不知阿妈会多么为我伤心……这会儿，我有了赶紧去学校的想法，可是，一想到要离开阿妈……

"孩子啊，咱俩把羊群赶回家吧，回去准备东西。"

阿妈说话的时候我吸了吸鼻涕，说："不嘛，今天我不想离开阿妈，哪儿也不去。"

"唉，好吧，就这样。"阿妈说道。

阿妈给的笔记本

"孩子想念阿妈了就给他买书阅读！"阿妈把买书的钱交给了奶奶。

去学校那天，我对阿爸、阿妈、家里的一切轻轻私语着："再见了！请你们都安然无恙地等我回来吧！"就这样离开了家。我舍不得离开这心爱的一切，那天我很伤感。

阿爸和阿妈站在家门口，一直目送我们消失在地平线上，这情景，我至今记忆犹新。不过，那天我没有哭，泪水都让我咽下去了。我们邻家的其格秋海，也由她阿爸、阿妈送去上学，所以我和爷爷、奶奶三人就跟他们一起走的。她们家人常说要让我做她家的女婿，我家人也常说要其格秋海做我家的儿媳，所以，我怎么能哭着走呢。"我家姑爷子要成为三年级的学生了？"我的"岳父"旺楚克斯抚摸着我的头说道。其格秋海和我是同年出生的。我正月春节出生，而她是当年元旦出生，算是凑数的孩子。

可是，家乡草原的长辈们却把我们俩看成是年初岁尾出生的同年的"羔子"，认为是吉兆。

她家人看她是女孩儿，所以娇惯着，含在嘴里怕化了，捧在手里怕摔了。而我阿爸、阿妈不是这样。阿爸总是把我看成跟他一样的男子汉。所以，我比其格秋海早上两年学，可是其格秋海还像个幼儿园的孩子一样，手指还放在嘴里，也不在乎什么事情。

她阿妈说她"别那样"时，她就会把手指拿出来，用沾满口水的手拿着梨递给我，说："哥哥，梨。"像她这样的孩子能去上学吗？

我把阿妈给我的笔记本摆放在自己的课桌上。这个小课桌，是阿爸从一位朋友那里弄来的。送桌子的那位叔叔抚摸着我的头，说："我是从这个课桌上飞走的，这是一个能赐予你翅膀的神奇的桌子呀。现在叔叔把它送给你，希望你从这里飞翔得更高！"还说什么飞翔呢，我真想趴在这个桌子上痛哭一场。我做完作业后，如果实在想念阿爸和阿妈的时候，就趴在桌子上哭一阵子。我睡着了或者醒来时，小桌子总是摆放在床上。爷爷和奶奶说："这孩子哭着睡着了。"

因为爷爷、奶奶在照看我，所以我就不用住校了。在学校附近租了个小房子住着。从这里到学校很方便，爷爷或者奶奶把我领过马路后，我就能自己跑到学校。我每次回头看时他们总是站在那里望着我，也不知道是什么时候回去的，等我回家的时候他俩在屋里叽里咕噜交谈着、忙活着什么。

我用双手捧起棕色的笔记本，嗅着阿妈的手握过的地方，想到阿妈是这样拿着送给我的时候，眼泪就不禁要流出来。学校刚开学的那几天也是最想家的日子。阿爸、阿妈的声音总是萦绕在耳边，他们的笑容也总会浮现在眼前。有的时候看着爷爷、奶奶就像看到了阿爸和阿妈似的。

"去书店吗？"我说。

"稍等一等，喝点热茶再走吧。心里有点发闷，眼前发花。"进屋后就忙活着烧水的爷爷说道。正在整理从家里带来的物品的奶奶在旁边说：

"哎，孩子说要去买书，那个地方在哪里啊？跟奶奶去能找到吗？"这明显是在护着我。

"好吧，你俩从书店回来的时候，我也把奶茶煮好等你们了，这样可以吗？"爷爷打趣地说道。

就这样，我有了属于我自己的书籍。阿妈说过让我一开始不要买厚书，先买薄点的书，文字不多的，有图画的书。我也喜欢这样的书，既可以阅读文字也可以描摹图画书上的图画。我选了整整十五本图书，都是跟我手指一般厚的。有黑白图画的也有彩色图画的，真是好书啊。我选好书后奶奶就帮我拿着。

"我的孩子，这么多的书，什么时候能看完哪。"奶奶惊讶地问道。然而我不到一周就能读完的。早上、中午、晚上，只要有空闲时间我就看书。上课的时候我没有时间想家，而且课堂上想家是不好的。不知道老师讲了什么，身在课堂上而心早已回到了家里，老师点名的时候还吓一跳，不知老师问了什么问题，这样会被同学嘲笑的。我们班上有几名这样的同学。

我听从阿妈的话，先挑最薄的书阅读。开始是音标标注阅读，是印刷体，很难读，蒙古文手写的字读起来就容易多了。遇到不懂的字词就问爷爷，爷爷也不知道的就翻字典。后来渐渐地问爷爷的少了，翻字典的时候多了。因为爷爷拿着我标记的生字时，就会戴上老花镜靠近了看一会儿，又放远了再看一会儿，那样折腾还不如我翻阅字典了。休息的时间是很充实的，连续阅读了几本书后，我读书的进度也快了起来。

起初，我喜欢画册。我读完书后立刻在阿妈送给我的棕色笔记本上记录好阅读过的书名。这个小笔记本能有我的手指一般厚，每页上有十二行，正反面都可以写。我读到了《聪明的小白兔》一书，是从同学那里借来的。这书没有彩色，图画少文字多，越读越有兴趣。尤其让人新奇的是，书里的刺猬、兔子、狐狸、狼，甚至连臭气熏天的黄鼠狼都会说话。

对我每到周六日就去逛书店，爷爷也许犹豫过。奶奶总说爷爷是"小气鬼"，这也许是真的。因为奶奶做手擀面的时候，爷爷就说："放了那么多肉，怎么吃起来一点味道也没有，就像在水里泡了一下拿出来的，真难吃。"每到这时候奶奶就取笑他，说："吃饭的时候还斤斤计较，这个习惯不好。"不过，爷爷对我不是这样的，给我买书的时候，爷爷从不缩手缩脚。我要买什么就给买什么，把对待奶奶的态度完全抛在一边。因此，奶奶在一旁说：

"我可爱的孩子，让你爷爷见识见识。"

我不知道让爷爷见识什么，迷茫地看着奶奶。奶奶说道：

"先读一读，再给他解说书上的内容。就让他这么见识，看看你爷爷能说什么？"

我当时正在读童话故事《白雪公主》。是一本图画少而文字多的书。我把《白雪公主》读给爷爷奶奶听。读完后，爷爷正要亲吻我的前额。我说："等一等。"接着开始给爷爷奶奶讲解故事中蕴含的道理。奶奶听着听着，伤心地流着泪，哽咽着说："唉，又是个后娘养的孩子……"我很心疼奶奶，奶奶爱哭，只要听到一些悲伤的事情就会坐在一边抹眼泪。我突然意识到，过去是爷爷奶奶讲着故事让我入睡，现在跟阿妈有了约定之后，自己沉迷于阅读冷落了爷爷奶奶。我已经能给爷爷奶奶讲故事来哄他们了，或者把读到的东西当作收获讲给他们听。爷爷经常看电视，当我放学回来时他就会关掉电视。然后说：

"好了，我的'故事囊'，又给爷爷带来什么好故事了？"每当这个时候，总要护着我的奶奶会说：

"让孩子休息一会儿，先让他吃饭再说。"

爷爷是个喜欢听故事的人。奶奶也不甘落后，她虽然这么说爷爷，自己却也坐在爷爷身边，一字不落地听我讲起故事来。有一次我在讲《蛤蟆小子的故事》时卡住了，这时候爷爷帮我接续了故事。我惊奇地问："您知道这个故事吗？"爷爷说："是从你讲的故事里联想到的，我想起你太爷爷给我讲过类似的故事。"从太爷爷到爷爷，从爷爷到阿爸，从阿爸到我，故事可真是个长寿的生命啊！

我有时间就阅读从书店买来的书籍，渐渐不想家了，确实是那样。读书时别说想家了，就连饿肚子都给忘了。但闲暇时就会想家，觉得从家乡方向吹来的风都是那样令人心旷神怡。想到这是从阿爸阿妈那里吹来的风，眼前就会浮现出阿爸阿妈的笑容。有时候甚至听不到爷爷奶奶在叫我。

"孩子啊！很晚了，回去洗漱睡觉吧！"我蓦地发现爷爷奶奶站在我身边怜惜地说道。

"我想家啦，爷爷！"我回答。

"唉，我的孩子，想家呀，想家。这么小的孩子怎么能不想家呢。"爷爷说着抚摸着我的头，亲了亲我的前额，就这样把我领回家去。这种情况出现过多次。

现在好了，阿妈送给我的棕色笔记本上浸透着她的气味儿，还有她说的话。我想："回家之前真应该把这个笔记本写满。"可是，要写满还需要很长时间，还差很多呀。一定要让阿妈看到我是多么想念她。

班级里的故事王

到了三年级的时候，语文老师给了我们一个新的任务，每节课都要有一位同学站到全班同学面前讲一个短故事，这是让多数同学头疼的事。说起要讲故事，多数同学就会张着嘴，搔着头，没有别的办法。

"这节课谁来讲故事？"当老师问大家时我最先举了手。"好的，我们的德力格尔牧仁，你先来讲个故事吧。"我讲了《聪明的小白兔》中的《蜻蜓》。老师说要讲短故事，所以就选了这个故事，不然，我想讲《蛤蟆小子的故事》。如果讲这个故事，我也许会讲到下课。我讲完故事，正要走下讲台时，站在旁边津津有味地听我讲故事的老师，捋了捋漂亮的长发，"等一等，稍等一下！"她说着急忙走上讲台，"你理解自己讲的故事的含义吗？"我想，会讲的故事还能不懂其中的含义吗？我自信地说："理解呀，这是不帮助别人的话，别人也不会帮助你的故事。"我刚说完，老师露出迷人的笑容，说道："千真万确，你帮助了别人，别人才会帮助你。"老师说完又似乎挺惊讶地问道："哎，蜻蜓怎么会说话呢？是谁教会它说话的？"这是老师在检验我们。"把它写成跟人一样。""这是拟人的写法。"大家你一句、我一句地抢着回答。我不知道这是老师在问我还是在问大家。我的答案是后者："拟人的写作方法。"

老师仍然没有让我走下讲台，她跟我并排站着，说："我们的德力格尔牧仁在这个学期进步很大，老师想让你担任班级的'故事委员'，你愿意吗？"

这会儿我想起在一本书上读到的"付出才有回报"这句话。

"行！"

"好的，德力格尔牧仁自己同意了，大家看看，可以吗？"老师问全班同学。

"可以！"同学们异口同声地回答。

"好，祝贺我们新任命的委员！"

我在大家的掌声中当上了故事委员，这是我的第五个职务。除此之外还有四个职务：组织站队的队长、管理班级用具的管理员、联络家长委员会成员的联络员，还有一个是什么来着？啊，是班级书柜的图书管理员。过去，班级里图书少的时候还好管理，现在图书越来越多了。谁拿来的，什么时候送来的，谁什么时候借走的，什么时候归还的，这些都需要登记。收到破损的书还需要修补，事情不断。

现在又走上新的工作岗位了，每上语文课都要有一位同学到讲台上讲故事。新的工作在繁忙中开始了，一周几节语文课，谁谁之后该由谁来讲什么故事等，组织筹备工作很多。把这些都安排好后，每位同学就知道什么时候轮到自己讲故事了。到时候老师会站在一旁听，给大家简单地点评故事讲得如何。同学们讲得都好的话，我也跟着高兴，如果出现结结巴巴的现象，我的脸也会发烧。这时候老师好像在用责备的眼神看着我似的。老师总会说："就像暴雨落下，能把地面冲出水洼一样，你们讲的故事也应该深深地扎根在同学们的心里。"

"语文课上学到的故事行吗？"

"这些故事都从哪里找到啊？"

"可以背诵吗？"

我经常遇到这些问题。我这份工作是跟所有人都有关的重要工作，过去跟我有点矛盾的同学也跟我和好了，我给同学们找故事集，课前还要试讲一遍，有的还需要帮助修改和补充。爷爷也成了我这份工作的帮手，他会像一个小学生一样坐在我的课桌前画表格。

"哎，有笔吗？这个破笔不出水了。'拉屎的狗耽误快跑的狗'啊。"爷爷说道。奶奶接着说："你刚才不是拿着一个别的笔在写吗？把那一支笔放到哪里去了？"奶奶帮着找。

"知道放哪儿了还会问你吗？"爷爷从花镜上面看着奶奶，没好气地说道。

"求人帮忙，嘴还那么臭。"奶奶说道。这会儿，爷爷奶奶出现了一点磕磕绊绊。他俩总是拌嘴又形影不离，我看到他们这样就想笑。他们做什么都是在为我努力。

我在课间操后的休息时间里小跑的时候，看到我们班的乌仁呼正面朝另一边站着。他也是几个想家了就哭鼻子的同学之一。还在泪流满面吗？我想着走了过去。他大概听到了有人过来，急忙用袖子擦着眼泪。

"你哭了吗？"

"没有！"

"你的眼睛证明你哭了。"

"是想家了，你怎么不哭了呀？"

"我呀？"我俩确实曾经背靠背站在墙角里哭泣过，"闲下来的时候不是想家吗？读书，阅读书籍，这样慢慢就不想家了。"

"这样管用吗？"乌仁呼红着眼圈回头看我。

"管用，我就用了这种办法。如果你不相信的话，晚上到我家看看。我在阿妈送给我的漂亮的笔记本上记录了我阅读过的书名。"

"是吗？"

"我走了！"

"不许告诉别人！"

"好的！"

当天晚上，乌仁呼来到我家做客。他是来学习经验的。我事先跟爷爷奶奶说过这事儿，所以准备了一些吃的。家里来了客人，既没有好脸儿，又没有茶水，那是不好的。我们对客人招待得很丰盛。奶奶把我爱吃的冰棍儿中最贵的一支拿给了客人。我赶紧咳嗽提醒她，奶奶却说："孩子，怎么了？嗓子痒痒了吗？那就别吃凉东西了。给你，喝点热茶吧。"说完，给我端来一碗热茶，给我同学一个冰棍儿。没有让我吃冰棍儿，这着实让我哭笑不得。吝啬鬼是不会有收获的，我想起在哪里读过："给了就有个给的样子，给完了就后悔，那给了东西也不会有好报，也不会再回来。"给完了就后悔，那给了就没有什么意义了。住在校外托管家庭的乌仁呼临走的时候说："你爷爷奶奶真是好人。"我听后高兴得把自己喜欢的一个笔记本赠送给他，说："你也像我一样读书吧，这是你想家的时候帮助你的良药。就是痛哭了，你阿爸和阿妈也不会来的，那样浪费时间还不如读书，这样还能有收获。"

爷爷奶奶的热情招待和我赠送笔记本着实让乌仁呼感动，托管家庭的阿姨来电话了，他只好不舍地回去了。

其格秋海

星期五的晚上，爷爷领着我把其格秋海接到我们的住处。她阿爸阿妈这一周不能来接她回家，所以委托我爷爷奶奶从学校接她回来，同时也告诉了老师。其格秋海在学校住宿，所以，进我家后非常拘谨，小心翼翼，不敢接近任何东西。后来她在奶奶和蔼的话语下开始放开了，说话声音也大了起来。我们虽然是同龄，但我以高年级同学的身份，处处让着她。她已经学会了蒙古文的元音字母以及字母的三种变法的连接，还学会了连接副词等知识。真是聪明的孩子，教什么会什么，加减法都不用手指头算，一问就能直接回答出结果来。她在班级里担任的职务比我多。数学课代表、站队的队长、养花委员、寝室长、值周长等。这些不是我问的，是奶奶让她说出来的。其格秋海不是简单回答问题，而是详细解说。

我悄悄拽了拽奶奶，让她去别的房间，说："其格秋海学得真好！"

奶奶点了点头，说道："她阿爸当时就是个学习好的孩子。

因为家里贫困，交不起学费而过早离开了学校。想来他当初也和其格秋海一样聪明。"

很快，其格秋海就像回到了自己的家里一样，趴在我的课桌上写起作业。我走到她跟前，用胳膊大概测量了一下，眼睛与作业本的距离有一尺多，腰身挺直得像我家面板似的。字迹工工整整，写得还挺大。我说："写得这么大呀？"她说："写大字以后笔体会好看，这是老师说的。"作业本已经用了一半，可仍然像新本子一样，不用说作业本的棱角折叠了，就连一点磨损都没有。学校的校服容易脏，可其格秋海的校服干干净净，没有丝毫的污点。我经过她身边的时候嗅到了头发里的味儿，不是发垢味儿，而是洗发水的香味。我感到奇怪，问道：

"是谁给你洗头了？"

"我自己呀。"

"撒谎，你自己会洗头发吗？"

"还有不会洗头发的学生吗？"其格秋海说着瞪大了眼睛。

我无言以对，自己老老实实坐在一边读起书来。再啰唆下去，自己不露馅，奶奶也会从旁边捅漏的，那该丢脸了。

"孩子啊，写完作业了吗？"奶奶问道。我用下巴向其格秋海示意了一下，说："写，我看完这本书就写。"我是想让奶奶知道其格秋海占用了我的桌子，我没有地方写作业了。还有就是想向其格秋海炫耀一下自己在读书。我拿出了一本厚厚的书读起来，比其格秋海的语文书厚两倍多。我一边读一边还用红笔画标记，旁边还放了一本词典，把自己喜欢的笔记本放在书下面，边读边记录。这个笔记本是我在班级讲故事比赛中获得第一名后，老师奖励给我的。

其格秋海写完作业整理完书包文具后看着我，她也是个完成了作业才安心的孩子。她来到我跟前翻看我的书本，又拿起我那获奖得来的笔记本翻看了一会儿，说：

"我也有这样的笔记本，是老师给的，上边还有红圈。为什么有红圈呢？从商店买的就没有这样的红圈，老师给的都有。哥哥，为什么老师给的就有红圈呀？"

我感到好笑，合上书说："这不是红圈，是印章。是学校给的凭证。"

"是吗？我得了三本有这样印章的笔记本了。"其格秋海看着我笑了。可能是想念阿妈哭过，她的眼睛里有红圈。

"你哭过吗？"

"哭了一会儿，哭得不厉害，说是下周来接我。"

"你阿爸吗？"

"不，阿爸阿妈一起来接！"其格秋海接着说，"哥哥，咱们听写生字吧。"

"从这本书上吗？"我指着手里的厚书问道。

"好啊！"

"可以，可以的，你俩听写吧，奶奶给你们做饭。"奶奶从一旁鼓励着我们。大概是因为其格秋海来家里的原因，奶奶比以往更忙碌了。

"你写过吗？"我问。

"学过了还能不会吗？"其格秋海笑着说。

她读，我写。本来我想当老师，现在放弃了这个想法，只好顺着她了。因为在接她回来的路上，爷爷用和蔼的口气对我说："这几天不能太任性了，要顺着其格秋海。她阿爸阿妈没能来接她，也许会心情不好，如果弄得又哭又闹，就得由你来哄她了。"
不过，我到现在为止也没有告诉其格秋海明天到饭店吃饭的好事
儿。我瞒着没说，是想在她蓦然想家哭闹起来的时候告诉她。把
所有的东西都抖搂出来，到时候就没东西了。

"好了，开始听写了！"其格秋海清了清嗓子，说，"把作业
本放好，拿好笔，听老师读词的时候应该注意什么呀？"我惊讶
地瞧着她，其格秋海也瞅着我。我出错了吗？我把身子坐直了，
她用手指在我眼睛和作业本之间比画了一下。哎呀，是在强调一
尺距离吗？我按她的要求坐好后她点头表示赞同，说："我慢点
儿读三遍，读第一遍的时候不写，但要思考怎么写；读第二遍的
时候开始写；读第三遍的时候看一看写得对不对，如果写对了就
举手，写错了就重写，明白了吗？"

"知道了，老师。"我回答道。

哇，怎么这么多的规矩呀，听着都感到厌烦了。要写，还要
举手，程序可真不少。

"其一日一脉一拉①一"她读的时候还瞅着我的手。

我坐在那里听得仔细，准备得也充分。

"其一日一脉一拉一"

我急忙写完了。

"其一日一脉一拉一"

我再次检查对错后举起了手。

其格秋海踮起脚看了看，奇怪地说："写得很好！不错的。"
接着开始读第二个字。

---

① 其日脉拉：蒙古语，努力。分解读音。

就这样，其格秋海当了一个晚上的老师，我当学生，一晚很快过去了。我想当老师，看了看爷爷奶奶，他俩就像没有耳朵，无动于衷。吃完饭后，其格秋海帮着奶奶洗刷锅碗，我休息片刻后也干了不少活儿。晚上洗漱的时候，其格秋海脚泡在水盆里靠着椅背睡着了。

"奶奶！"我轻轻地叫了声，用手指了指。

爷爷过去把她抱起来，轻轻放到床上的时候，她在睡梦中说了声："阿妈！"用手抱着爷爷的脖子。

开始写日记

我上一年级的时候，是阿爸阿妈在旗里陪读的。爷爷和奶奶在家里的牧场上侍弄牲畜。那时候阿妈在一个超市当营业员，阿爸在外打零工。阿妈倒没什么，她的工作也给爱吃零食的我带来了方便，我经常从超市买好东西吃，生的、熟的、热的、凉的、甜的、苦的，不缺零食。阿爸就可怜了，力气活儿一定是干够了。刚开始在建筑工地当力工，后来做技术工，还用三轮车推过东西，在饭店当过小工，什么活儿都干过。后来阿爸阿妈回到家乡草原料理牲畜，来接替他们的是爷爷和奶奶。我不清楚他们为什么回去了，问了他们也不告诉我。想来大概是适应不了这种流浪式的、忙乱无序的生活。我倒是挺喜欢阿妈的超市营业员和阿爸推三轮车的工作。坐在阿爸推的三轮车上，吃着从阿妈工作的超市里买来的零食，着实感到美好。我感到自己是一个最富有的孩子。我放假回家后不愿吃饭，过去是吃的，只是现在没有食欲，吃得少了。阿爸阿妈也尽量给我买一些我喜欢和愿意吃的东西。那个时候和现在比起来差距还是挺大的，我一边回想着一边伸手打开文具盒拿橡皮的时候，肚子又开始疼痛了。用手按了一会儿后好些了。我有这个毛病，好好的，肚子莫名其妙地自己就开始疼痛。怎么办呀？医生说是吃生冷食物和垃圾食品引起的，是胃凉，可是用手按着还是热乎的，就这样，我爱吃的、喜欢吃的那些食品都被禁吃了。即使让吃的时候也只是象征性地吃点而已。

爷爷奶奶在跟客人聊天，我在一旁写作业。客人都是我家租住房的邻居，也是来租房陪读的，有共同语言。他们能一直聊到晚上睡觉的时间。他们在叽里咕噜说着什么，我听得很清楚，但不会影响到我。他们聊他们的，我照样写我的作业。我感到肚子有些疼痛，这让我想起超市之类的事情，也就情不自禁地想起了阿爸和阿妈。阿妈总是叹着气伤感地说："是过于溺爱才把儿子的胃给伤着了。"主要是我闹着要吃，加之阿妈疼爱我没有控制住自己的善心，给我买了我喜欢吃的各种零食才导致的。开始疼就遭罪了，此后我就慢慢远离了那些垃圾食品。看到别的孩子吃零食的时候自己也想吃，可是，想起胃疼就只能忌口了。我不吃它们还能自己跑到我的嘴里吗？

起初，我写完作业时爷爷总要检查一番，现在不看了。有时候他弄错了，我俩甚至出现过争辩半天的事情。爷爷也是个怪人，认为自己对的，他是不撞南墙不回头。因此，我要获得认可就得耗费很多时间和精力。有时候还要给老师通电话，听完老师的解释以后，爷爷知道自己错了便很懊悔。后来大概是因为厌烦了，或许是因为奶奶总说他，弄得他不好意思。他不再检查我的作业，这让我省了不少心。不过，令人高兴的是我做什么爷爷都知道。他总是坐在我后面微笑着看着我。有时晚上教他点什么，第二天再问他的时候，已经忘得一干二净了。不过，我几点上什么课程，几点去接送之类，爷爷可记得牢靠。尤其是那几个课外辅导课，记得更清楚。什么时候付多少学费，什么时间上什么辅导班，就像刻在他的脑海里似的。

这样想来，他们也真是怪人。自己喜欢而没能学到的东西都强制着让我学习，好无奈。听说学一门乐器好，这就让我去学习马头琴，这是阿爸的爱好和兴趣。都说唱歌会使人变得聪明，就让我去学习声乐了，这是奶奶的功劳。说书法能使人修身养性，又让我参加了书法学习班，这是把老师的建议当成圣旨的阿妈的命令。动嘴的是他们，而行动的是我。哪一个是我自己选择的呢？这个是阿爸的，那个是奶奶的，另一个是阿妈的。我在代替他们学习呀。当我表现出反感的时候他们会说："以后对你都是有用的。"他们说的"以后"是什么时候呢？

可是，又能怎样呢？我想起了"不是你喜欢什么就去做什么事情，而是要学会把你的兴趣给予你正在做的事情"这句话，这句话给我力量。现在我也只能按照后半句努力了。人是出生时就注定了做什么，还是出生后才决定要做什么的呢？考虑这些是无聊的。这就像从阿妈工作的超市买的蓝色的塑料桶一样，人们往里装什么就决定它装什么了，不是自己能选择的。什么时候才能用得上呢？他们说哪一门课外辅导课都会帮助我变聪明和成熟。有一点倒是挺好，他们从来不阻止我玩耍。我也不是一个只顾玩耍的孩子，按爷爷的话说："玩耍的时候就要玩个筋疲力尽，学习的时候就要学得废寝忘食。"我是按照爷爷的要求做的孩子。

外边下雨就没法出去，那我就先写作业，然后等天晴了再出去玩个"筋疲力尽"。晚上想家就读书分散注意力，渐渐养成了读书的习惯。如果不读书就觉得缺少了什么，对不起谁，伤害着谁了似的。

周六我们班的同学巴图孙布尔要到我家里玩儿，这件事现在是不是该告诉爷爷奶奶了？不用，他们聊得正欢，你插嘴反倒让他们不高兴。还早着呢，什么时候说都来得及。征得老人同意之时孩子们来了也没害处。要不然，爷爷也许会用"谁家孩子啊？"来审问一番。爷爷如果当法官现在一定当"明星"了。好了，不再胡思乱想了，从阿爸、阿妈到爷爷、奶奶都想了一遍，越想事情越是萦绕在脑海里，就像连贯的驼队一样连绵不断。

老师给我们每一位同学发了一本书，说道："大家要认真阅读！我们很快就要写这样的日记了。"《小学生精品日记》这本书外包装很精美。我翻开书阅读后，感觉文章非常顺畅。有的只有三五行字，旁边还有简单图画。有树叶、花朵、毡房等，图画很多。我过去在班上见过这本书，但是没有当回事儿，忽略了。当时觉得这本书连一个故事都没有，现在翻开阅读才发现是一本好书。"百看不如一读"就是这个道理。我一口气读了十几页，心里有了另一种想法：我也模仿着写一写如何？在我阅读的日记里有一篇最喜欢的日记是这么写的：

5月2日，星期天，晴，西北风

我独自坐在家里，阿爸阿妈都出去工作了。我与心爱的玩偶人留在家里。玩偶人是个好孩子，怎么玩儿都不会厌烦。我给她梳头、洗头，甚至连脚趾盖都给剪了，剪得漏了个小洞也没哭。给她穿了五层衣服，她也没感到热。问她什么话她也不出声，我一气之下把她扔到了一边，她还在笑。她就是这样的性格，我喜欢她。

日记是这样的啊？我模仿着写道：

10 月 21 日，星期四，雨天，北风

我独自待在草原上的家里。阿爸去了苏木，阿妈出去放羊了。我留在家里看着羊羔、山羊羔。阿妈出去的时候把人工喂奶的"乳羔子"放在了家里。乳羔子是我的好朋友，愿意跟我玩儿。我用阿妈的梳子给它梳毛，抚摸着它的头。用奶瓶给它喂奶，那肚子像吹起的皮囊似的鼓起来，它吃饱了。我推它走时它反过来用头顶我。我没有生气，跟它玩儿起来。它的脾气好，我喜欢这个乳羔子。

是不是模仿得太像了？她是姑娘，我是男孩儿。她有玩偶人，我有乳羔子，日期是今天。是不是让爷爷看看呢？可他们还在聊天，说他们"聊得下巴疼"都不为过。我把日记拿在手里想给他看，可是，他好像没有跟我说话的意思。他们把暖壶里的茶倒光了，把暖壶底子都快倒出来了。前屋的叔叔也经常来我家，今天把茶壶都喝空了，真不知道他们都在聊些什么？有说有笑的，有时候突然大笑起来，甚至吓我一跳。说得来劲儿的人也许都这样吧。想让爷爷看，可爷爷没有时间，不然明天让老师看看吧，问一问日期和故事不符是不是可以。我无奈之下想着再写一

篇，刚拿起笔便听到奶奶没好气地喊道："好啦，好啦，孩子该睡觉了。"

从图书馆借到了《蜘蛛网》

"我们班的同学们不但认真完成了老师交给的读书任务，还自愿阅读了很多书。"老师说，"这是值得庆幸的事情。同学们互相借书，互相推荐书，互相交流读书感受，空闲时间互相讲故事，谈知识。这是勤奋好学的良好风气。好了，老师在板报栏上挂上了读书笔记，谁读过什么书后，请把书名写在上面，然后在下面写上自己的名字。到期末的时候，老师要奖励读书多的孩子。"

第二节课，课前讲故事轮到了伊如勒同学。他准备充分，超常发挥讲好了《猫和老鼠》的故事，受到了老师的表扬。他瞅我一眼回到了自己的座位上，好像在问我："怎么样？"讲得真好！我在座位上饶有兴趣地听着老师的评语，满心高兴。心中暗喜，同学们都是好样的，都能够持续稳定地完成老师留给大家的作业。

起初，美术老师把我的美术作业拿给大家看，这吓了我一跳，是画得好还是画得不好呢？"好了，大家看看，这是哪位同学的作业，画得真好！"老师问后，同学们纷纷说道："这是故事委员的作业。"我在老师面前感到脸红了。美术老师惊讶地说："哎呀，我们的德里格尔牧仁当上了故事委员啦？"当故事委员已经很长时间了，这位老师还不知道。开始朗读了，我大声朗读起来。如果声音小的话耳朵里就都是别的同学的声音了，只能坐着听别人的朗读了。大声朗读的话，同学们的朗读声不会互相干扰，自己只听到自己的朗读声。老师对我们说："小学阶段是阅读书籍的最佳时期，进入中学之后课程和学习任务多，阅读课外读物的时间就少了。即使阅读课外读物，多数时候也是选择结合课堂内容的书籍。小学时期读书多的学生，到了中学后成绩会不断提高。"于是，我一有时间就阅读，就算坐到草原返青，也不会干等每天忙碌的阿爸阿妈的到来。有句俗话说得好："闲坐着不如干点活。"

课后乌仁呼找到我，"你看。"他拿出笔记本，是我送给他的。哎呀，第一页已经写满了书名。

"你真了不起啊！"我说着看了看他的眼神。他说："你不信吗？我说谎就是猪。"他说着拍着胸脯。

"现在你还想家……"没等我说完，他急忙用手捂住我的嘴，眼睛都瞪圆了。我挪开他的手说："我作为朋友是懂得这些的。"他接着说："你的办法真是良药呀。"又说，"我阿爸昨天来看我了！"说着偷偷塞给我一个东西，是糖块儿。学校不许带吃的喝的东西，要是被抓住了会扣除班级的纪律分数。开学的时候每个班级都是一百分，每个孩子也有一百分。哪个班级的谁干了坏事被老师或值周生抓住了，就会被无情地扣分，做好事的就会奖励分。扣分也包括私带零食，如果口中含着糖，还得在值周生面前通过，那你就注意抿着嘴走。他们的眼睛不会漏掉任何特别之处。校长曾说过："如果班级里的学生被扣分的话，老师的工资也要被扣。"所以在校园里得到什么好吃的吃得正香被抓了现行，那可真是令人毛骨悚然的事情。老师和学生都怕被扣分呀。

"哥哥。"

放学后我正在朝学校门口走，听到有人叫立刻回了头。其格秋海怀里抱着东西跑了过来。

"什么东西啊？"我问道。

"书！"其格秋海喘着粗气把一堆书还给了我，说，"我走了，明天再给我拿来几本书。"

"读完了吗？"我问。

"读完了！"她回答。说完就跑回去了。

"孩子，在这里，在这儿！"我听到一个沙哑的声音，循着声音望去，是爷爷在众多家长中为了让我看到他而向我招手。他是怕我看不到而错过了吧？不过，孩子的目光也是敏锐的。早上是奶奶送我到学校门口，中午、晚上爷爷来接我。从家到校门一共三千五百多步，需要二十分钟。从学校到住处也是三千五百多步，但是需要半个小时，这是因为上坡的原因。

爷爷很高兴地说："孩子！我发现了一个读书不用花钱的地方。"他很激动，可能是为了能让我听到，爷爷在众多家长中间一边招手一边用沙哑的嗓音叫我："孩子，孩子，在这里，我在这儿！"进进出出的都是人家的"孩子"，可那种沙哑的喊声对我来说再熟悉不过了。

"在哪儿呀？爷爷！什么地方啊？离这里远吗？"

"不远，就在前面，叫什么名字来着，叫什么馆，有个'馆'字。那里不卖书，借书读完后归还，不能把人家的书撕坏了，也不能乱涂乱画。"爷爷说着从兜里掏出个小卡片，自信地说，"拿着这个就可以去借书。"

爷爷说的什么"馆"是图书馆。

"咱俩现在就去吧!"

"现在吗?"爷爷说着看了看太阳,又看了看手表,"要不去看看?"我的爷爷就是这样一位好人。

图书馆的一个借书卡上一次只能借三本书,归还后可以再借三本书。我借了三本书,一本是《蜘蛛网》。在一次科学课上娜布琪老师问:"蜘蛛是有害动物吗?"我们异口同声地回答:"有害!"有句话说的是:"见到蜘蛛就踩。"大家想老师会说什么呢,然而老师却说:"蜘蛛也有好的蜘蛛。"接着讲了关于智慧蜘蛛的故事,让我感动得差点儿掉泪。老师说要想了解智慧蜘蛛的故事,就去找到《蜘蛛网》这本书阅读,全部故事都在那本书里。我们开始去书店找这本书,没找到,回来问老师时,老师说自己也是在小学的时候读过的。现在只记得书名和片段,其余什么也不记得了。这本珍贵的书,原来正静静地躺在图书馆里,等待着我。我高兴地拿起来就亲吻着,爷爷赶紧说:"哎呀,都是灰尘。"爷爷虽然自己不读书,可是记忆力很好。别人说的事情他都能记住,然后来告诉我。可不是吗,上午奶奶锻炼身体遛弯儿的时候路过这里,看到屋里有书柜就进去看,回去告诉了爷爷。爷爷听后很快来到图书馆办了借书卡,交给了我。我好高兴,亲吻了爷爷的脸颊,这是在感激爷爷。爷爷原本的疤瘌眼笑得像两条线一样,说:"这狡猾的小鬼。"

我们回家了。远远望到奶奶站在门口用手遮着阳光遥望着我们,大概是看到了我们的身影,她转身返回了屋里。

"我就知道,等半个小时不回来就是去那里了,就不能让你们老少俩知道什么事儿。"奶奶不是因为等了半个小时在生气,而是高兴。我给奶奶一个吻。奶奶看我狼吞虎咽吃饭的样子,说："看看你吃饭的馋相，碗都要吞进去了。"我说："我是在用脑筋哪。"

没什么可隐瞒的，我是为了早点阅读这本找了很久的宝贝《蜘蛛网》啊。奶奶唠叨着说："要不然，作业少的话帮着收拾碗筷，看看人家其格秋海，人那么小又那么懂事儿，姑娘家就是不一样。"

奶奶！这次我来不及帮你了。不吃饭就开始读书，奶奶不会同意。反正是通过食道吃到胃里了，怎么搅拌处理就交给胃了。我稀里糊涂擦了擦嘴就摆着谱坐在课桌旁。

"今天的作业好多呀。"为了让他俩听到，我提高了嗓音。

谁"害"了巴拉丹桑布

"作业啊，你认识我阿妈吗？"

"不认识，可我知道，你是用你阿妈给的钱把我买回来的！"

"哦，你连这个都知道啊？"

"知道，我甚至知道你想念阿妈的事儿，我是不是挺厉害？"

"是挺厉害！"

我早上起来写作业后，快到中午的时候就这样与作业对话玩耍。奶奶在旁边问道："你在跟谁说话呀？我孙子写完作业了吗？"

"写完了！"我刚说完，好像就在等着这句话的爷爷瞅着奶奶，说：

"现在走吗？让咱们早点过去的。"

"去哪儿啊？"

"去你萨格萨奶奶家。"

是真的呀，昨天晚上不是还在说要去她家吗？休息时间串串门是挺好的！我们都去了。萨格萨奶奶家住在旗所在地北边的楼房里，原先是跟爷爷奶奶在草原上住在一个地方的老乡。按他们的话说，是"命运相连的邻居"。爷爷奶奶也来到这里住下之后，他们经常来往串门。她家孩子一直在上学，后来分配了工作，安排在这里，后来两位老人也从草原上搬到这里来陪伴孩子生活了。老人是和我爷爷奶奶一代的人，也是我爷爷的远亲。老人很爱我，每次看到我总是微笑着。据说刚生我阿爸的时候奶奶"瘪乳"，没有奶。当时萨格萨奶奶正好生完第三个姑娘，便给我阿爸也一起哺乳，后来奶奶也有奶了。大概是这个缘故，邻居家的奶奶对我阿爸也特别好，说起我阿爸的名字眼睛都会亮起来。阿爸后来说过，他在这里干活的时候萨格萨奶奶两口子还去工地看过他。总之，我对那家人有亲近感。两位老人对谁都很热情，"儿子呀""姑娘啊"地叫着。即使是送桶装水的年轻人到家，他俩也会倒上茶水让人喝完茶再走，送水的年轻人连说"不用、不用了"的时候，已经给他倒好奶茶、放好了糕点，这让穿着脏衣服的年轻人感到坐也不是站也不是的，挺为难。

我们三人受到了贵宾般的款待。他们四位对坐在桌子前不停地聊，似乎在抢着说什么，偶尔还鼓掌欢笑起来，不知说了什么那样开心。我进了叔叔的书房，安静地看着书，是那家的爷爷把我领进了这间书房，给我倒了一杯水，摆上了一盘水果，说：

"小孩子要好好学习，你伯伯就是从小努力学习的。"

这位爷爷的儿子比我阿爸大五岁，我叫他伯伯。他身材魁梧，胡须很重，据说是一个单位的领导。他家姑娘长相随她阿妈，高个子，黄头发，是我们学校六年级的优秀学生，我是在她领奖的时候知道她的。

"我的弟弟。"她每次见到我都会微笑着抚摸我的头。跟她一块儿走的同学就会说：

"你弟弟像个玩偶似的，长得像女孩子。"

"是吗？"她回头笑着看着我。

我们班级的同学们也经常说你姐姐在这儿在那儿的。她也许认为是弟弟班级的同学而多看他们几眼，我们班的同学也对她多有好感。来姐姐家时她不在家，伯伯吃饭的时候高兴地说："姑娘到盟里参加舞蹈比赛去了，星期天晚上才能回来。"伯伯接着说，"下午单位有事，我先走了。"说完就出去了。我坐在伯伯的书房里，看着令人眼花缭乱的书籍，挑选了最喜欢的书阅读起来。书桌又大又漂亮；椅子软而有靠背，还可以旋转，可以在上面盘腿而坐，也可以把靠背放下当床睡觉。

我坐在这么漂亮的椅子上读着书，一直到爷爷叫我："孩子啊，走吧。"回来后我跟爷爷说那个桌子和椅子的时候，爷爷说：

"好啦，你好好学习吧！将来成了学者之后，爷爷给你买比那个还好的书桌。"只要学好知识，"将来会有用的"的道理大概就在这里吧？只要好好学习一定会有用的。

老师经常说："你们不是来花费阿爸阿妈的血汗钱的，是来学习的，是为了学好才专门来学习的！不学好就回去的话，会让阿爸阿妈伤心的。你们愿意让阿爸阿妈伤心吗？孩子们？"我们回答："不愿意！"老师接着说："很好，这就对了。在现代社会，不学习文化知识做什么都困难，没有文化就是愚昧的人，愚昧的人是……"我想起阿妈不识字就耳鸣起来，也没有听到老师接着说了什么，我的眼眶里布满了眼泪。

"德里格尔牧仁，你怎么了？"老师在问我。

我虽然擦着眼泪，可站在讲台上的老师的身影仍然模糊不清。我坐在第一排，就坐在老师的鼻子底下，努力控制着自己，最后还是抽泣着说："我阿妈不是愚昧的人……"老师走到我身边，帮我擦着眼泪，说："谁说你阿妈愚昧了？我没有说啊！"老师解释着。我说："我阿妈不识字呀！"接着我就放声大哭起来。最爱我的，我心中最可爱的阿妈被人说成是愚昧的，我不伤心谁伤心呢？老师忙说："唉，可怜的孩子，德力格尔牧仁的阿妈是聪明的人，怎么能是愚昧的人呢？愚昧的阿妈能生出这么聪明的儿子吗？有那么多的牛羊，致富的能人，她们都是聪明的人。"听到老师这么说，我的心里宽敞明亮了许多。我像傻子似的又笑了起来，为刚才的哭泣而羞愧。后来才知道，是同桌好友苏日嘎拉赛罕告诉老师我在哭的事情。

我姥爷家生活困难，所以阿妈没有上学。可是奇怪的是有的人为了"愚昧"而不肯读书。阿妈给我讲了这样一个真实的故事。那人和我阿爸是同龄人，说起文化就抓瞎。我在嘎查工作室看过他写自己名字的情景。在竖线上画了一道杠，然后，在杠的前后画了几笔辫子和尾巴，说："好了，可以了，写完了！"然后拍打着酒气扑鼻的袍襟，欣赏着自己写的名字站在一边。

嘎查建校的时候他才十一岁，家离学校也不远，也就十里地。早上他阿爸骑着马送他来上学，他不愿上学，跟着他阿爸后面跑，被老师一把拽住。据说他阿爸对自己的儿子非常溺爱，他见儿子大哭，就像母驼围绕着驼羔一样，在树丛那边把马绊上，在那儿等着。儿子趁机逃出班级的时候，他阿爸就把他接回家了。就这样，日子久了他儿子就更学坏了。虽然每天早晨都来学校，可用不了一会儿就又和阿爸骑马回家了。那儿子在学校就是挂个名，什么也没有学到，经常旷课，后来干脆就不来学校了，所以成了文盲。他就是巴拉丹桑布。

"唉，是他阿爸害了巴拉丹桑布。"阿妈叹口气说道，"阿爸阿妈爱孩子是对的，可是那种太阳般的溺爱照歪了孩子的心灵。那不是自己把自己的孩子害了吗？"巴拉丹桑布的阿爸的名字和我姥爷是同名，所以，阿妈没有直呼其名。

为了不害自己的孩子，阿妈让我到学校读书。早上到校晚上还能回家，这样的学校，巴拉丹桑布你为什么还要想家呀？如果放在我身上，即使阿爸、阿妈不骑马接送，我自己也能唱着歌走，唱着歌回来。早上去晚上回家，哪有时间想家呢？没有时间呀！

"孩子啊！"

"嗯？"

"怎么不出声了？"

"想了点事儿。"

"你在想什么呢？"奶奶在微笑。

按一百人的智慧去生活

就像盼星星盼月亮一样期盼的美好日子到来了。这是每个孩子心中渴望已久的寒假。我像兔子一样蹦跳着，像小鸟一样欢叫着回了家。回家的前一夜我失眠了，数数也不管用。来学校的时候搭乘了其格秋海家的汽车，回家的时候还是这样。我的阿爸阿妈正在忙着接羔，只能拜托邻居了。这就是邻里乡亲命运相连的缘故吧？如果其格秋海不能回家就来我们家里住，假期我俩还要一起阅读。很明显，其格秋海是个非常努力的孩子。她已经牢记了蒙古文字母，很快就能读完薄一点的书籍，没几天就能读完一本书，然后到我这里来换书。其格秋海有时候从星期五晚上到星期一早上都住在我家，所以开学和放假我坐她家的车心理平衡。

辽阔草原的路上
轻便汽车在飞奔
满怀激动的心情
回到家乡草原
神速的汽车在奔驰
路途不再是遥远
思念已久的双亲啊
是否在牧场上遥望……

因为想念，回到家后我抱住阿妈痛哭了一场。阿妈哄着我，我继续哭着。家里好不热闹，我的心情就像云间的太阳一样，变得明亮，心中舒畅多了，一切都这么熟悉。我看着毡房、勒勒车、羊圈、玩具、牛羊、羊羔，一切都这么美好。入冬时虽然下了雪，但是没有积雪，一望无际的草原上仍然还有牛羊啃吃的干草。夏天虽然干旱，可是早秋雨水充足，借着牧草生长旺盛，牛羊膘好壮实，积累了度过寒冷牧草不足的冬季的体力。

我把要给阿爸阿妈炫耀的东西都炫耀了一遍。他们很惊奇，我得了这么多奖状：少儿毛笔字比赛，读书比赛，写日记比赛，讲故事比赛，三好学生。阿爸看着我的奖状，抑制着自己的兴奋，说：

"我儿子这学期确实努力学习了！这样学下去，将来一定能成为大学者的。"

我得意地看着阿妈，把阅读过的书名目录拿给她看。书上有序号标记，阿妈不识字，可看到序号后惊讶地大声喊道：

"我儿子读了这么多书呀？"她说着把我抱了起来，这会儿我的眼泪又一次浸透了阿妈的衣襟。阿妈呀！孩儿在那么遥远的地方就是这样思念着您，想着"满载而归"的呀。今天您看到了孩子是怎样想念阿爸阿妈的了吧？不是想哭，而是控制不住自己的眼泪呀。

我给阿妈简单地讲解了读过的书的内容，阿妈时而点头，时而插一句："我儿子学了这么多知识啊。"阿妈的话比蜜还甜，真想多听一听她的赞扬。他们都很开心，我说什么他们都点头。我过去是一个不太听话的孩子，总想着找各种理由把事儿绕过去。我想起了二年级时发生的一件事。一天正在吃早茶的时候，其格秋海到我家来了。阿妈让我去拿碗，我想着法子支使其格秋海去取了碗。现在完全不一样了，一些零活和我自己能做的事都会独立自主地动手完成，对这些变化我自己也惊讶。对什么事情都很敏感的奶奶给我戴高帽说：

"我可爱的胖墩有长进了，从这个学期开始像女孩子似的勤快了。"

有一天我在整理阿妈的柜子和包裹的时候，看到用铅笔没有秩序地左右乱画的图案。我是个闲不住的孩子，不是进进出出就是坐在家里写作业，或者拿着一本书来阅读，要么就跟他们四人纠缠在一起。这次也是，翻开阿妈的包裹，看到了好多铅笔图画，下面还有日期。画的都是人头像，都有女人的辫子，大部分是微笑的，少数几个头像是哭泣的，眼泪顺着脸颊滴落着。这是怎么回事啊？"阿妈！阿妈！这是什么意思啊？"我急忙拿着图画跑到阿妈身边。

"是我画的。"阿妈看着画说道。

"阿妈是在学画画吗？"

"不是。"

我陡然想起了一件事，是阿妈想我的时候画的吗？可是我没有问，等着阿妈的解释。阿妈接着说：

"咱们俩怎么约定的？我不像你那样会读书，所以阿妈想你的时候就画画呀。每次想念你就画一个画。有时候阿妈想起儿子就高兴，高兴的时候就会画微笑的头像，伤心的时候就要画哭泣的头像。你想念阿妈了就读书，我想念儿子了就画画。阿妈只会画人头像啊。"阿妈说不下去了。阿妈想念我胜过我想她的几倍，头像画得越来越好了。在我用过的旧作业本背面，或者在被我丢弃的纸张正反面，到处都画着头像。画得好仔细、好认真啊。想念儿子的时候阿妈是好开心的，不过少数几次是哭了。怎么了？仔细观察后发现，哭泣的头像下面有日期。这是怎么回事呢？阿妈看我目不转睛地看着她，似乎意识到了什么，指着哭泣的头像说：

"我的儿子，你感到奇怪吗？"

我看着阿妈点了点头。

"这一天阿妈又想儿子了。以前是高兴的，可是那天不知为什么高兴不起来。好像儿子遇到了什么困难似的，想来好像是没写作业，让老师批评了，或者像是在被罚站？"听了阿妈这些话，我感到惊讶。那次是我和爷爷从图书馆借书回来，我沉迷于故事书的情节里，对爷爷奶奶撒谎说作业写完了。第二天来不及交数学作业而被罚，站着写完作业交到老师那里才回到座位上。真有这么一回事儿，是星期一发生的事情。

后来我对照了阿妈在哭泣的头像下面的日期，在心中默默祈祷。千真万确，是同一天的事情。我在那么远被老师罚站的时候，阿妈在这里怎么会知道而为此哭泣呢？我想起在一本书上读过："人伤心悲痛的时候会加速变老，生命会缩短。"我这样让阿妈伤心，她变老了该怎么办呀？我感到浑身上下在冒汗。幸亏伤心的次数不多，我决心再也不让阿妈伤心落泪了。

老师有一次说过："学生最重要的任务是运用好自己学到的知识。"在家的日子过得好快呀，像是什么人给初升的太阳套上了马笼头，用力拉着，很快拉到了西北边落山了似的。我还没讲完在学校里的故事就临近春节了。

毡房里铺上了白色毡子，春节期间我家客人多，每年如此。都是来拜见老人的，阿爸阿妈的兄弟姐妹、亲戚、邻里都来了，络绎不绝。我家人为了让客人吃好喝好，忙得焦头烂额。不过，对我来说，感到今年春节更有意义。是因为长了一岁呢，还是因为懂得了一些道理？总之很开心。

阿妈和我去赶羊群的时候，阿妈看着远处朝阳的山坡上慢慢游动的羊群说：

"儿子！"

"怎么了，阿妈？"我问。阿妈长时间地抚摸着我的头，说：

"我儿子以后要用几个人的智慧生活呢？"

"一百个人的。"我说。阿妈点了点头，说："阿妈只用自己一个人的智慧生活到今天，我儿子要用一百个人的智慧生活，那会周游世界的。"说完在我脸上亲了一口。

我依偎在阿妈怀抱里，就像怕失去她似的紧紧抱着阿妈。春节期间，一位来家里拜年的亲戚看见我在读书时说的一句话，像燕子一样飞进了我的心里："不读书的人只按照自己一个人的智慧生活，读书的人按照一百个人的智慧生活。"

要回学校的那天早晨，我把自己最心爱的笔记本送给了阿妈。

"阿妈！您要是想念我了，就在这个笔记本上画画吧！"当时阿妈的身影在我眼睛里已经模糊了，可是，在心里却越加清晰。

原载《花的原野》2021 年第 6 期

译于 2022 年

图书在版编目（CIP）数据

黄羊的山丘 / 内蒙古翻译家协会编. -- 北京：作家
出版社，2025.7. --（优秀蒙古文文学作品翻译出版工程）.
ISBN 978 - 7 - 5212 - 3512 - 8

Ⅰ.I247.5

中国国家版本馆 CIP 数据核字第 2025RD4090 号

黄羊的山丘

编　　者：内蒙古翻译家协会
特约编辑：陈晓帆
责任编辑：袁艺方
装帧设计：孙惟静
蒙古文题字：艺如乐图
出版发行：作家出版社有限公司
社　　址：北京农展馆南里 10 号　　邮　　编：100125
电话传真：86 - 10 - 65067186（发行中心）
　　　　　86 - 10 - 65004079（总编室）
E - mail: zuojia@zuojia. net. cn
http://www.haozuojia.com
印　　刷：唐山嘉德印刷有限公司
成品尺寸：152 × 230
字　　数：185 千
印　　张：16.5
版　　次：2025 年 7 月第 1 版
印　　次：2025 年 7 月第 1 次印刷
ISBN 978 - 7 - 5212 - 3512 - 8
定　　价：55.00 元